名家名著经典作品选集

莫泊桑

短篇小说

［法］莫泊桑◎著
陈 伟◎译
张志伟◎主编

黑龙江美术出版社·哈尔滨

图书在版编目（CIP）数据

莫泊桑短篇小说/（法）莫泊桑著；陈伟译. -- 哈尔滨：黑龙江美术出版社，2025.02
（名家名著经典作品选集/张志伟主编）
ISBN 978-7-5755-0147-7

Ⅰ.①莫… Ⅱ.①莫… ②陈… Ⅲ.①短篇小说—小说集—法国—近代 Ⅳ.①I565.44

中国国家版本馆CIP数据核字（2024）第061829号

MINGJIA MINGZHU JINGDIAN ZUOPIN XUANJI MOBOSANG DUANPIAN XIAOSHUO

名家名著经典作品选集　莫泊桑短篇小说

出 品 人：乔　靓
著：（法）莫泊桑
译：陈　伟
主　　编：张志伟
责任编辑：颜云飞
责任校对：于　澜
出版发行：黑龙江美术出版社
地　　址：哈尔滨市道里区安定街225号
邮政编码：150016
发行电话：0451-84270524
经　　销：全国新华书店
印　　刷：三河市同力彩印有限公司
开　　本：710mm×1000mm　1/16
印　　张：12
版　　次：2025年2月第1版
印　　次：2025年2月第1次印刷
书　　号：ISBN 978-7-5755-0147-7
定　　价：60.00元

本书如发现印装质量问题，请直接与印刷厂联系调换。

莫泊桑简介

莫泊桑（一八五〇——一八九三）是十九世纪后半叶法国最伟大的作家之一，他在短篇小说方面的巨大成就，使他赢得了"短篇小说之王"的美名。

莫泊桑出身于法国诺曼底一个没落的贵族家庭，母亲知书达理，很有文学修养，自幼他就受母亲的熏陶，少年时期则拜大作家福楼拜和诗人路易·布耶为师。1869年，莫泊桑到巴黎读大学，学法律专业，后普法战争爆发，他应征入伍，在军队里担任文书和通信工作。在整个战争期间，他耳闻目睹了法国军队的溃败与军队上级军官的卑鄙堕落，以及广大民众的爱国热情和英勇抗敌的事迹，为他以后的创作积累了大量的素材。战后莫泊桑回到巴黎，在海军部任小科员。一八七九年，莫泊桑的《羊脂球》发表，在巴黎引起轰动，一夜之间，莫泊桑便声震法国文坛。一八八〇年到一八九一年，每年都有为数可观的佳作问世，在短暂的十年稍多的创作生涯中，他一共发表了约三百篇短篇小说及六部长篇小说，还有字数可观的其他体裁作品。莫泊桑的作品中，关于普法战争的短篇小说主要有《羊脂球》《菲菲小姐》《两个朋友》《米龙老爹》《一场决斗》《俘虏》等；关于小资产阶级意识形态的短篇小说有《骑马》《珠宝》《我的叔叔于勒》《勋章到手了》《保护人》《伞》《项链》《遗产》《散步》等；在对生活的描绘方面，关于诺曼底题材的短篇小说，主要有《一个女雇工的故事》《泰利埃公馆》《真的故事》《皮埃罗》《一个诺曼底人》《在乡下》《洗礼》《穷鬼》《小酒桶》《归来》等等。

除以上三个主要的题材外，莫泊桑的中短篇小说还描写了现实社会的其他方方面面，并针对其中的社会问题进行了尖锐的讽刺与批判。如《衣柜》《港口》《橄榄园》《旅途上》《遗嘱》《西蒙的爸爸》等等。所有这些，体现了莫泊桑中短篇小说题材的丰富与社会视野的广阔。

莫泊桑的长篇小说写得十分出色。《一生》《俊友》都是世界文学宝库里的精品，但他的成就主要在短篇小说上。莫泊桑用简洁的笔触，勾画出故事的背景，人物刻画得栩栩如生，各种场景都得到生动的写照。可以说，莫泊桑的短篇小说，是一幅十九世纪下半叶法国社会风俗长卷，是整个社会的缩影。逼真、自然，是莫泊桑在短篇小说创作中追求的首要目标，也是他现实主义小说艺术的重要标志。在对人物的描绘上，莫泊桑不追求色彩浓重的形象、表情夸张的面目、惊天动地的生平与难以置信的遭遇，而致力于描写"处于常态的感情、灵魂和理智的发展"，表现人物内心的真实与本性的自然。

莫泊桑是法国文学史上伟大的语言大师之一。他摒弃珍奇的辞藻，使用最规范的语言，追求"一个字用得其所的力量"。他的文学语言清晰、简洁、准确、生动，像一池透明的清水。他的语言不仅与他精练的叙述方式、简明的白描手法相得益彰，巧合天成，而且在写景状物、绘声绘色上具有很强的表现力。总体来说，莫泊桑的短篇小说创作体现了一整套完整的现实主义小说艺术，这既是对以往现实主义文学传统的继承，也是对以往现实主义传统的补充与丰富。

目 录
Contents >>>

羊脂球	1
蛮子大妈	32
一个女雇工的故事	38
菲菲小姐	53
真的故事	62
皮埃罗	66
一个诺曼底人	70
两个朋友	75
珠宝	81
米龙老爹	87
旅途上	93
一场决斗	98
懊恼	103
勋章到手了	108
项链	112
保护人	120
雨伞	124
遗产	132

羊脂球

接连好几天，溃退下来的队伍零零落落地穿城而过，他们已经不能算作什么军队，简直是一帮一帮散乱的乌合之众。那些人脸上是又脏又长的胡子，身上是又破又烂的制服，他们既没有军旗，也不分什么团队，懒洋洋地往前走着。所有的人都像是十分颓丧，十分疲惫，再也不能想什么念头，再也不能拿什么主意，只是出于习惯不知不觉地往前走着；只要一站住，便会累得倒下来。人们看见的，最多的是被动员令征召入伍的人，都是些爱好和平的人，安静度日的领取年金者，现在被枪支压得直不起腰来；还有的是年轻灵活的国民别动队，他们很容易害怕，也能很快地慷慨激昂，他们随时都准备进攻，也随时准备逃跑；再就是夹在他们中间的几个穿红裤子的正规步兵，一场大战役里被粉碎的一个师团的残余；还有和这些各种步兵排在一起的、穿着深色军服的炮兵；有时也看得见一个戴着亮晶晶钢盔的龙骑兵，他拖着笨重的脚步，很吃力地随着步兵比较轻松的步伐走着。

游击队的队伍也过去了，每一队都各自起了英勇的称号，如"战败复仇队""墓中公民队""誓死如归队"等等，他们的神气很像土匪。

他们的那些首领，有的从前是布商或粮商，有的以往是油脂商或肥皂商，现在暂时当了军人；他们所以被任命为军官，有的是因为金币多，有的是因为胡子长。他们上下穿的都是法兰绒衣服，全身佩挂着武器，镶着金线；说起话来声高震耳，经常讨论作战计划，自以为垂危的法国只是靠了他们这群大言不惭的人的肩膀才得以维持；不过他们有时候也惧怕自己的兵士，因为那原是一些亡命之徒，勇敢起来常常超出常规，但是惯于打家劫舍，荒淫纵欲。

据说普鲁士军队就要开进卢昂[①]城。

两个月来，本地的国民自卫军一直在附近森林里小心谨慎地侦察敌人，有时开枪打死自己的哨兵；一只小兔子在荆棘丛中动一动，他们便立刻准备作战，现在却都逃回自己的家里。武器、军服以及从前一切被他们拿着在市外周围三法里[②]一带的国道边上去吓唬人的凶器，现在都忽然通通不见了。

[①] 卢昂：法国古诺曼底省省会，在巴黎西北方，现为塞纳滨海省省会。
[②] 一法里等于四公里。

最末一批法国士兵总算渡过了塞纳河,预备从圣赛威尔和阿沙镇转奥特玛桥去;走在最后的是将军,他已经不抱任何希望,带着这些一盘散沙似的败兵残勇,实在也无能为力;一个惯于打胜仗的民族竟遭遇了这样的大崩溃,英勇昭著的民族竟败得不可收拾,将军身处其中也是张皇失措;他由两个副官左右陪伴徒步走着。

此后,城里便出现一种深沉的平静气氛和一种静悄悄的惊惶不安的等待状态。许多做生意做得毫无男子气概的、大腹便便的小市民,忧心忡忡地在等待着战胜者,他们战战兢兢,唯恐敌人把他们烤肉的铁钎或厨下的菜刀也当作武器来处分。

生活好像是停止了;店铺都关着门,街上鸦雀无声。偶尔有一个居民被这种沉寂吓倒,急急匆匆贴着墙边溜过。

等候期间的这种焦躁不安竟使人们希望敌人早来。

法国军队走后的第二天下午,不知从哪儿钻出来几个枪骑兵,很快地穿城而过。随后,过了不大工夫,从圣卡特琳的山坡上就下来了黑乎乎一大片人,同时在通往达纳塔尔和布瓦纪尧姆的两条公路上也潮水般涌来了两股侵略军。这三支队伍的先遣队正好同时到达市政府广场会师;于是从附近的各条街巷,德国军队都开了过来,一营跟着一营,沉重的、整齐的步伐踏得街石橐橐地响。

沿着那些好像无人居住、死气沉沉的房子,升起一片陌生的、喉音很重[①]的喊口令声;同时在关着的百叶窗后面,有许多只眼睛在那里偷偷地瞧着这些战胜者,他们依据"战时法",现在是本城的主人,是财产和生命的主宰了。本城的住户,都留在他们遮得乌黑的屋子里,非常惊慌,就仿佛碰到了洪水泛滥和毁灭性的大地震;不管你是多么聪明,多么强壮,都毫无用处了。因为,每逢事物的旧秩序横遭摧毁,安全不再存在,人为的法律或自然法则所保护的一切东西都听凭一种凶残的无意识的暴力来摆布的时候,人们就不免要有这种同样的感觉。地震把整整一个民族压死在倒塌的房屋下;江河泛滥之后,淹死的乡民、牛尸和房上倒下来的梁柱就一起顺流而下;打胜仗的军队一到,便要屠杀自卫的人,带走被俘虏的人,以腰刀的名义大肆抢劫,以大炮的声音来向某一个神祇表示谢意;所有这一切都是极可怕的大灾害,使我们无法再相信上帝的公道正义,也不能如人们教导我们的那样,再信赖上天的保佑和人类的理性。

各家门口都有零星队伍去敲门,跟着就钻进去住了下来。这就是侵略之后的占领行为。战败者的义务从此开始,此后对战胜者必须和蔼驯顺。

---

① 德国人说话喉音很重。

过了一些时候，第一阵恐怖过去之后，又出现了一种新的平静气氛。在好多的家庭里，普鲁士军官都和这家人在一桌上吃饭。有的军官也颇有教养；为了礼貌，常常对法国表示同情；并且说，尽管参加了这场战争，对战争却十分厌恶。人们当然很感激他有这种情感；何况不知哪一天也许还要依靠他的保护呢。把他敷衍好了，也许可以少负担几个兵士的供养。既然一切都要听凭这个人的摆布，又何必得罪他呢？真要那样办的话，也无非表示大胆冒险，而不能算是勇敢。这时的卢昂市民们已没有那种大胆冒险的毛病，不是当年使本城身价百倍的英勇保卫城池的时代了。①最后他们又从法国人自己处世的礼法中得出了一条至高无上的理由说，只要不在公共场所跟外国兵表示亲近，在自己家里客客气气原是允许的。于是到了外面，彼此都变成不相识，可是到了家里，却很高兴谈谈说说，而住在家里的德国军官呢，每晚待在壁炉旁边跟大家一起烤火取暖的时间也就更长了。

就是城市本身也渐渐恢复了平常的面貌。法国人还不大出门，可是普鲁士兵士却已挤满了街道。此外，穿蓝军服的德国骑兵军官虽然盛气凌人地挎着他们的军刀在街上摆来摆去，可是对普通市民的那种蔑视神情，也并不比去年在这些咖啡馆喝酒的那些法国步兵军官格外厉害。

不过在空气中却添了一种东西，一点难以捉摸的、陌生的东西，一种令人不能忍受的外来的气氛；仿佛有一种气味散布开来了，那就是侵略的气味。这种气味充塞了各住户和各广场，改变了饮食的滋味，使人有在遥远的、野蛮可怕的部落里做客的感觉。

战胜者老是要钱，并且要得很多。居民们总是如数照付。他们原也很有钱。不过一个诺曼底省的大商人，钱越挣得多，当他忍受牺牲，看见自己的财产一点一点地转移到别人手里时，他的苦痛也越大。

可是在城外，顺着河流往下两三法里，到了克鲁瓦塞、第厄普达尔或比普沙尔附近，船夫和渔人便常常从水底捞上德国人的尸体来。这些尸体都穿着军服，被水泡得肿胀，有一刀砍死的，有一脚踢死的，也有头被石头砸开的，也有从桥上被人一下子推下水的。这条河底的污泥里，埋葬着不少这样暗暗的、野蛮的、合法的复仇行为，那是不为人知的一些英勇举动，一种无声的袭击，这远比白天打仗要危险，但享不到光荣的盛名。

要知道，对外国人的仇恨永远鼓励着几个不怕死的人，他们是随时可以为理

---

① 指十五世纪初叶卢昂人民英勇反抗英王亨利五世统治的光荣时代。

想牺牲生命的。

后来,因为侵略者虽然做到全城都已屈从在他们极严格的纪律之下,但是大家传说的那些他们在乘胜挺进途中所干的凶恶勾当,他们在这里却一样都未干过;于是大家的胆子就壮起来,做买卖的需要在本地大商人的心中又活动起来。那时法国军队还据守着勒阿弗尔港,本地有几个大商人在那里是有大笔投资的,他们很想从陆地先到第厄普,然后再乘船到那个港口。

他们利用了几个相熟的德国军官的势力,居然从总司令那里弄来了一张准许离境的证书。

有十个人在车行里订了座位,订好了一辆四匹马拉的公共马车送他们走这一趟;他们决定在一个星期二的清晨,天不亮就动身,以免招惹许多人赶来看热闹。

几天来,地面已经冻得很硬;到了星期一那天,下午三点钟光景,从北方吹过来大片大片的乌云,雪纷纷降下来,不停地下了一个下午和一整夜。

清晨四点半,旅客们已聚齐在诺曼底旅店的院子里,他们要在那里上车。

他们都还睡眼惺忪,虽然披着毯子,但还是冻得直哆嗦。在黑暗之中,彼此也看不大清楚;这些人身上都穿着层层叠叠的厚冬衣,望过去好像是一群穿着长袍的肥胖神父。不过有两个男人终于互相认出来了,紧跟着第三个人走了过来,他们聊起天来。一个说:"我把我的妻子也带了去。"另一个说:"我也一样。"还有一个说:"我也如此。"第一个又说:"我们不再回卢昂来了,如果普鲁士军队到勒阿弗尔,那我们就到英国去。"他们都有这种计划,因为他们气质原是相同的。

不过始终还没有人来套车。一个马夫提了一盏小灯不时地从暗洞洞的一个小门里走出来,又立刻钻进了另一个门。可以听见马蹄踢地的声音,声音不大,因为地下垫了厩草,从马房的尽里头传来一个男子骂骂咧咧跟马说话的声音。一阵轻微的铜铃声说明有人在套马具;轻微的铃声不久变成了一种清脆的、不断的铜铃颤动声,这个声响是随着马的动作而变化的,时而声息全无,时而突然一动又响起来,同时发出一只钉了马掌的马蹄踏在地上的沉闷声音。

门又突然关上。什么声音也听不见了。这些冻僵了的绅士们早已不说话;他们一动不动僵直地站在那里。

鹅毛大雪组成一幅绵延不断的大帷幕从天上放下来,一面放,一面闪闪发光;万物的形象都看不清楚了,一切事物都蒙上了一层薄冰。在这座严冬笼罩着的安静的城市的沉寂中,只听见雪片下降时那种模糊的、无以名之的、捉摸不住的窸窸窣窣之声,但这种窸窸窣窣之声又不能真正算作一种声响,只好说是我们感觉到有这种声响,因为那不过是一些轻飘飘的微屑掺混在一起,充塞了空间,盖满了世界。

刚才那个人又提着灯出现了,他拉着一匹垂头丧气丝毫不想出来的马。他把马拉到车辕旁边,系上了缰绳,在马的前后左右转了半天,才把马具收拾妥当,因为他只能用一只手干活,另一只手拿着灯。当他正预备走去拉第二匹马的时候,他看见了这几位一动不动的旅客,他们已经满身是雪,成了白人了,他对他们说:"你们为什么不上车去待着,至少雪不会下在你们身上了。"

毫无疑问他们原先没想到上车子,一听这话于是急忙忙都奔了过去。那三个男子先把各人的太太安置在车厢尽里头,然后自己才上去;随后另外几个模模糊糊、看不清楚的人影也爬了上去,坐在剩下的空位子上,彼此谁也没跟谁说一句话。

车厢的底板上铺着稻草,各人的脚都埋在草里。坐在车厢尽里头的那几位太太,都随手带着烧化学炭的小铜脚炉;她们立刻都把炭点燃起来,并且低声地列举这种脚炉的优点,说了好大半天,其实彼此告诉的事情,谁都早已知道。

最后公共马车总算套好了,本应套四匹马,现在却套了六匹,因为车重路滑不容易拉。这时车外有人问道:"大家都上车了吗?"车厢里有个人回答:"都上来了。"于是车出发了。

车子走得很慢,很慢,一小步一小步地走着。车轮陷在雪里;整个车身发着低沉的咯吱咯吱响声呻吟着;那六匹马一步一滑,呼呼喘着,全身冒着热气;车夫的那条大鞭四面八方地飞舞,不停地吧吧响着,一会儿卷起来,一会儿伸展开,活像一条细蛇;有时鞭子突然抽到一个滚圆的马屁股上,那匹马就猛地一用力,把屁股高高地一耸。

谁也没有觉察,天已经渐渐亮起来。轻飘飘的鹅毛雪片,也就是车里一位地道的卢昂土著旅客把它比作天上降下的棉花的雪,也不下了。野地里忽而出现一行蒙着白霜的大树,忽而出现一所顶着雪的茅屋;天上覆着大块的黑而浓的云使得大地更显得白茫茫地耀眼,这时候从云间透出了一片模糊的光亮。

在车厢里,借着这种黎明时的凄凉的光亮,人们互相好奇地打量着。

车厢尽里头最好的位子上,坐的是住在大桥街的葡萄酒批发商人鸟先生夫妇,他们正面对面地坐着打瞌睡。鸟先生从前给人当伙计,老板买卖破产以后,他就把铺底顶了过来,发了财。他做的买卖是以很低的价格把很坏的葡萄酒批发给乡间的小贩,因此认识他的人以及他的朋友都认为他是个花招最多的奸商,是个诡计多端、爱说爱笑的真正诺曼底人。

他这种奸商的名声已是十分昭著,因此本地的名人杜尔奈先生,一位文笔尖刻而细致、专编寓言和歌谣的名家，一天晚上在省政府的晚会上，看见太太们都有睡意，便向她们提议玩鸟飞①的游戏，马上这个双关语就飞遍了省长的各个客厅，后来又飞向全城的各个客厅。有一个月之久使得全省的人都咧着嘴笑个不住。

鸟先生出名还有另外一个缘故，那就是他善于恶作剧，爱开玩笑，不管是恶毒的或是无伤大雅的玩笑，在他都无所谓，所以任何人一谈到他，就立刻要加上这样一句话："这个鸟，真是有钱也买不到的宝贝。"

他的身量很矮小，挺着一个大皮球似的肚子，肩上是一张通红的脸，蓄着灰白色的颊须。

他的妻子是一个高大、强壮、意志坚强的妇人；说话总提高了嗓门，主意来得特别快；她在铺子里是秩序和算术的化身，多亏有她欢天喜地跳跳钻钻，店里才显得有生气。

在这对夫妇旁边的是属于更高一个阶层，道貌岸然的卡雷一拉玛东先生，他是一个非常了不起的人物，在棉纺业里有很高的地位，开着三座纺织厂，得过四级荣誉勋章，是省议会的议员。在整个帝国时期②，他一直是友好的反对派的首领，他所以当这反对派的首领，唯一的目的是他先攻击对方，照他自己的说法是，用钝头武器先攻击对方，然后再附和对方，可以得到更高的报酬。卡雷一拉玛东太太比丈夫年轻得多，那些派到卢昂来驻扎的好人家出身的军官们常常在她身上找到安慰。

她此刻面对着丈夫坐着，蜷缩在皮大衣里，又小巧，又娇憨，又漂亮，睁着一对沮丧的眼睛看着车厢的令人愁惨的内部。

坐在她旁边的是于贝尔·德·布雷维尔伯爵和夫人。他们的姓氏是诺曼底省最古老、最高贵的姓氏。伯爵本人是一位气派很大的老绅士，他用尽心机在服装上修饰摆布，好突出他和国王亨利四世的相似之处，按照一种对他的家庭大为光荣的传说，亨利四世曾使布雷维尔家族中一个女子怀了身孕，这女子的丈夫因此被晋封伯爵并荣任了省长。

于贝尔伯爵也在省议会，和卡雷一拉玛东先生是同僚。他在省里代表着奥尔良派③，他怎样会和南特城一个小船主的女儿结婚，这一直是个谜，不过伯爵夫人气派很雍容，待人接物比谁都能干，并且社会上还认为她曾被路易·菲力普④

---

① 法文 voler 有"偷窃"和"飞翔"两个意义。所以"鸟飞"也可以当作"鸟偷"，这里是强调"偷"的意义。
② 指拿破仑三世的第二帝国（1852—1870年）。
③ 这一派代表法国大资产阶级的利益，主张拥立奥尔良公爵为法国国王。
④ 七月王朝时期（1830—1848年）的法国国王。原为奥尔良公爵。

的某一王子爱过,整个贵族阶级都殷勤招待她,她的客厅在本地首屈一指,只有她的客厅里还保持着旧日的风流情调,因此很不容易踏进去作座上客。

德·布雷维尔家里的产业全是不动产,据说每年的收入达到五十万法郎。

上述的六个人算是车上的基本队伍,是社会上每年有靠得住的收入、生活安定、势力雄厚一方面的人,同时也是信奉宗教、服膺原则、有权威的上等人。

凑巧得出奇的是三位太太同坐在一条长凳上。伯爵夫人旁边却还坐着两位修女,她们手掐着长串念珠,口里嘟哝着圣父经和圣母经。其中的一个年纪已老,满脸都是麻子,仿佛就近中了几发霰弹似的。另一个身子很瘦小,一张好看而带病容的脸长在一个痨病胸部的上面;这个胸部正被一股使人甘心殉教、超凡入圣的贪婪的信心蚕食着。

在这两位修女的对面,坐着一男一女,大家的眼光都注意着他们。

男的,大家都认识,是别号"民主党"的高尼岱,他是一切有身份的人最怕碰见的人。二十年来,他那一部黄褐色大胡子在一切有民主风味的咖啡馆的啤酒杯里拂过来拂过去。他的父亲当年是个糖果商,给他留下一份相当像样的产业,他和弟兄朋友们把它吃了个精光,迫不及待地等候共和国降生,以便获得他为革命喝了这么多杯啤酒之后所应得的地位。在九月四日①那天,也许是有人跟他开玩笑,他以为自己已被任命为本省的省长;可是等他上任就职时,办公室的侍役们,那时是办公室的唯一主人,却拒绝承认他这项资格,他只好悄悄退了出来。好在他本是个好好先生,平常与人无争,最喜帮助别人,因此,他又鼓起无比的热忱,从事本地的军事防卫工作。他叫人在平原上挖了许多坑,把附近树林中的小树一齐砍倒,在公路上密密层层埋伏下许多陷阱;他很满意自己这些准备工作,所以等敌人快开到的时候,他就很快地回到城里。现在他以为到勒阿弗尔去更可以为国效劳,在那个地方新的防御工事会成为迫切需要的东西。

那个女的是一个妓女。因为身体过早发胖而出了名,外号叫"羊脂球"。她身量矮小,浑身到处都是圆圆的,肥得要滴出油来,十个手指头也都是肉鼓鼓的,只有骨节周围才凹进去好像箍着一个圈圈,颇像是几串短短的香肠;她的肉皮绷得紧紧地发着光,极丰满的胸脯隔着衣服向前高耸着;不过尽管如此,大家对她却都垂涎三尺,趋之若鹜,因为她那种鲜艳的气色实在叫人看了喜欢。她的脸庞儿好像一个红苹果,又像一朵含苞待放的芍药;在这张脸蛋儿的上部睁着两只非

---

① 一八七〇年普法战争开始,九月四日巴黎爆发革命,推翻拿破仑三世的第二帝国。资产阶级窃取政权,成立第三共和国。

常美的大黑眼睛，四周遮着一圈长而浓的睫毛，睫毛的阴影一直映在眼睛里；下部是一张窄窄的妩媚的嘴，嘴唇是那么湿润，正好亲吻，嘴里是两排细小光亮的牙齿。

据说，她还具有许多无法估计的本领。

当大家一认出她是什么人之后，在那几位正经妇人之间便起了一阵耳语，什么"社会耻辱"啦等等，尽管是低声说的，却是那么响，她不禁抬起头来。她来回看了同车人一遍，眼光含着那么多的挑战意味，并且是毫无畏惧之意，大家立刻都不再作声响，低下了头；只有鸟先生还偷偷看着她，神气颇为轻佻。

可是过了不大一会儿，那三位太太之间谈话又开始了，由于车里有了这个妓女，她们突然间彼此成了朋友，几乎是知己之交了。在她们看来，好像在这个无耻的卖淫女人面前，她们必须把她们为人妻的尊严拧成一股劲，因为合法的爱情总是看不起不合法的自由爱情的。

那三个男的，也因为有高尼岱在面前，一种保守派的本能使他们彼此更为靠拢，他们现在正用一种看不起穷人的口气谈论着金钱。于贝尔伯爵谈的是普鲁士军队给他带来的损害以及将来牲畜被抢走、庄稼收不了等等可能造成的损失，说话的时候显出千百万家财的封建地主满不在乎的神情，好像这种损害也不过给他带来一年半载的不方便罢了。卡雷—拉玛东先生在棉纺业方面受到过很大的损失，因此曾经留了一份心往英国汇了六十万法郎以备不时之需。至于鸟先生呢，他已安排妥当，把酒窖里剩下的普通酒一股脑儿卖给了法国后勤部，这样一来政府欠下了他一笔惊人的巨款，他现在准备到勒阿弗尔去领取。

这三位都用颇有友情的眼光一瞥一瞥地互相看着。他们虽然彼此社会地位不同，可是借了金钱的牵引，他们感到彼此都是弟兄，都是由双手插进裤袋弄得金币叮当响的阔佬们组成的那个大行会的一分子。

车子走得是那样慢，到了上午十点，他们还没走出四法里。男子们曾经三次下车，步行爬上坡的路。大家有点着急，因为原定在多特吃中饭，现在看来天黑以前到达那里都没有希望。每个人都在注意，希望在大路边上发现一个小酒馆，这时候驿车却陷进一个大雪堆里，费了两个钟头的时间才把它拖出来。

食欲在增长，弄得大家心慌意乱；可是看不见一个小饭馆，看不见一个卖酒的小店，因为普鲁士军队越来越近，饿着肚子的法国队伍不断经过，所有的买卖都吓得停止了。

车里的先生们都跑到路旁那些农庄里去找吃的东西，可是他们连面包都找不到，因为多疑多惧的农民生怕挨抢，早把存储的物品隐藏起来，那些没有吃的兵士们是发现什么都要硬拿走的。

下午一点钟左右,鸟先生公开表示,他确确实实感觉到胃里空得发慌。其实大家也都跟他一样早就难受得要命,想吃东西的强烈需要一直在增长,连谈话的劲头也没有了。

时常有人打哈欠,一个人打完,马上就有另一个人跟着打;并且人人轮流着都打起来,按照各人的性情、礼貌和社会地位,各有各的打法:有的张着嘴大声打,有的很谦虚地赶紧拿手挡住往外冒热气、张大了的嘴打。

羊脂球好几次弯下腰去,仿佛在裙子底下找什么似的。每次她都踌躇一下,看一看旁边那些人,然后又若无其事地直起腰来。那些人的脸都是苍白的,皱紧的。鸟先生表示他肯出一千法郎买一只肘子。他的妻子动了一下,好像表示反对,可是马上就安静下去。她一听见说浪费金钱,心里总要难受,甚至于对这方面开玩笑的话,也会信以为真。伯爵说:"说实话,我也觉得很不舒服,我怎么会没想到带点吃的来呢?"于是每个人都这样埋怨自己为什么没带吃的东西。

不过高尼岱带着满满一壶朗姆酒;他请大家喝一点,大家都冷冰冰拒绝了。只有鸟先生接受这番好意喝了一点点,他退还酒壶的时候还道谢说:"倒是不错,也暖和了,也忘了饿了。"酒一下肚,他高兴了,他提议跟歌谣里唱的小船上一样,吃那个最肥胖的旅客。这是暗射羊脂球,那几位有教养的人听了是刺耳的。谁也不回答他,只有高尼岱微微地笑了一笑。那两位修女已停止念经,双手抄在肥袖管里,她们动也不动,下死劲地低头看着地,不用说是在默默忍受上天降给她们的苦痛,作为对上天的献礼。

三点钟,她们来到了一片四望无边的平原,眼前连一个小村落都没有了。羊脂球终于一弯腰从长凳底下抽出了一个上面蒙着一块白色饭巾的大篮子。

从篮里,她先拿出一只陶瓷碟子,一只小银杯,然后是一只大罐子,里面装着两只切碎的小鸡,上面盖着凝结的冻儿;大家看见篮里还有不少别的好东西,什么肉酱啊、水果啊、糖果啊等等,总之是为三天旅程预备下的食品,三天之内可以不沾旅馆厨房做出来的任何东西。在那些食品包儿的中间还露着四个酒瓶的瓶颈。她拿起了一个鸡翅膀,仔细地吃着,一面就着一块小面包,就是在诺曼底省叫作"摄政时代"的那种小面包。

所有的眼睛都向她盯着。随后,香味一散开,大家的鼻翅就都张开,口里涌起了大量的口涎,耳朵下面那块颚骨也绷得直发痛。那几位太太对这个妓女的轻蔑现在更厉害了,她们恨不得把她杀死或把她扔下车去,抛到雪地里,连她的酒杯、篮子以及那些食品一齐丢下去。

不过鸟先生的眼睛盯着那罐鸡不放。他说:"真是妙不可言。这位太太比我们想得周到。有的人总是样样都想到。"她于是抬起头望着他说:"您吃一点吗,先生? 从早上一直饿到现在可真不好受啊。"他点头打了招呼就说:"老实说,我还真不能拒绝,我实在支持不住了。到哪一步就得说哪一步,您说是不是,太太?"然后朝四周瞟一眼,他又接着说道:"遇到像现在这种时候,能够碰见好心肠帮忙的人,可真叫人痛快呀!"他身边有一张报纸,他把它摊开,免得弄脏裤子,随后从袋里掏出他永远掖着的一把小刀,用刀尖挑起一个满裹着冻儿的鸡腿,拿牙把它撕碎,细嚼起来;嚼得那么明显地津津有味,在车里引起了一片失望的长叹声。

可是羊脂球这时又用谦逊而温和的声音邀请那两位善良的修女也参加她这顿便餐。这两位马上就答应,眼皮也不抬,嘟囔了几句道谢的话之后,很快地就吃起来。高尼岱也没有拒绝羊脂球的邀请;连修女一起,各人把报纸摊在膝上,就拼成了一张饭桌。

几张嘴不停地张开了闭拢,闭拢了张开,咽啊,嚼啊,吞啊,非常凶猛。鸟先生在自己的角落里吃得十分起劲,并且低声劝他的妻子也这样做。她拒绝了好半天,后来五脏六腑都一齐抽筋似的痛起来,她也不坚持了。她的丈夫于是使用出极委婉的词句请问他们的"可爱的旅伴"是否允许他拿一小块鸡给鸟太太吃。羊脂球说:"可以,当然可以,先生。"她一面极和蔼地微笑着把罐子递了过来。

第一瓶红葡萄酒打开以后,出现了一个难题,因为只有一只酒杯。大家只好把杯子揩抹一下互相传递着喝。只有高尼岱一个人不揩抹酒杯,却故意找羊脂球唇迹未干的地方喝,毫无疑义他是有意向她献媚。

德·布雷维尔伯爵夫妇和卡雷—拉玛东夫妇周围的人都在吃东西,食物的香味把他们逼得喘不出气,他们受到的那种可怕的苦难是有名堂的,叫作"坦塔罗斯的苦难"①。忽然,那个棉纺厂厂主的年轻太太叹了一口长气,大家都不禁转过脸来;她的脸色跟车外的雪一般白;她眼皮一合,头一低,晕过去了。她的丈夫吓得不知怎样好,要求大家帮忙。人人束手无策,这时候那个年老的修女却扶起了病人的头,把羊脂球的酒杯轻轻放在她的唇边,喂了她几滴葡萄酒。那位美丽的太太这才微微一动,睁开了眼,面上显出了一丝微笑,有气无力地说她现在觉得很舒服了。不过,为避免再犯病,那位修女逼着她又满满地喝了一杯,并且

---

① 希腊神话中主神宙斯之子,因泄露天机被罚永世站在上有果树的水中,水深及下巴,口渴想喝水时水即减退,腹饥想吃果子时树枝即升高。"坦塔罗斯的苦难"指可望而不可即的难熬的苦痛。

说:"是因为饿极了,没有别的缘故。"

这时,羊脂球脸涨得通红,显出很为难的样子,眼睛看着那四位饿着肚子的旅客,吞吞吐吐地说道:"天啊,我要是不怕冒昧的话,真想请这两位先生和两位太太也……"她不再往下说,怕惹出一场无趣,白受侮辱。鸟先生说话了:"唉!在这种时候,四海之内皆兄弟,都应该互相帮助。来吧,太太们,别客气,凭什么还要拒绝!我们能否找到一个住处过夜,都还不知道呢。像这样的走法,明天正午以前绝对到不了多特。"他们还在犹疑不决,谁也不敢负责任说一声"好吧"。

后来还是伯爵解决了问题。他转过脸来对着那个不知所措的肥胖姑娘,摆出了一副老绅士高不可攀的架子说道:"好,我们依实领情了,夫人。"

迈第一步是很困难的。第一道关口一过,大家就毫不客气了。一篮子东西吃了个精光。这篮子里原来还装着鹅肝酱、肥云雀酱、熏牛舌、克拉桑的梨、主教桥镇出产的甜面包、细巧甜点心、满满一杯子醋泡的黄瓜和洋葱,羊脂球跟别的妇人一样最爱吃生的蔬菜。

既吃了这个姑娘的东西,就不能不和她说话。于是就聊起天来,一开始大家都很矜持,可是她说话很知道分寸,大家也就不再拘束。德·布雷维尔太太和卡雷一拉玛东太太都是熟悉交际礼貌的人,知道怎样对她表示和气而又不失身份。特别是伯爵夫人,她显出最高贵的夫人不怕接触任何污秽的那种屈尊俯就的和蔼态度来,她对羊脂球显得格外和气。但是肥胖的鸟太太,她具有一种宪兵精神,仍旧是那么不可侵犯的样子,她说得少,吃得多。

他们谈起了战争,这是很自然的事。他们讲了许多普鲁士兵士的残暴行为和法国人的英雄事迹;这些人自己是在逃跑,却衷心钦佩着别人的勇敢。很快地各人讲到各人的经历,羊脂球把她怎样离开卢昂的情形讲给他们听,她的愤慨是真实的,言词也非常激烈;妓女们发泄真实的愤怒时往往是这样激烈的。她说:"我本以为我可以留下不走。我家里存着很多食品,供给几个兵士吃喝总比离乡背井乱跑乱奔好些。可是等到我真见着他们,这些普鲁士兵,我可就控制不住自己了。他们把我的肚子都快气破了;我羞惭得哭了一整天。如果我是个男子的话,那当然就好办了!我从我的窗口望着他们,这些戴着尖顶钢盔的大肥猪,我真想把我屋里的家具丢下去砸他们,但我的女仆紧紧握着我的手,不让我动手,后来他们要住到我的家里来了。第一个走进我家大门的人就被我扑上去掐住了脖子。掐死他们这些人并不比掐死别人更费事。要不是他们拉住我的头发,这个家伙一定是叫我给结果了。这样一来我只好藏起来,一找到机会,就离开,到了这辆车里。"

大家很夸奖了她一番。她的这些旅伴并没有表现得像她这么果敢大胆,在他们的眼里，她变得高大起来了。高尼岱一直是带着微笑听她讲，他的微笑是使徒脸上常有的那种表示赞许的、善意的微笑；一位神父听见了一个虔诚的教徒颂扬上帝，其表情也不过如此，因为爱国是这些留着长胡子的民主党人独家经营的专卖品，正如宗教是那些穿长袍的教士们的专卖品一样。最后他说了话，口吻是说教者的口吻，并且用了一大堆从每天张贴在墙壁上的宣言中学来的慷慨激昂的词句；最后他真的搬出了一段演说词，狠狠地把那个"无赖巴丹盖"①痛骂了一顿。

可是羊脂球立刻勃然大怒，因为她是崇拜拿破仑皇帝的，她面色变得比野樱桃还红，气得说话也结巴了，她说："你们这些人，你们不妨坐到他的位子上去试试看。那可就不知成什么样子了！这个人，他是被你们给出卖了！要是你们这些光棍上台治理法国，我只好远离法国了。"高尼岱很镇静，面上还保留着一丝轻蔑的、自以为高人一等的微笑；但是大家却感到快要听见骂人的粗话了，这时伯爵挺身而出，用权威者的口气宣称一切真诚的意见都应该受到尊重，才好不容易把这个义愤填膺的姑娘的气平了下去。可是伯爵夫人和那位棉纺厂厂主的太太在心灵里原抱着一切有身份人对共和国所抱的莫名其妙的憎恨，并且对一切讲究排场的专制政府天生就有爱慕之情，因此不由自主地觉得这个妓女颇有可爱之处：她是那么庄严自重，令人钦敬；她的情感和她们的情感又是那么彼此相像。

那一篮子东西是吃光了。十个人吃这一篮子东西毫不费力就把它打扫干净，大家视为遗憾的是篮子只有这么大而不更大一点。自从把东西吃完以后，谈话稍稍冷淡了一些，但还继续了一些时候。

夜来了，天色一点一点黑下来，一个人正在消化食物的时候，对寒气的感觉来得格外锐敏；羊脂球尽管身体肥胖也不免一阵一阵打寒战。德·布雷维尔太太愿意把脚炉借她烤一下，脚炉里的炭从早上起已经换过多少次；羊脂球立刻就接了过来，因为她觉得她的脚已冻得冰冷。卡雷—拉玛东太太和鸟太太也把各人的脚炉递给那两位修女。

车夫已经点上车灯。强烈的灯光照出辕马屁股上的一片热气，同时也照出大路两旁的雪，在灯光闪耀之下滚滚向后飞驰。

在车厢里是什么也看不清楚，不过在羊脂球和高尼岱之间突然有一种动作；鸟先生的两眼在黑暗里搜索，他好像看见那位长着大胡子的人急忙向旁边一闪，似乎挨了不声不响打过来的很结实的一拳。

在大路前方出现星星点点的小火光。多特到了。整整走了十二小时，加上四

---

① 拿破仑三世的含有讥笑意味的绰号。他曾在一次政治冒险后化名为巴丹盖。

次停下来让马吃燕麦和喘口气的两小时休息时间，一共是十四小时。车开进了镇市，在商务旅馆前停了下来。

车门开了。一种很耳熟的声音使所有的旅客都不由得一惊；他们听见的是腰刀皮鞘触到地面的声音。紧跟着是一个德国人在高声喊叫。

车虽然已经停住不动，可是没有一个人下车，好像预料到一走出去就会被屠杀似的。这时车夫出现了，手里提了一盏车灯，灯光一直射到车厢尽头，照出了那两行恐慌万状的脸，都张着嘴，睁着又惊又怕的眼睛。在车夫身旁，灯光里站着一位德国军官，他是一个大高个子的青年，身材过分瘦长，头发金黄，上身紧紧裹在军服里，好像女子裹在紧身胸衣里一样；他歪戴着漆布的平顶遮檐军帽，这就使他颇有点像英国旅馆里的侍役；嘴上两撇长得出奇的胡子，一根根胡子毛又长又直向两旁伸展，越来越稀，稀到尖上只剩了一根金黄色的细丝，长到简直令人无法看出它到哪儿为止。这两撇胡子好像很有分量，垂在嘴角，把脸蛋坠得往下耷拉着，嘴唇便成了两头向下的一道弧线。

他用阿尔萨斯人说的法国话①请旅客下车，口气很不客气："先生们和代代（太太）们，里（你）们还扑（不）下来吗？"

两位修女首先服从命令，她们是惯于依从一切命令的圣洁女子，所以非常驯顺。伯爵和伯爵夫人也走了出来，后面跟着的是棉纺厂厂主和他的妻子，再便是鸟先生和被他从后面推着的他的大个子老婆。他脚一挨地就对那军官来了一个："你好！先生！"与其说是表示礼貌，毋宁说是出于谨慎。有权有势的人总是傲慢无礼的，对方也不例外，看了他一眼并不答礼。

高尼岱和羊脂球虽然坐在车门口却最末下来；在敌人面前，他们显示出严肃高傲的气概。那位胖姑娘竭力控制着自己，使自己保持冷静；那位民主党人不住地用手揉搓着自己黄褐色的长胡子，手有点哆嗦，颇有点悲剧的意味。他们两人的意图是要保持自己的尊严，他们知道在这种场合下，每个人多多少少代表着自己的祖国；看见旅伴们的那种恭顺态度，他们心里起着同样的反感；她呢，竭力要比那些同行的正经妇人显得更有自尊心；他呢，感到自己应该树立榜样，于是在整个态度中都显出他仍在继续当初大路上挖洞刨沟时所开始的抗敌任务。

他们走进了旅馆的宽阔的厨房，遵照那个德国军官的吩咐呈验了总司令签发的离境准许证；每人的姓名、相貌、职业，证件上都注得明明白白，那个德国人于是一面看证件，一面看本人，把这批人端详了好大半天。然后他突然说道："号

---

① 阿尔萨斯在法国西北部，这个地区人说的法国话，德国音颇重。

（好）了。"说完他就走了。

大家这才透了一口气。因为肚子还感到饿,赶紧叫旅馆准备晚餐。准备晚餐,半小时是不能少的,于是,两个女侍在那里忙碌的时候,他们就去参观一下各人的住室。他们的住室都集中在一条长廊里,廊子的尽头有一扇玻璃门,门上写着"一百号"。①

最后到了要坐下吃饭的时候,旅馆的老板出现了。他从前是马贩子,后来改了业,他是个有哮喘病的胖子,喉咙里不停地发出嘶嘶声、呼噜呼噜声和痰声。他的姓是弗朗维。他问道:

"谁是伊丽莎白·鲁塞小姐?"

羊脂球不由得一惊,转身答道:

"我就是。"

"小姐,普鲁士军官要马上跟您谈话。"

"跟我?"

"是的,如果您就是伊丽莎白·鲁塞小姐。"

她先是一阵为难,但考虑了一秒钟,就断然地回答:

"也许是找我,但是我不去。"

在她四周起了一阵骚动;大家议论纷纷,研究发这个命令的理由是什么。伯爵走了过来:

"您这样做是不妥当的,夫人;因为您这样一拒绝,可能引起很大的麻烦,不仅对您本人不利,也对您所有的旅伴们不利。遇到最强大的人是永远不应反抗的。他这种举动不会包含什么危险,一定是有什么手续忘记办了。"

大家也都附和着帮伯爵说话,又央求,又催逼,又讲大道理;因为大家都害怕她这种轻举妄动会引起麻烦。后来终于把她说服了。她说了这样一句话:

"好,我去,这可是为了你们大家我才去的。"

伯爵夫人赶紧握住她的手:

"所以我们都很感激您呀。"

她出去了。大家先不吃饭等着她。每人心里都有点懊丧,懊丧的是为什么偏偏请这位脾气暴、性子躁的姑娘上去而不请自己,都默默在准备一些老生常谈,以便轮着自己被请时好说。

可是过了十分钟,她回来了,喘着气,脸涨得通红,好像要窒息过去,怒气

---

① 一百号是厕所的隐语。

填胸,嘴里不停地嘟哝:"噢,这个浑蛋!这个浑蛋!"

大家都急于要知道底细,可是她什么也不说;伯爵再三追问,她于是无比尊严地回答:"不,这和你们不相干,我不能说。"

大家围了一个大汤盆落了坐,盆里冒着白菜香味。虽然经过了那场惊慌,这顿饭还是吃得很高兴。苹果酒很好,鸟先生夫妇和两位修女为了省钱都喝苹果酒。其他各位都要了葡萄酒;高尼岱要了啤酒;他喝啤酒,有他自己的一套特别方法,怎样开瓶子,怎样让酒起泡沫,怎样把杯子歪举着仔细端详,都和别人不同;最后他把杯子高举到灯和自己的中间,好好鉴赏一番酒的颜色以后,这才喝下去。喝的时候,他那部跟他所喜爱的饮料颜色相仿的大胡子仿佛也会感动得颤动起来;他的一双眼睛斜盯着啤酒杯一刻也不肯放松;他生在世上唯一的职责好像就在此,而他现在就在完成这个职责。简直可以说,他在脑海里使浅色啤酒和革命这两种伟大的爱好互相接近,甚至合成一个;因此他细尝这一个滋味的时候就不能不想到那一个。

弗朗维先生和他的妻子在桌子的一头用饭。男的像一个破火车头那样呼哧呼哧喘着,胸膛里抽进抽出这么多的气,是无法边吃边说话的;可是女的,话却没个停止的时候。先讲普鲁士人一到本地时,她对他们所发生的感想,随后讲他们都干了些什么,说了些什么;她所以恨他们,首先是因为他们害她花了不少钱,其次是因为她有两个孩子在军队里打仗。她特别爱跟伯爵夫人谈天,跟一位有身份的贵妇人说话,她感到荣幸。

后来她把嗓子放低,谈起一些不能随便说的事,她的丈夫不时地阻拦她:"弗朗维太太,你最好还是少开口。"不过她一点也不理会,仍旧说下去:

"是的,太太,这些家伙,他们不吃别的东西,除了土豆和猪肉,还是猪肉和土豆。可别以为他们多么洁净。他们才不洁净呢。恕我冒昧,他们到处拉屎撒尿。幸亏您没看见过他们下操,一操就是整整几小时甚至几天,全都待在大空地里:老是向前走,向后走,向这边转,向那边转。这些人如果去种地,或者回到家乡去修路,那至少总还算不错呀!可是不,太太,这些军人,谁也得不到他们的好处!可怜的老百姓养着他们,就为了叫他们可以什么也不学,光学会大批杀人!不错,我不过是个没受过教育的老婆子,可是看见他们从早到晚老是踏来踏去,一个个都踏得个精疲力尽,我心里可就不免这样想了:有些人发明这么多的东西,为的是于人有益,可是另一批人呢,吃尽辛苦却只是为了损害旁人,这难道是应该的吗?杀人总是丑恶可憎的事,不管杀的是普鲁士人,或是英国人,或是波兰人,或是法国人。人损害了你,你就报复,这当然是不对的,所以你要受刑事处分；可是拿着枪大批屠杀我们的小伙子，跟杀飞禽走兽似的那么杀，那就对了吗？如果说不对，那么为什么还要把勋章奖给杀人最多的人呢？这是怎么回事，我简直弄不明白。"

高尼岱提高了嗓子说话了：

"如果是攻击一个与世无争的邻国，那么战争是野蛮行为；如果是保卫自己的祖国，那就是一种神圣的职责。"

那个老婆子低下了头，然后说：

"是的，要是为了自卫，那是另一回事；不过那些专为寻欢作乐而打仗的帝王，是不是应该把他们都杀个干净呢？"

高尼岱的眼里闪出了火光，他说：

"说得真好，女公民！"

卡雷一拉玛东先生不免沉思起来。虽然他一向狂热地崇拜那些名将，但这个乡下女人的常识却使他想到这样一件事，就是这么多的人手，废而不用，任他们坐耗国帑，这么大的力量被弃置在不生产之地，如果一旦把它们用到几百年才能完成的大工业上去，给国家该带来多大的财富。

这时鸟先生已离了座，走去低声和旅店老板谈话。那个胖子又笑，又咳嗽，又吐痰；听了对方打诨逗趣的话，他的大肚子快活得一起一伏不住地跳动；他向鸟先生订购了六大桶红葡萄酒，等春天普鲁士人走了再交货。

晚饭刚一吃完，大家因为已经累得腰酸背痛，就立刻都去就寝。

可是有些事，鸟先生却已看在眼里，他把太太服侍上床以后，便一会儿把耳朵贴在锁孔上听，一会儿又用眼贴着锁孔望，想发现他所谓的"走廊上的秘密"。

差不多一个钟头之后，他听见一阵窸窸窣窣的声音，赶快一看，看见了羊脂球穿着一件四周镶白色花边的蓝开司米长睡衣，样子显得格外肥胖，手里端着一个蜡台，向走廊尽头那个大号码的房门走去。离他不远却有一扇门推开了一条缝。等过了几分钟羊脂球回来，高尼岱跟在她后面，上身只穿着衬衫。他们说话声音很低，后来停下不走了。羊脂球好像是在坚决阻止他进她的屋子。该死的是鸟先生听不见他们说什么话；不过到最后他们声音高了起来，他总算耳边刮着了几句。高尼岱是一个劲儿地央求，他说：

"瞧，您多么傻，对您来说，这有什么关系？"

她显然是生气了，回答：

"不行，我的亲爱的，有些时候，这种事是做不得的；再说，在这儿，简直是件可耻的事。"

他大概是一点也不明白其中的道理，还在问什么缘故。她于是大发雷霆，嗓子也提得更高了：

"什么缘故？您不知道是什么缘故吗？普鲁士人不就在这所房子里吗？也许就在隔壁屋子里呢。"

他不再说话了。敌人在身旁，这个妓女便不肯接受男人的温存，这种爱国主义的节操不能不在他心里唤醒了正在丢盔卸甲的自尊心；他只抱住她吻了一下，便蹑手蹑脚回到自己的房间。

鸟先生心里跟火烧一般，离开了锁孔，在屋子中央来了个击脚跳，戴上了他的棉布睡帽，掀起了盖着他妻子粗硬身躯的被子，吻了她一下，把她吵醒，低声说道："亲爱的，你爱我吗？"

整所房子声息全无了。但是不久以后，不知从哪儿，也说不清是从哪个方向，也许是从地窖里，也许是从阁楼里，传来一种有力的、单调的、有规则的鼾声，一种低沉的、拖长的声音，好像汽锅憋足了气在抖动。弗朗维先生睡着了。

原来决定的是第二天八点钟动身，所以到时候大家都已聚在厨房里；可是那辆车子却孤零零地停在院子中央，既没有马也没有车夫，篷布顶上盖着一层雪。马房里、草料房里、车房里都找过，哪儿也找不着车夫。于是所有的男子决定到镇上去搜寻这个人，他们一齐走了出去。他们来到了广场，广场的正面是一座教堂，两旁都是低矮的房子，里面都有普鲁士兵。他们看见的头一个兵士在削土豆皮。再过去一点，又看见一个兵士在那里替理发店洗刷屋子。还有一个满脸胡子的兵士正在亲一个哭着的小孩的面孔，把孩子放在膝上颠动摇晃，哄他别哭。那些胖胖的乡妇——男人们到军队打仗去了——正比着手势指挥那些驯顺的胜利者在那里做应该做的工作，比方劈柴，把热汤倒在面包片上，磨咖啡等等；有一个兵竟在替他的房主人洗衣服，房主人是一个手脚不灵的老婆子。

伯爵大为吃惊。恰好一个教堂职员正从神父住宅出来，他于是请问了他。这个虔敬的老信徒回答："噢！这些人可不是坏人；听人说，他们不是普鲁士人。他们住得还要远些；我也说不清是什么地方，他们都把老婆孩子丢在家乡；战争对他们来说，并不是一件有趣的事。我敢断定，那边也在哭哭啼啼挂念男人；将来跟咱们这儿一样，也会穷得走投无路。这儿，目前还不算太倒霉，因为他们并不干坏事，他们跟在他们家里一样干活做事。看见没有？先生，穷苦人之间就应该互相帮助……要打仗的是那些大人物。"

高尼岱看见在战胜者和战败者之间会取得这样友好的谅解，感到非常气愤，马上走开；他宁愿回到旅馆里去一个人待着。鸟先生说了一句笑话："他们正在补充人口。"卡雷—拉玛东先生也说了一句话，倒还严肃："他们正在赔偿损失。"可是车夫还是找不着。最后才在镇上的咖啡馆里把他找到，他正和普鲁士军官的勤务兵亲如弟兄似的坐在一张桌上。

伯爵很不客气地问他：

"没吩咐你八点钟套车吗？"

"吩咐过，不过后来我又另外接到了一道命令。"

"什么命令？"

"叫我不要套车。"

"谁给你下的这道命令？"

"那还用问，是普鲁士指挥官。"

"为什么下这样的命令？"

"我不知道，你们去问他吧。他们不准我套车，因此我就不套车。事情就是这样。"

"是他亲自对你这样说的吗？"

"不，先生，是旅店老板替他向我传的命令。"

"什么时候？"

"昨天晚上，我正要去睡的时候。"

三个男子心里十分不安，回到旅馆。

他们找弗朗维先生，可是女仆回答说弗朗维先生有气喘病，十点钟以前是从来不起床的。他甚至明确地禁止提前把他叫醒，除非是发生火灾。

他们想见军官，但那是万万办不到的；尽管他就住在旅馆里，他却只允许弗朗维先生一个人和他谈老百姓的事情。只好等着吧。妇人们回到各自的房间，做一些无关紧要的琐事。

高尼岱在厨房里那座高大的壁炉下面坐下来，壁炉里烧着一大堆火。他叫人替他搬来了一张小方桌，外带一瓶啤酒，然后叼着烟斗抽他的烟。他那只烟斗在那些民主党人中间几乎和他本人一样受人敬重，倒好像它为高尼岱服务的同时也在为祖国服务。那是一只非常漂亮的海泡石烟斗，积了厚厚的烟垢，和主人的牙齿一般黑，不过烟斗香喷喷的、弯弯的、亮光光的，和主人的手已经混得很熟；有了这个烟斗在手，主人的神气才显得十足。高尼岱坐在那里一动也不动，两只眼一会儿盯住炉里的火苗，一会儿盯住杯中的酒沫；每喝一口，总要带着得意的神色伸出他又瘦又长的手指头掠一下油腻的头发，一面用嘴吸着唇髭上挂着的泡沫。

鸟先生借口活动活动腿脚，却跑到本地各家小酒店去推销他的葡萄酒。伯爵和棉纺厂主谈论政治。他们推测法兰西的前途。这一个把希望寄托在奥尔良党人身上，那一个指望出一个无名的大救星，一个在全盘无望的时候挺身而出的英雄。也许会出来一位杜·盖克兰[①]，一位贞德[②]吧？或者是另一位拿破仑一世呢？如果皇太子[③]不是那么小，该有多么好！高尼岱听着他们说话，脸上带着一个懂得命运奥妙的人的微笑。他抽着烟斗把厨房熏得喷香。

　　敲十点钟的时候，弗朗维先生出现了。大家马上请教他；可是他只能把下面几句话一字不改地重复了两三遍："军官这样对我说的：'弗朗维先生，你必须告诉车夫，明天不准给这些旅客套车。没有我的命令，他们不能动身。你听明白了？好，行了。'"

　　他们要求见军官。伯爵拿出自己的名片，卡雷一拉玛东先生还在伯爵的名片上附上自己的姓名和所有头衔。普鲁士军官派人传话给他们，说他可以接见这两个人，可是得等他吃完午饭，也就是说午后一点左右。

　　太太们又下楼来，大家虽然都提心吊胆，还是胡乱吃了一点东西。羊脂球好像是病了，而且显得局促不安。

　　刚喝完咖啡，勤务兵就来找这两位先生。

　　鸟先生跟着两个人一起去了；他们也想把高尼岱拉了去，以便使他们的这番活动显得格外隆重，可是他很高傲地声称，他决心永远不和德国人发生任何交往；他又躲到壁炉下面，又要了一瓶啤酒。

　　那三个人上了楼，被领到旅馆中最漂亮的那间房里，军官就在那里接见他们；他躺在一张靠背椅上，双脚蹬着壁炉，抽着一根长的瓷烟斗，穿着一件鲜艳夺目的睡衣，不用说那是在一个趣味低级的市民的空房子里偷来的。他也不起来，也不打招呼，甚至连看也不看他们，完全是打胜仗的军人具有的那种蛮横无理的极完好的样品。

　　过了好半天，他终于发了话：

　　"里（你）们有镇（什）么事？"

　　伯爵赶紧发言："我们想动身，先生。"

　　"不行。"

[①] 杜·盖克兰是十四世纪的法国民族英雄，屡次击溃英军，收复很多失地。
[②] 亦译作冉·达克，英法"百年战争"中法国民族女英雄。一四三一年被英国占领军在卢昂处以火刑。
[③] 指拿破仑三世的儿子，普法战争时只有十四岁。

"我可以不可以请问一下,因为什么不让我们走?"

"因为我不元(愿)意。"

"我以极大的敬意请您注意,先生,您的总司令曾经发给我们到第厄普去的通行证;我想我们也没有做什么错事,不应该受到你的严厉待遇。"

"我不元(愿)意……没有撇(别)的缘故……里(你)们格(可)以下去了。"

三个人都鞠了躬,退出来。

下午过得很愁惨。谁也不明白这个德国人为什么会有这样的怪念头;每个人的脑子里都产生了最离奇的想法。他们全都待在厨房里,想象出种种不近情理的情形来讨论个不休。也许要把他们留下做人质?——不过又是为的什么目的呢?——莫非要把他们当俘虏带走?更可能的是要向他们勒索一大笔赎金吧?一想到这个,他们吓得发了疯。其中最有钱的人害怕得最厉害;他们好像已经看见自己为了赎命把一袋一袋的金钱倒在这个蛮横无礼的大兵手里。他们绞尽脑汁想出一些可以让人相信的谎言,来隐瞒他们的财富,冒充穷人,冒充很穷很穷的人。鸟先生还把表链摘下来藏在衣袋里。天色黑下来了,这更增加了他们的恐惧。灯已点上,但吃晚饭还要等两小时,鸟夫人提议打三十一点。这至少可以说是一种消遣解闷的好方法。大家都同意。甚至连高尼岱也出于礼貌,熄灭了烟斗,凑一把手。

伯爵洗牌,分牌;羊脂球一上来就得了三十一点;大家很快地都专心打牌,把各人心里盘踞着的恐惧平息下去了。不过高尼岱发觉鸟先生夫妇俩串通好了作弊。

他们正要坐到桌上去吃饭,弗朗维先生又出现了,用他那痰堵着喉咙的声音说:"普鲁士军官叫我来问伊丽莎白·鲁塞小姐,她是不是还没有改变主意?"

羊脂球一听这话,脸色煞白,立着不动;接着突然满脸通红,气得说不出话来。最后她才一下嚷了出来:"去对这个无赖、这个下流东西、这个普鲁士臭死尸说,我决不答应,你听听清楚,我决不,决不,决不答应。"

胖老板一出去,大家就围住了羊脂球打听,要求她把她那趟去见军官的秘密说出来。她先不肯说,可是过不多久,她心里的愤慨再也压不下去,她大声喊道:"他想干什么吗?……他想干什么吗?他想跟我睡觉!"这样的粗话,竟没有人觉得刺耳,因为大家都是那样义愤填膺。高尼岱使劲把酒杯往桌上一掼,把酒杯都掼碎了。当时只听见一片谴责这个无耻丘八的呼声,一片暴怒的怨声;全体团结起来抵御敌人了,仿佛敌人要羊脂球做出牺牲的这件事里他们每个人也都有一份。伯爵愤慨地表示这些人的行为简直和古代的野蛮民族一样。特别是那几位,更是对羊脂球显出十分怜惜爱护的样子。那两位修女只有吃饭才下楼的，她们低下头，一言不发。

头一阵狂怒过去之后，大家还照常用晚餐，不过不大说话，因为都在想心事。

妇人们很早就回到各人的房间；男人们抽着烟就把牌局组织起来，他们邀了弗朗维先生参加，他们想要巧妙地从他身上打听出有什么好方法来消除军官的对立态度。可是他一心只想着牌，什么也不听，什么也不答；他只是不停地说："打牌吧！先生们，打牌吧！"他是那么专心，连痰都忘了吐，使得他胸腔里有时候声音拉得很长。呼哧呼哧扇动着的肺叶发出哮喘病的种种声响，从浑厚的、深沉的音节起一直到小公鸡练习打鸣时的那种嘶哑的尖叫声，无一不有。

他的太太熬不住困，来找他去睡的时候，他竟拒绝上楼。太太只好一个人走了，因为她是"值早班的"，总是太阳一出就起床；而他呢，是"值晚班的"，随时都可以和朋友们熬夜。"你把我那罐牛奶熬蛋黄放在火边上煨着！"他说完又打起牌来。等大家看出从他身上什么也打听不出来，就宣布应该散局，各人都回去睡觉。

第二天他们还是老早都起了床，心里都抱着一种模糊的希望；想动身的欲望也更大，他们很怕在这丑恶的小旅馆里还要过一天。

唉！拉车的马还是留在马房里，车夫还是无影无踪。他们无事可做，就在车的周围绕来绕去。

那餐午饭吃得闷闷不乐；大家对羊脂球好像有点冷冰冰了，因为夜晚常常叫人深思。过了一夜，他们的看法改了样儿。他们现在几乎有点怨恨这个女人，为什么她不偷偷地跑去找那个普鲁士人？那样一来，她不就可以为她的旅伴们在第二天一觉醒来的时候，准备下一个意外的好消息吗？还有比这更简单的吗？并且又有谁知道呢？她的面子是可以顾全的，只要对军官说她是看了旅伴们苦恼，感到可怜，才答应的。对她说来，那种事没有什么了不起！

不过这些心里的想法，还没有人说出来。

下午，大家实在闷得要死，伯爵提议到镇子附近去散散步。各人都仔细地把身体包好裹好，这一小队人就出发了，只有高尼岱不去，他宁愿留在旅馆里烤火；那两位修女也不去，她们白天不是在教堂里就是在神父住宅里消磨光阴。

天气一天比一天冷得厉害，冻得耳朵和鼻子像针扎似的；两只脚很疼，每走一步简直就是受一次罪；等到看见了田野，望过去是无尽无休的一片白，那么凄怆悲凉，大家立刻感到寒入骨髓，愁上心头，马上掉转身子往回走。四个妇人走在前面，三个男人离开不远在后面跟着。

鸟先生把情况看得很清楚，忽然发问说，这个"妇人"是不是要害得他们在这样一个地方长久地待下去。伯爵永远是彬彬有礼的，他说不能硬逼一个妇人做这样一种痛苦的牺牲，这种事只能听她自愿。卡雷—拉玛东先生也发表意见，他说如果法国人，真如大家所议论的那样，从第厄普攻过来，那么两军接触只能是在多特地方。另外那两个人听了他这种说法，心里可就有点着急。鸟先生说："那咱们就徒步逃走吧！"伯爵耸了耸肩膀："这样大的雪，又带着几位太太，那怎么行呢？他们马上会追上来，用不了十分钟就把我们抓住，当俘虏带回来，那就任凭这些大兵摆布了。"他的话说得实情实理，大家都不再作声。

太太们谈的是打扮；可是她们之间好像有些拘拘束束谈不热乎。

忽然在街口出现了那个普鲁士军官。在一望无边的雪地上的是他那穿着制服的、细腰蜂般的高高的身体，走起路来膝盖向两边撇开，这是怕弄脏刚擦亮的长靴的军人特有的走法。

他在妇人们面前经过时，哈了哈腰，可是对那些男子却十分轻蔑地看了一眼，好在这些人也颇知自爱，并没有脱帽，尽管鸟先生做了一种仿佛要摘帽的手势。

羊脂球脸红到耳根；那三位有丈夫的妇人则感觉到一种很大的耻辱，她们觉得可耻的是和妓女一起散步时偏偏让军官碰见；而这个妓女又是那个军人如此不客气地对待过的。

她们接着就谈起这个军官来，既谈他的身段又谈他的容貌。卡雷—拉玛东夫人结交过许多军官，对鉴别军官很有眼力；她认为这个军官很不错；她甚至惋惜他不是法国人，否则倒是一个很漂亮的轻骑兵，所有的女人都会对他入迷的。

回到了旅馆，大家都不知干什么才好。为了一些极其无关紧要的小事，言语都非常尖刻。晚饭不声不响地吃了，吃得很快；各人都上楼去睡觉，希望快睡着把时间混过去。

第二天早上下楼，大家脸色都显得疲惫不堪，而且都怀着满腔的怒火。几位太太几乎不跟羊脂球说话了。

钟声响了。教堂里有孩子要领洗。这位胖姑娘生过一个孩子，寄养在依弗多的农民家里。她一年也不见得去看他一次，平常也从不想他；可是一想到这个马上要领洗的小孩，心里忽然对自己孩子产生了一种强烈的母爱，她于是不顾一切，要去参加这个仪式。

她刚一走，大家先是你看看我，我看看你，然后把椅子往一块儿挪挪，因为他们都感到，已经到了应该决定个办法的时候了。鸟先生忽然灵机一动，他主张向军官建议，把羊脂球一个人留下，让别的人走路。

仍旧是弗朗维先生担任了这个传话的使命，可是他几乎马上就回到楼下。那个德国人是深知人类的本性的，所以把他赶了出来。他的意思是他的希望一天得不到满足，就必须把全部的人扣留一天。

鸟夫人的市井下流脾气一下子爆发出来："我们总不能都死在这儿啊。跟所有的男子干这种事，原来就是这个妇人的本行，我认为她就没有权利拒绝这个人或接受那个人。我倒要请问一下，在卢昂碰着谁要谁，哪怕是马车夫，她也要！是的，太太，她接过省政府的马车夫！这个事，我知道得很清楚，那马车夫就在我们店里买葡萄酒。可是今天，要她帮我们解决困难了！她这个肮脏女人，倒假充起正经人来了。这个军官，我觉得他的行为很正派。他也许好久没近女人了；我们这三个女人当然比羊脂球更对他的胃口。可是，不，他只想把这个尽可夫的妇人弄到手就满意了。他对有丈夫的妇人是知道尊重的。请你们想一想，他可是此地的主人。"

那两个妇人打了一个小小的寒战。漂亮的卡雷—拉玛东夫人眼里闪出了光芒，并且面色有点发白，好像觉得自己已经被那个军官强施无礼似的。

男人们原在一旁商量，现在都走了过来。鸟先生怒气冲天，主张把这个"妇人"连手带脚捆起来，交给敌人。不过伯爵出身于三代都做过外交大使的家庭，而且他自己又天生一副外交家的气派，他主张运用计谋，他说："还是应该好好地劝她。"

于是他们秘密地商量起来。

妇人们挤得更紧一些，说话的声音放得很低，大家议论纷纷，各人发表各人意见，而且话说得都很体面。尤其是这些太太们寻出一些委婉曲折的说法和文雅可爱的措辞来表达最猥亵的事。因为话都说得那么谨慎含蓄，局外人闯进来的话，一点也听不懂。不过一切上流社会的妇女披在身上的那层薄薄的廉耻心，只能掩盖外表，她们遇到这件猥亵下流的意外事故，却也止不住心花怒放，骨子里竟觉得异常散心解闷，简直可以说是如鱼得水。她们是抱了一种跃跃欲试的心在为别人从中撮合，正如一个馋嘴厨子馋涎欲滴地在为另一个人做晚餐。

到最后，这个故事在他们眼中，显得那么有趣，因此不由自主地大家都轻松愉快起来。伯爵想出了一些相当大胆的趣话妙语，但是他说得那么巧妙，并不刺耳而是引起了微笑。鸟先生说出了一些比较粗鲁的猥亵词句，大家听了也不觉得难听；他的太太于是直截了当表示了她的看法，得到所有在座人的同意，她说："既然是这个姑娘的本行，她为什么对别人不拒绝，却偏偏要拒绝这个人？"那位可爱的卡雷—拉玛东夫人似乎竟有这样的想法，就是如果她是羊脂球，她是宁肯拒绝别人而不肯拒绝这个人的。

他们费了好半天的时间商量包围的办法，就好比对付一座被围困的要塞。每人都定好了自己应该担任的任务，应该讲的理由和应该玩的手段。大家共同决定了进攻的计划，应该施展的妙计和乘其不备的突然袭击，以便强迫这座活城堡开门迎接敌人。

不过高尼岱始终躲在一边，丝毫不过问这桩事。

大家的注意力都是那么集中，竟没有一个人听见羊脂球回来。幸亏伯爵轻轻地嘘了一声，大家才抬起头来。她已经到了跟前。他们突然闭上嘴，感到十分尴尬，一时无法和她搭话。伯爵夫人究竟比别人更惯于交际场中的两面派作风，就问她："这次洗礼好玩吗？"

胖姑娘心里的激动还没平息下去，于是把一切都讲给他们听：她都看见了什么样的人，那些人是什么态度，甚至教堂里的外观，她都讲到。最后她还补一句："偶尔祷告一次很有好处。"

一直到吃午饭，这几位太太都对她很和气，为的是取得她的信任，更容易听从她们的劝告。

等到一坐上饭桌，进攻就开始了。一开始是泛泛谈到献身精神。他们举了些古代的事例，先举犹底特和荷罗菲纳①；又毫无理由地举了鲁克雷斯和塞克都斯②，又谈起克娄巴特拉③，说她曾把敌军所有的将领先后引到自己床上，使他们像奴隶似的俯首听命。于是一个无比荒诞的故事出现了，这个故事是从这些不学无术的百万富翁脑中产生的；在这个故事里，罗马的女公民们跑到加布，把汉尼拔④搂在怀中哄他睡觉，不但搂他，还搂他那些将领和雇佣兵的所有官兵。凡是曾经阻挡过征服者，把自己的身体作为战场，作为支配工具，作为武器的女人，凡是用自己英勇的爱抚战胜丑恶可恨的败类的女人，凡是曾经为复仇与效忠而牺牲贞操的妇人，他们都一一举了出来。

他们甚至还用含蓄的词句谈到英国的一个名门闺秀，她故意染上一种可怕的

---

① 犹底特，古代传说中的犹太女英雄。维杜利城受巴比伦军队围攻，情况危急。寡妇犹底特出城来，深入敌营，灌醉了敌军大将荷罗菲纳，砍下了他的头，敌军因而惊溃。
② 鲁克雷斯是古罗马名将之妻，夜间被罗马皇帝的一个儿子塞克都斯奸污，次日把受辱事告诉父亲和丈夫后，愤而自杀。据传说她的死招致罗马皇帝的垮台，共和国的建立。
③ 克娄巴特拉是古埃及女王，传说曾凭自己的美貌征服恺撒等罗马名将。
④ 汉尼拔是古代迦太基的大将，攻罗马不克，屯兵罗马附近的加布等待援兵。有些历史学家硬说他迷恋于加布妇女的美丽。小说里的这些富人又附会其词大事渲染，所以莫泊桑说他们不学无术。

传染病，准备传给拿破仑；靠天保佑，幸亏拿破仑在这次不幸的幽会时，突然感到虚弱无力，才算得救。

这一切都是用一种很得体、很有分寸的方式讲述出来，时不时还故意爆发出一片热烈赞赏，足以激发人去仿效。

听了他们说的，你最后简直会相信，妇女在世界上唯一的使命就是永恒不断地牺牲自己的身体，无尽无休地听从丘八老粗们的任意摆布。

那两位修女好像陷入沉思之中，什么也没听见，羊脂球也一句话都没说。

整个下午，他们都不打扰她，容她仔细考虑。不过，谁也说不出为什么，大家却都改了口，简单地叫她"小姐"，而不像以往那样称呼她"夫人"了，倒好像是要把她从她现已爬到的、颇受尊敬的地位往下拉一级，让她感觉出她所处的不体面的地位似的。

汤刚刚送上来，弗朗维先生又出现了，还是头天晚上那句话："普鲁士军官叫我问伊丽莎白·鲁塞小姐，她是不是还没有改变主意。"

羊脂球冷冷地回道："没有，先生。"

但是在这顿晚饭中间，同盟军的力量减弱了。鸟先生说了三句话，效果都很坏。每个人都搜索枯肠寻找新的例子，但是枉费心机，一点也找不出来。伯爵夫人也许并没有经过事先考虑，只是有点儿希望对教会表示敬意，向那位年长的修女打听圣人们都有什么丰功伟绩。哪知许多圣人都曾经干过在我们看来可算是犯罪的事，不过这些罪如果是为了天主的光荣或是为了他人的利益，那么教会便会毫不困难地加以宽恕。这是一个有力的论据，伯爵夫人马上加以利用。也许是由于双方有了默契，或者是一方暗献殷勤，凡是身披教会法衣的人都善于干这一手，也许仅仅是由于正巧缺乏头脑，或者由于爱帮人忙的糊涂傻劲儿，总之这位老修女却给他们的阴谋帮了一个大忙。大家原以为她胆子小怕羞，哪知她很胆大，话也很多并且很激烈。这位修女从来不受那些探讨研究的影响，她主张的信仰有如铁打的一般；她的信念从来也没有动摇过；她的良心从来没有任何不安的时候。她觉得亚伯拉罕① 杀子祭天没有丝毫可惊奇的地方，因为只要上天有命令下来叫她杀父杀母，她也是立刻会动手的；依她看来，只要意图正当，做什么事也不会惹得天主不高兴。这位意想不到的同谋者是有神圣的权威的，伯爵夫人乘机加以利用，要引她对"但问结果不问手段"那句道德格言做一番大有教益的解释。她

---

① 故事见《旧约·创世纪》，神要试验亚伯拉罕，叫他把独生儿子杀来祭天。亚伯拉罕就遵命亲自动手杀子。刚要举刀，耶和华的使者止住了他。

是这样问修女的：

"那么，我的姑奶奶，您认为，无论用什么方法，天主是允许的吗？只要动机纯洁，行为本身总是可以得到天主原谅的了？"

"有谁能怀疑这个呢，太太？本身应该受谴责的行为，常常因为启发行动的念头良好而变成可敬可佩。"

她们就这样继续谈下去，她们判断天主的意愿，估计天主的决定，迫使天主操心许多与他实在毫不相干的事情。

这一切都说得含而不露，既巧妙，又得体。不过这位戴元宝帽的圣女的每一句话，对那个妓女的愤怒的抗拒来说，都起着攻破缺口的作用。后来谈话稍稍离开了本题，手执念珠的女人谈到了她所属的修会的各个修道院，谈到她的院长，谈到她自己和那个娇小的同伴，那个亲爱的圣尼赛福尔修女。她们是应召到勒阿弗尔那些医院里去看护好几百身染天花的兵士的。她描绘了那些可怜人的情形，仔仔细细地讲述他们的病情。只因为这个普鲁士军官任性横行，她们被截在半路上。在这个时候很多法国人可能送了命，她们如果在那里，本来是可以把他们救活的。看护军人原是她的专长：克里米亚、意大利、奥地利她都到过；在她讲述她参加过的那些战役的时候，突然使人感到她就是那些打着军鼓、吹着军号的修女队中的一位，这些修女好像天生就是为随着兵营奔走，在战争的旋涡中抢救伤兵的；她们比官长还能干，能够一句话便制服那些不守纪律的老兵。她可以算是一个真正随军的好修女，那一张被天花毁掉的、数不清有多少麻斑痘痕的面孔，就好像是战争带来的破坏蹂躏的写照。

在她说完以后，因为效果是那么好，所以别人也就不再说什么了。

饭一吃完，大家都很快回到各人的房间，第二天早晨下来得相当晚。

午饭也平平静静地过去了。他们让头天晚上播下的种子有抽芽结果的时间。

午后，伯爵夫人提议大家出去散步；于是伯爵按照预定计划，挽着羊脂球的胳膊，和她一起走在最后面。

他跟她谈着话，用的是稳重的男人对卖笑女子说话的那种口气，亲热随便，慈祥和蔼，多少还带点儿轻蔑；他喊她"我的孩子"；他从高高在上的社会地位和无可争辩的崇高身份，屈尊俯就地对待她。他单刀直入，一下子就讲到了本题：

"这么说，您是宁愿让我们留在这里，和您一样等普鲁士军队吃败仗之后，冒着遭受他们种种强暴对待的危险，而不肯随和一点，答应做您一生经常做的事？"

羊脂球什么话也不回答。

他亲切地对待她，和她说理，用感情打动她。他能够保持"伯爵先生"这个身份，同时在需要的时候又能殷勤献媚、恭维夸奖，表现得十分可爱。他竭力渲染她可以帮他们多么大的忙，也谈到他们将如何感激她；然后突然笑嘻嘻，亲密地改用"你"来称呼她①，说道："你知道，我亲爱的，他将来还可以夸耀，说他曾经尝过一个他们国内不多见的美女的滋味呢。"

羊脂球一语不答，她追上了其余的人。

一回到旅馆，她立刻上楼到自己的房间去，再也没有露面。大家都忧心忡忡。她倒是要怎么办呢？如果她还是抗拒，那可真糟糕！

吃晚饭的时间到了，大家等她没有等到。后来弗朗维先生走了进来，通知大家说鲁塞小姐身体有点不舒服，大家可以先吃。人人都竖起耳朵听。伯爵走到老板身旁，低声问道："行了？"——"行了。"为了顾全面子，他对同伴们什么也没说，只是朝他们微微点了点头。立刻所有的人都如释重负，深深地叹了一口气，脸上露出轻松愉快的表情。鸟先生大声喊道："我请大家喝香槟酒，这旅馆里不知有没有？"鸟太太却不免心惊肉跳，因为老板马上手里拿着四瓶酒重新走进来了。每一个人都突然间变得爱说爱笑，爱吵爱闹；各人心里都充满了一种不大正派的快乐。伯爵好像发现卡雷一拉玛东夫人丰韵很足，而那个棉纺厂厂主，卡雷一拉玛东先生则不住向伯爵夫人献殷勤。谈话活跃、愉快，有很多精彩的妙语趣话。

忽然鸟先生满面惊恐，高举双臂，嚷了起来："都别作声！"大家吃了一惊，甚至又有点害怕，果然停止了谈话。鸟先生这时支起耳朵听，一面双手拢着嘴发出一声"嘘！"抬起眼睛望望天花板；他又用心听了一会儿，恢复了本来的嗓音说道："放心吧，没事。"

最初大家有点莫名其妙，但是很快地都露出了微笑。

一刻钟之后这出滑稽剧他又重演了一次，并且这个晚上经常地重演；他还常常装出和楼上某个人打招呼的样子，把那些从他的市侩脑子里挖掘出来的语意双关的建议提给对方。有时他装作愁眉苦脸叹着气说："可怜的女孩子哟！"要不就怒气填胸地咬着牙嘟囔："混账的普鲁士人！"有时候，大家谁也不想这件事了，他却提高了嗓子连喊几次："够啦！够啦！"然后仿佛跟自己说话似的又说：

---

① 在法国一般情况下都用第二人称复数 Vous（你们）来代替第二人称单数 tu（你），表示客气。用第二人称单数时，表示与对方关系密切。

"但愿我们还能见到她的面,可别叫这个坏蛋给收拾死啊!"

虽然这些玩笑话趣味低级,不堪入耳,但是没有一个人感到生气,大家还都觉得好玩;原来气愤也和其他东西一样,是和环境有关的,而在这些人周围逐渐形成的气氛里,充满了猥亵的念头。

吃到点心水果时,妇人们也不免说了些很俏皮的、但是也很含蓄的影射话。大家的眼睛都亮闪闪的;因为酒喝了不少。伯爵即使在吃喝玩乐的时候也保持住他那庄重的外表,他打了一个颇为大家欣赏的比喻,说北极严冬已经过去,一群被困在冰冻中的难民看见通往南方的道路已经打开,因此快活异常。

鸟先生正在兴头上,他站了起来,手中举着一杯香槟,说道:"为庆贺我们的解放,我喝这一杯!"大家都站了起来,向他欢呼。几位太太横劝竖劝,那两位修女也同意把嘴唇在这个她们从没尝过的起泡沫的酒里抿一抿。她们说有点像柠檬汽水,不过味道好得多。

鸟先生对当时的情况做了一个概括:

"可惜的是没有钢琴,不然倒可以跳它一场四对舞。"

高尼岱一直没有说话,也没有动一动;他好像深深地沉浸在严肃的思想中;有时他狠狠地扯着自己的大胡子,仿佛想把它拉得更长一些。末了,快到十二点的时候,大家要散了,喝得东倒西歪的鸟先生,忽然在高尼岱的肚子上轻轻拍了一下,口里含糊不清地说道:"您今晚话也不说,为什么不高兴,公民?"哪知高尼岱却突然抬起了头,两目凶光闪闪地把所有在座的人扫视了一周,说道:"告诉你们大家,你们刚才干的事无耻透顶。"说完就站起来,走到门口,又说了一遍:"无耻透顶!"才走出去不见了。

大家都感到十分扫兴。鸟先生冷不防碰了这个钉子,也目瞪口呆,发了傻;可是他恢复镇静以后,突然弯了腰大笑起来,口里不住念叨:"葡萄太酸了,老伙计,太酸了。"大家不明白他这句话什么意思,他于是把"走廊里的秘密"讲给他们听。于是大家又兴高采烈起来。几位太太乐得跟疯子一样。伯爵和卡雷一拉玛东先生笑得直流泪。他们不相信会有这个事。

"怎么!您没弄错吗?他真想……"

"告诉你们,我是亲眼看见的。"

"她居然不答应……"

"那是因为普鲁士人就住在隔壁房间里。"

"哪儿会有这种事呢?"

"我向你们发誓。"

伯爵笑得喘不过气来。卡雷-拉玛东先生两手紧紧捧着肚子。鸟先生还不肯住口：

"你们明白了吧，今天晚上，他笑不出来，一点儿也笑不出来了。"

三个人又哈哈大笑，笑得肚子痛，笑得气都透不过来，笑得直咳嗽。

笑完大家也就散了。鸟太太的性情是从不饶人的；当夫妇一睡到床上，她就告诉她的丈夫，卡雷-拉玛东太太这个小泼妇整个晚上都在苦笑；"你知道，女人们要是看中了穿军服的，不管是法国人或普鲁士人，全都欢迎。这还不够丢人吗？我的天啊！"

这一整夜，在黑暗的走廊里，老像有轻微的颤动，轻得几乎听不见的、像喘息似的轻悄悄的响声；还有光着脚底板在地上走过的声音和不易觉察的咯咯声。当然大家都很晚才睡着，因为好久好久以后还有灯光从那些卧室的门下透出来。这一切都是香槟酒的效果；据说香槟酒会打扰人的睡眠。

第二天，在明亮的冬日阳光照耀下白雪晶光耀眼。公共马车总算套上马，在门外等着了；一大群白鸽子，粉红眼睛黑瞳孔，厚厚的羽毛，昂首挺胸，一本正经地在六匹马的腿底下绕来绕去，啄着还冒热气的马粪，寻找它们的食物。

车夫围着他那块羊皮，在座上抽着烟斗；旅客们都心花怒放，忙着叫人给他们包扎食物，以便在剩下的路程上吃。

只等羊脂球一人了。她露了面。她好像有点激动，有点羞惭；她怯生生地向旅伴们这边走过来，这些人一齐转过脸去，就像没看见她似的。伯爵昂然地挽着太太的胳膊，把她领到一边，躲开这种不干净的接触。

胖姑娘十分诧异，站住不再往前走；随后才鼓足勇气对那棉纺厂厂主的太太打招呼，很谦恭地轻轻说了一声"早安，太太"。对方只是极其傲慢地点了点头，同时像一个贞洁的女人受到了侮辱似的朝她望了一眼。人人都仿佛很忙碌，并且都离她远远的，仿佛她的裙子里带来了什么传染病。后来大家都急忙朝车子奔过去，把她丢在最后，她独自一人爬上车，一声不响地坐到前一段路程坐过的位子上。

大家仿佛没有看见她这个人，也不认识她；可是鸟太太怒气满脸，远远地望着她，低声对她的丈夫说："幸亏我不坐在她的旁边。"

笨重的马车晃动起来，旅行又开始了。

最初谁也不说话。羊脂球头也不敢抬。她对这些旅伴感到气愤，同时感到羞愧，羞愧的是没有坚持到底而让了步，被他们假仁假义地推到这个普鲁士人的怀

中,被他所玷污。

伯爵夫人很快地打破这种难堪的沉寂,她转过脸来向卡雷一拉玛东夫人问道:

"您大概认识德·哀特莱尔夫人吧?"

"认识的,还是我的朋友呢。"

"是个多么可爱的人啊!"

"太招人喜欢了!这才真是个顶儿尖儿的人物,学问好,多才多艺,唱得一口好歌,画得一手好画。"

棉纺厂厂主在和伯爵聊天,在车窗玻璃的格格声中,不时地可以听见像息票啦,到期啦,溢价啦,限期啦等等字眼儿。

鸟先生和他的太太在斗纸牌,牌是他从旅馆里偷来的,在抹得不干净的桌子上已经摩擦了五年,牌上满是油腻。

两位修女把腰带上挂着的长念珠取下来拿在手里,一同画了十字,突然嘴唇很快地动起来,并且越来越快,跟比赛念经似的叽里咕噜地念着,还不时地吻吻一块圣像牌,吻完又画十字,然后嘴唇又迅速不停地动起来。

高尼岱一动不动,他在想心事。

走了三个钟头以后,鸟先生收好纸牌。"肚子饿了!"他说。

他的太太伸手拿过来一个细绳捆好的纸包,从里面取出一块冷牛肉。她很利落地把它切成薄而整齐的片儿,两个人就吃起来。

"我们也吃,好不好?"伯爵夫人问。得到同意以后,她把给两家预备的食品都打开来。一个椭圆形的盆子,盆盖上有一个粗瓷野兔,表示盆里盛的是一只熟的野兔,那是一种滋味鲜美的熟肉,紫堂堂兔肉上横着一排一排白色的肥猪肉丁,还拌着别种剁得很碎的肉。此外还有一大块瑞士出产的干酪,是用一张报纸包着的,报上的"社会琐闻"四个字也印在油汪汪的干酪面上了。

两位修女从纸包里拿出了一截香肠,发出一阵大蒜的气味;高尼岱两手同时插进了他那件肥大的外套的大口袋里,从一只口袋里掏出四个带皮煮熟的鸡蛋,从另一只口袋里掏出一段面包。他剥掉了蛋壳,扔在脚下的稻草里,就咬起他的鸡蛋来,蛋黄的末屑落在他的大胡子上,很像一颗一颗的星星。

羊脂球原是匆匆忙忙慌里慌张起的床,什么也没有想到;看见这些人若无其事地吃着东西,不觉义愤填膺,憋得喘不过气来。她先是一阵狂怒,她张开嘴已经预备把他们好好地教训一顿,一大堆辱骂的话已经涌到嘴边;可是她说不出来,怒火是那样强烈,竟锁住了她的嗓门。

没有一个人看她,没有一个人想到她。她觉得自己淹没在这些正直的恶棍的轻蔑里;他们先是把她当作牺牲品,然后又像抛弃一件肮脏无用的东西似的把她抛掉。她于是想起了她那只满满装着好东西的大篮子,他们是那样贪婪地把它吞个精光;她想起了她那两只冻得亮晶晶的小鸡,她那些肉酱、梨子,她那四瓶波尔多红葡萄酒;这时她的怒气,好像一根绳子绷得太紧绷断了似的,反倒平息下去;她觉得要哭出来。她拼命地忍住,跟孩子似的把呜咽硬咽下去,可是眼泪还是涌上来,亮晶晶地挂在眼圈边儿上,一会儿工夫两颗大泪珠离开了眼睛,慢慢地顺着两颊流了下来。跟着又流下别的泪珠,流得更快,就好比岩石里渗出来的水珠,一滴一滴落在她的圆鼓鼓的胸膛上。她腰板笔挺,眼睛定着向前看,脸绷得紧紧的,脸色苍白,只希望别人不要看她。

可是伯爵夫人偏偏看出来了,并且递了个眼色通知她的丈夫。他耸了耸肩膀,仿佛说:"有什么法子呢?这不能怪我啊。"鸟夫人得意扬扬,不出声地笑了笑,嘟囔着说:"她在痛哭自己做了丢脸的事。"

两位修女把吃剩的香肠卷在一张纸里,又念起经来。

高尼岱正在消化刚吃下去的几个鸡蛋,把两条长腿伸到对面的长凳下面,向后一靠,两臂交叉放在胸前,好像刚刚找到了捉弄人的办法似的,脸上露出了微笑,随后用口哨吹起《马赛曲》的调子来。

所有的人都涨红了脸。毫无疑义,同车的那些人是不喜爱这个人的歌声的。他们都感觉心里烦躁、激怒,仿佛要大嚷大叫才好,就好比狗听见了手摇风琴的声音总要狂吠一样。

他看出了这种情形,再也不肯住嘴。有时候甚至把歌词也哼了出来:

> 对祖国的神圣的爱,
> 快来领导、支持我们复仇的手,
> 自由,最亲爱的自由,
> 快来跟保卫你的人们一道战斗!

雪地比较坚硬,车子也走得比较快了。在旅途的漫长的愁惨的这几小时内,在车子颠簸震动的声响中,不管是黄昏刚黑的那一刹那,也不管是车里已经漆黑乌暗的时候,一直到第厄普为止,他便是这样一直执拗顽固地继续吹着他那带复仇性的、单调的调子,逼得那些人,脑筋尽管非常疲乏,心情尽管十分愤怒,却也无法不从头至尾倾听着他的歌声，并且每听一拍，还不由得要把唱的每句歌词都记起来。

羊脂球一直在哭，有时候在两节歌声的中间，黑暗里送出一声呜咽，那是她没能忍住的一声悲啼。

蛮子大妈

一

我有十五年不到韦尔洛臬去了。今年秋末，为了到我的老友塞华尔的围场里打猎，我才重新去了一遭。那时候，他已经派人在韦尔洛臬重新盖好了他那座被普鲁士人破坏的古堡。

我非常喜爱那个地方，世上真有许多美妙的角落，教人看见就得到一种悦目的快感，使我们不由得想亲身领略一下它的美。我们这些被大地诱惑了的人，对于某些泉水，某些树林子，某些湖沼，某些丘陵，都保存着种种多情的回忆，那固然是时常都看得见的，然而却都像许多有趣味的意外变故一样教我们动心。有时候，我们的思虑竟可以回到一片树林子里的角落上，或者一段河岸上，或者一所正在开花的果园里，虽然从前不过是在某一个高兴的日子里仅仅望见过一回。然而它们却像一个在春晴早起走到街上撞见的衣饰鲜明的女人影子一般留在我们心里，并且还在精神上和肉体上种下了一种无从消磨和不会遗忘的欲望，由于失之交臂而引起的幸福感。

在韦尔洛臬，我爱的是整个乡村：小的树林子撒在四处，小的溪河像人身的脉络一样四处奔流，给大地循环血液，在那里面捕得着虾子、白鲈鱼和鳗鱼！天堂般的乐趣！随处可以游泳，并且在小溪边的深草里面时常找得着鹬鸪。

当日，我轻快得像山羊似的向前跑，瞧着我的两条猎狗在前面的草里搜索。塞华尔在我右手边的一百公尺光景，正穿过一片苜蓿田。我绕过了那一带给索德尔森林做界线的灌木丛，于是就望见了一座已成废墟的茅顶房子。

突然，我记起在一八六九年最后那次见过的情形了，那时候这茅顶房子是干干净净的，包在许多葡萄棚当中，门前有许多鸡。世上的东西，哪儿还有比一座只剩下断壁残垣的废墟，更令人伤心的？

我也记起了某一天我在很乏的时候，曾经有一位老妇人请我到那里面喝过一杯葡萄酒，并且塞华尔当时也对我谈过那些住在里面的人的经历。老妇人的丈夫是个以私自打猎①为生的，早被保安警察打死。她的儿子，我从前也看见过，一个瘦高个子，也像是一个打猎的健将，这一家子，大家都叫他们做"蛮子"。

这究竟是一个姓，还是一个诨名？

想起这些事，我就远远地叫了塞华尔一声。他用白鹭般长步儿走过来了。

我问他："那所房子里的人现在都怎么样了？"

于是他就向我说了这件故事。

二

普法之间已经正式宣战的时候，小蛮子的年纪正是三十三岁。他从军去了，留下他母亲单独住在家里。他们并不很替她担忧，因为她有钱，大家都晓得。

她单独一人留在这所房子里了，那是坐落在树林子边上并且和村子相隔很远的一所房子。她并不害怕，此外，她的气性和那父子两个是一般无二的，一个严气正性的老太太，又长又瘦，不常露笑容，人们也绝不敢和她闹着耍，并且农家妇人们素来是不大笑的。在乡下，笑是男人们的事情！因为生活是晦暗没有光彩的，所以她们的心境都窄，都打不开。男人们在小酒店里，学得了一点儿热闹的快活劲儿，他们家里的伙伴却始终板起一副严肃的面孔。她们脸上的筋肉还没有学惯那种笑的动作。

这位蛮子大妈在她的茅顶房子里继续过着平常生活。不久，茅顶上已经盖上雪了。每周，她到村子里走一次，买点面包和牛肉以后就仍旧回家。当时大家说是外面有狼，她出来的时候总背着枪，她儿子的枪，锈了的，并且枪托也是被手磨坏了的。这个高个儿的蛮子大妈看起来是古怪的，她微微地偻着背，在雪里慢慢地跨着大步走，头上戴着一顶黑帽子，紧紧包住一头从未被人见过的白头发，枪杆子却伸得比帽子高。

某一天，普鲁士的队伍到了。有人把他们分派给居民去供养，人数的多寡是根据各家的贫富做标准的。大家都晓得这个老太婆有钱，她家里派了四个。

那是四个胖胖的少年人，毛发是金黄的，胡子是金黄的，眼珠是蓝的，尽管

---

① 在法国打猎是应当纳税的，凡不纳税而打猎叫做私自打猎，他们的法律是禁止的。

他们已经熬受了许多辛苦，却依旧长得胖胖的，并且虽然他们到了这个被征服的国里，脾气却也都不刁。这样没人统率地住在老太太家里，他们都充分地表示对她关心，极力设法替她省钱，教她省力。早上，有人看见他们四个人穿着衬衣绕着那口井梳洗，那就是说，在冰雪未消的日子里用井水来洗他们那种北欧汉子的白里透红的肌肉，而蛮子大妈这时候却往来不息，预备去煮菜羹。后来，有人看见他们替她打扫厨房，揩玻璃，劈木柴，削马铃薯，洗衣裳，料理家务的日常工作，俨然是四个好儿子守着他们的妈。

但是她却不住地记挂她自己的那一个，这个老太太，记挂她自己的那一个瘦而且高的，弯钩鼻子的，棕色眼睛，嘴上盖着黑黑的两撇浓厚髭须的儿子。每天，她必定向每个住在她家里的兵问：

"你们可晓得法国第二十三边防镇守团开到哪儿去了？我的儿子在那一团里。"

他们用德国口音说着不规则的法国话回答："不晓得，一点不晓得。"后来，明白她的忧愁和牵挂了，他们也有妈在家里，他们就对她报答了许多小的照顾。她也很疼爱她这四个敌人；因为农人们都不大有什么仇恨，这种仇恨仅仅是属于高等人士的。至于微末的人们，因为本来贫穷而又被新的负担压得透不过气来，所以他们付出的代价最高；因为素来人数最多，所以他们成群地被人屠杀而且真的做了炮灰；因为都是最弱小和最没有抵抗力的，所以他们终于最为悲惨地受到战争的残酷祸殃；有了这类情形，他们所以都不大了解种种好战的狂热，不大了解那种激动人心的光荣以及那些号称具有政治性的策略；这些策略在半年之间，每每使得交战国的双方无论谁胜谁败，都同样变得精疲力竭。

当日地方上的人谈到蛮子大妈家里那四个德国兵，总说道：

"那是四个找着了安身之所的。"

谁知有一天早上，那老太太恰巧独自一个人待在家里的时候，远远地望见了平原里，有一个人正向着她家里走过来。不久，她认出那个人了，那就是担任分送信件的乡村邮差。他拿出一张折好了的纸头交给她，于是她从自己的眼镜盒子里，取出了那副为了缝纫而用的老花眼镜；随后她就读下去：

蛮子太太，这封信是带一个坏的消息给您的。您的儿子威克多，昨天被一颗炮弹打死了。差不多是分成了两段。我那时候正在跟前，因为我们在连队里是紧挨在一起的，他从前对我谈到您，意思就是他倘若遇了什么不幸，我就当天告诉您。

我从他衣袋里头取出了他那只表，预备将来打完了仗的时候带给您。

现在我亲切地向您致敬。

第二十三边防镇守团二等兵黎伏启

这封信是三个星期以前写的。

她看了并没有哭。她呆呆地待着没有动弹，很受了打击，连感觉力都弄迟钝了，以至于并不伤心。她暗自想道："威克多现在被人打死了。"随后她的眼泪渐渐涌到眼眶里了，悲伤侵入她的心里了。各种心事，难堪的，使人痛苦的，一件一件回到她的头脑里了。她以后抱不着他了，她的孩子，她那高个儿孩子，是永远抱不着的了！保安警察打死了父亲，普鲁士人又打死了儿子……他被炮弹打成了两段，现在她仿佛看见那一情景，教人战栗的情景：脑袋是垂下的，眼睛是张开的，咬着自己两大撇髭须的尖子，像他从前生气的时候一样。

在出了事以后，他的尸首是怎样被人拾掇的？从前，她丈夫的尸首连着额头当中那粒枪子被人送回来，那么她儿子的，会不会也有人这样办？

但是这时候，她听见一阵嘈杂的说话声音了。正是那几个普鲁士人从村子里走回来，她很快地把信藏在衣袋里，并且趁时间还来得及又仔仔细细擦干了眼睛，用平日一般的神气安安稳稳接待了他们。

他们四个人全是笑呵呵的，高兴的，因为他们带了一只肥的兔子回来，这无疑是偷来的，后来他们对着这个老太太做了个手势，表示大家就可以吃点儿好东西。

她立刻动手预备午饭了；但是到了要宰兔子的时候，她却失掉了勇气。然而宰兔子在她生平这并不是第一次！那四个兵的中间，有一个在兔子耳朵后头一拳打死了它。

那东西一死，她从它的皮里面剥出了鲜红的肉体；但是她望见了糊在自己手上的血，那种渐渐冷却又渐渐凝住的温暖的血，自己竟从头到脚都发抖了；后来她始终看见她那个打成两段的高个儿孩子，他也是浑身鲜红的，正同那个依然微微抽搐的兔子一样。

她和那四个兵同桌吃饭了，但是她却吃不下，甚至于一口也吃不下，他们狼吞虎咽般吃着兔子并没有注意她。她一声不响地从旁边瞧着他们，一面打好了一个主意，然而她满脸那样的稳定神情，教他们什么也察觉不到。

忽然，她问："我连你们的姓名都不晓得，然而我们在一块儿又已经一个月了。"他们费了好大劲才懂得她的意思，于是各人说了各人的姓名。这办法是不能教她满足的；她叫他们在一张纸上写出来，还添上他们家庭的通信处，末了，她在自己的大鼻梁上面架起了眼镜，仔细瞧着那篇不认得的字儿，然后把纸折好搁在自己的衣袋里，盖着那封给她儿子报丧的信。

饭吃完了，她向那些兵说：

"我来给你们做事。"

于是她搬了许多干草搁在他们睡的那层阁楼上。

他们望见这种工作不免诧异起来，她对他们说明这样可以不会那么冷；于是他们就帮着她搬了。他们把那些成束的干草堆到房子的茅顶那样高，结果他们做成了一间四面都围着草墙的寝室，又暖又香，他们可以很舒服地在那里睡。

吃夜饭的时候，他们中间的一个瞧见蛮子大妈还是一点东西也不吃，因此竟担忧了。她托词说自己的胃有些痛。随后她燃起一炉好火给自己烘着，那四个德国人都踏上那条每晚给他们使用的梯子，爬到他们的寝室里了。

那块做楼门用的四方木板一下盖好了以后，她就抽去了上楼的梯子，随后她悄悄地打开了那张通到外面的房门，接着又搬进了好些束麦秸塞在厨房里，她赤着脚在雪里一往一来地走，从容得教旁人什么也听不见，她不时细听着那四个睡熟了的士兵的鼾声，响亮而长短不齐。

等到她判断自己的种种准备已经充分以后，就取了一束麦秸扔在壁炉里。它燃了以后，她再把它分开放在另外无数束的麦秸上边，随后她重新走到门外向门里瞧着。

不过几秒钟，一阵强烈的火光照明了那所茅顶房子的内部，随后那简直是一大堆骇人的炭火，一座烧得绯红的巨大焖炉①，焖炉里的光从那个窄小的窗口里窜出来，对着地上的积雪投出了一阵耀眼的光亮。

随后，一阵狂叫的声音从屋顶上传出来，简直是一阵由杂乱的人声集成的喧嚷，一阵由于告急发狂令人伤心刺耳的呼号构成的喧嚷。随后，那块做楼门的四方木板往下面一坍，一阵旋风样的火焰冲上了阁楼，烧穿了茅顶，如同一个巨大火把的火焰一般升到了天空；最后，那所茅顶房子整个儿着了火。

房子里面，除了火力的爆炸，墙壁的崩裂和栋梁的坠落以外，什么声音也没有了。屋顶陡然下陷了，于是这所房子烧得通红的空架子，就在一阵黑烟里面向空中射出一大簇火星。

---

① 焖炉是一种大灶样的炉子，和一般的炉子不同，它的火门是开在炉壁上的，我们打开火门平视，就可以看见炉子里的燃烧情形。

雪白的原野被火光照得像是一幅染上了红色的银布似的闪闪发光。

一阵钟声在远处开始响着。

蛮子大妈在她那所毁了的房子跟前站着不动，手里握着她的枪，她儿子的那一杆，用意就是害怕那四个兵中间有人逃出来。

等到她看见事情已经结束，她就向火里扔了她的枪。枪声响了一下。

许多人都到了，有些是农人，有些是德国军人。

他们看见了这个妇人坐在一段锯平了的树桩儿上，安静的，并且是满意的。

一个德国军官，满口法国话说得像法国人一样好，他问她：

"您家里那些兵到哪儿去了？"

她伸起那条瘦的胳膊向着那堆正在熄灭的红灰，末了用一种洪亮的声音回答：

"在那里面！"

大家团团地围住了她。那个普鲁士人问：

"这场火是怎样燃起来的？"

她回答：

"是我放的。"

大家都不相信她，以为这场大祸陡然教她变成了痴子。后来，大家都围住了她并且听她说话，她就把这件事情从头说到尾，从收到那封信一直到听见那些同着茅顶房子一齐被烧的人的最后叫唤。凡是她料到的以及她做过的事，她简直没有漏掉一点。

等到说完，她就从衣袋里面取了两张纸，并且为了要对着那点儿余火的微光来分辨这两张纸，她又戴起了她的眼镜，随后她拿起一张，口里说道："这张是给威克多报丧的。"又拿起另外一张，偏着脑袋向那堆残火一指："这一张，是他们的姓名，可以照着去写信通知他们家里。"她从从容容把这张白纸交给那军官，他这时候正抓住她的双肩，而她却接着说：

"您将来要写起这件事的来由，要告诉他们的父母说这是我干的。我在娘家的名姓是威克多娃·西蒙，到了夫家旁人叫我做蛮子大妈。请您不要忘了。"

这军官用德国话发了口令。有人抓住了她，把她推到了那堵还是火热的墙边。随后，十二个兵迅速地在她对面排好了队，相距大约二十米。她绝不移动。她早已明白；她专心等候。

一道口令喊过了，立刻一长串枪声跟着响了。响完之后，又来了一声迟放的单响。

这个老婆子并没有倒在地下。她是弯着身躯的，如同有人斩了她的双腿。

那德国军官走到她的跟前了。她几乎被人斩成了两段,并且在她那只拘挛不住的手里,依然握着那一页满是血迹的报丧的信。

我们的朋友塞华尔接着又说:

"德国人为了报复就毁了本地方的古堡,那本是属于我的。"

我呢,我想着那四个烧在火里的和气孩子的母亲们;后来又想着这另一个靠着墙被人枪毙的母亲的残忍的壮烈行动。

末了,我拾着了一块小石头,从前那场大火在它上面留下来的烟煤痕迹依然没有褪。

一个女雇工的故事

一

天气非常好,农庄里的人吃中饭比平常吃得快,一吃完就下地去了。

女雇工萝丝一个人留在宽敞的厨房里。壁炉炉膛里,在那盛满热水的锅子底下,剩下的一点火也渐渐熄灭。她不时地舀锅里的水,不慌不忙地洗着餐具,偶尔停下来,望望从窗外射进来,落在长桌上的四四方方的两块阳光,窗玻璃上的缺点毛病都在这两块亮光上显得一清二楚。

三只胆子很大的母鸡在椅子底下寻找面包屑。家禽饲养场的气味,牛圈里发酵的热气,从半掩着的房门钻进来。在炎热的中午的寂静中,可以听见公鸡的啼声。

姑娘干完手上的活儿,又抹桌子,打扫壁炉,把洗干净的盆子放到餐具架上;餐具架很高,在厨房尽里头,靠近那座滴答滴答声音很响的木壳钟。她深深地吸了一口气,不知为什么感到有点昏头昏脑,有点气闷。她望望发黑的土墙,熏黑的屋梁,屋梁上挂着蜘蛛网、熏鲱鱼和一串串的洋葱。接着她坐了下来。长久以来,踩结实的泥地上曾经有多少东西洒上又干掉,在这炎热的天气里,蒸发出一股陈腐的气味,熏得她很不舒服。在这股气味里还混杂着放在隔壁那间阴凉的屋里结奶皮的牛奶的酸味。然而她还是想跟平时那样缝缝补补,但是没有力气,于是走到门口去透透气。

在灼热的阳光的抚爱下,她心里甜滋滋的,浑身上下都感到十分舒服。

门外的那堆厩肥不断地冒出微微的蒸汽,闪闪发光。母鸡在厩肥堆上打滚,它们侧身躺着,用一只爪子扒扒,寻找虫子。那只公鸡高傲地立在它们中间,不时从它们中间选中一只,一边围着转,一边发出咯咯咯的召唤声。被选中的母鸡懒洋洋地立起来,不慌不忙地接待它,曲下腿,用翅膀托着它,然后抖抖羽毛,把尘土抖掉,重新又躺在粪堆上,这时候公鸡叫着,计算着自己得到多少次胜利。一处处院子里的公鸡都在回答它,倒好像它们从一个农庄向另一个农庄在发出爱情比赛的挑战。

女雇工望着那些鸡,心里什么也没有想。接着她抬起头,那些开着花的苹果树好像一个个扑了粉的脑袋,完全是白的,亮晃晃地把她的眼睛都照花了。

有一匹马驹子高兴得发了狂,突然间在她面前奔过去。它沿着栽着树的水沟来回跑了两趟,后来猛然停住,回头张望,仿佛感到奇怪怎么只剩下它一个。

她也想奔跑,需要活动。同时她又恨不得躺下来,伸展四肢,在这静止的、暖和的空气中休息。她犹豫不决地走了几步,闭着眼睛,全身沉浸在纯粹兽性的舒适里。然后她慢腾腾地走到鸡棚里去找鸡蛋。一共有十三个鸡蛋,她拾起来,带回来放在碗橱里。厨房里的气味又叫她感到不舒服,于是她出去走到草地上去坐坐。

被树林围绕着的农庄的园子好像睡着了。黄色的蒲公英在草丛里,像一盏盏亮闪闪的小灯,草很高,颜色是一种鲜绿色,一种春天的崭新的绿色。苹果树的影子在树根边蜷缩成一团,房屋的草顶微微地冒着热气,仿佛是马棚和干草仓里的湿气在透过茅草蒸发掉。屋脊上长着剑形叶子的鸢尾。

女雇工来到敞棚底下。敞棚里放着大车等各种车辆。旁边的沟里有一个很大的坑,绿油油的,开满了紫罗兰花,香气四溢。在沟沿上,可以看见田野,在长着庄稼的广阔平原上有一片片树林,一群群干活儿的人,离着很远,看上去小得像布娃娃,还有像玩具一样的白马,拖着儿童玩的犁,后面有一个像手指头那么长的小人推着。

她从干草房抱了一捆麦秸,扔在这个坑里,坐在上面。后来她还感到不舒服,于是把捆着的麦秸解开,摊平,然后枕着两条胳膊,伸直两条腿躺了下来。

渐渐她闭上眼睛,在一阵很舒服的懒洋洋的感觉中昏昏欲睡。她甚至真的要睡着了,忽然感到有两只手碰到她的胸部,她一下子蹦起来。原来是男雇工雅克,一个个子高高、体格健壮的庇卡底人,近来一直在追求她。他这天在羊圈里干活儿,看见她躺在阴凉地方,蹑手蹑脚走过来,屏住气,两眼闪闪发光,头发里还带着几根碎干草。

他打算吻她,但是她跟他一样结实,给了他一个耳光。他假装求饶。于是他们并排坐下，亲切地聊天。他们谈到天气好，对收庄稼有利，谈到来年收成肯定不错，谈到他们的主人，一个正直的人，然后又谈到邻居，谈到当地所有的人，谈到他们自己，他们的村子，他们的童年，他们的往事，他们离别已经很久，也许永远不会再见面的父母。她想到这件事，心情非常激动；他呢，有他的打算，他向她挪近一点，贴紧她，这时候他浑身战栗，充满了情欲。她说：

"我已经有很久没有见到妈了，像这样分开真叫人难受。"

她双眼出神，望着远处，穿过空间，一直向北，望到了那边，她抛弃在那边的村庄。

他突然又搂住她的脖子吻她。但是她朝他脸上使劲打了一拳，打得他鼻血哗地往外流。他站起来，走过去把头靠在树上。这时候她心肠软了，走到他跟前，问道：

"打痛了吗？"

但是他笑起来了。没有，不要紧，不过她一拳头正好打在中间。他低声说："好家伙！"他怀着钦佩的心情望着她，因为他心里产生了敬意，产生了另外一种完全不同的爱，对这个如此结实的高个儿姑娘开始有了一种真正的爱。

血止住以后，他向她提议去转一圈；他害怕如果再这样并排待下去，还得挨她粗大的拳头。她像晚上在林荫大道上散步的那些未婚夫妇一样，主动地挽住了他的胳膊。她对他说：

"雅克，你那样瞧不起我，不应该。"

他不同意。不，他不是瞧不起她，而是爱上了她，就是这么回事。

"那么，你愿意跟我结婚吗？"她说。

他犹豫不决，后来在她出神地望着远方的时候，他斜着眼睛看看她。她双颊红润饱满，宽阔的胸脯在印花棉布的短衫里高高地耸起，肥厚的双唇非常鲜艳，脖子几乎是裸露的，上面布满细小的汗珠。他感到欲望又控制了他。他把嘴凑近她的耳朵，低声说："是的，我很愿意。"她于是用双臂搂住他的脖子吻他，吻的时间那么长，以至于两个人都喘不过气来。

从这时起，在他们中间开始了那个永恒的爱情故事。他们在偏僻的角落里调情；他们在月光下草垛后面约会。他们用他们钉着钉子的大皮鞋在饭桌底下给对方的腿上留下了许多乌青肿块。

后来，雅克对她好像渐渐感到厌倦了；他躲着她，几乎不再跟她讲话，也不再找机会和她单独相会。因此她心里充满了怀疑，十分担忧。过了不久她发现自己怀孕了。

她起初惊慌,后来愤怒,而且怒火一天比一天高,因为她怎么也找不到他,他千方百计地回避她。

最后,有一天夜里,农庄里的人都已经睡了,她穿了衬裙,光着脚,悄悄出去,穿过院子,推开马棚的房门。雅克睡在他的几匹马的里侧,一只铺满干草的木箱里。他听见她来了,假装打呼噜;但是她爬上去,跪在他旁边,不停地推他,一直推到他抬起身子。

他坐好以后,问:"你要干什么?"她气得直打哆嗦,咬紧牙,说:"我要,我要你娶我,你答应过跟我结婚的。"他笑起来,回答:"哎呀,凡是发生过关系的姑娘都要娶的话,那还得了。"

但是她扼住他的喉咙,把他按倒,使他没法挣脱,然后她一边掐住他的喉咙,一边贴近他的脸,大声嚷道:"我肚子大了,听见没有,我肚子大了。"

他透不过气来,呼喘着。他们两人就这样不声不响地在寂静中待着不动,只有一匹马从草料架上扯干草,然后慢慢嚼着的声音打破这黑夜的寂静。

雅克明白她的力气比他大,只好结结巴巴地说:

"好吧,既然如此,我就娶你。"

但是她已经不相信他的诺言。她说:

"你立刻让教堂公布结婚预告。"

他回答:

"我立刻就去。"

"向天主发个誓。"

他犹豫了几秒钟,打定主意,说:

"我向天主发誓。"

她于是松开手,再没有说什么,就走了。

她有几天没有机会跟他说话,马棚的门从那以后每天夜里都锁着,她怕事情闹大,不敢大肆声张。

后来,有一天上午,她看见另外一个男雇工进来吃饭。她问道:

"雅克走了吗?"

"走了,"那个人说,"我代替他。"

她哆嗦得那么厉害,以致不能把汤锅从铁吊钩上取下来。等到大家都去干活后,她上楼来到自己的屋里,怕别人听见,把脸伏在枕头上哭。

在这一天里,她尽力打听消息而又不让人发生怀疑。然而她时时刻刻都在想着自己的不幸,甚至她相信看见每一个被她问到的人都在狡黠地笑。但是除了他已经完全离开当地以外，她什么也打听不出来。

二

对她说来，连续不断的苦日子从此开始了。她像机器一样地干活儿，根本不去想她是在干的什么活儿，她脑子里只有一个念头："如果被人知道了，怎么办？"

这个摆脱不掉的念头时时刻刻纠缠着她，使她失去了思考能力，甚至于那件丢人的丑事，她都不去想想有什么办法可以避免；她已经感觉到那件丑事来了，一天比一天近了，无法挽救，而且像死一样在所难免。

她每天早上起得比别人早得多；她有一块梳头用的碎镜子，固执地试着从这块碎镜子里看自己的腰身。她急于想知道今天会不会让人看出来。

在白天，她时常放下手上的活儿，从上往下看看她的大肚子，是不是把围裙顶起来了。

一个月一个月过去了。她几乎不再说话，有人问起什么事的时候，她也听不懂，张皇失措，眼光迟钝，双手颤抖，这种情况使得她的主人说：

"我可怜的姑娘，近来你怎么变得这么笨啊！"

在教堂里，她躲在柱子后面，再也不敢去忏悔；因为她非常害怕本堂神父①，相信他有一种超人的力量，能够一直看到别人的内心深处。

在饭桌上，她那些同伴的眼光如今会使她急得昏过去，她总是疑心被那个放牛的孩子发现了，他早熟而又阴险，一双发亮的眼睛老是盯着她。

一天早上，邮差交给她一封信。她从来没有接到过信，因此心里十分慌张，不得不坐了下来。也许是他写来的吧？可是她不识字，心里发愁，对着这张用墨水写满字的纸，抖个不停。她把它塞在口袋里，不敢把自己的秘密托付给人。她干着干着活儿常常会停下来，长久地望着这几行行距相等的字，末尾还有一个签名，她心中有点儿盼望能够突然一下子看出信里的意思。又是着急，又是担心，她几乎发了疯，到最后决定去找小学校长；他让她坐下，听他念：

我亲爱的女儿，来信特为通知你，我的病情很重；我们的邻居当蒂老板代笔，要你可能的话就回来一趟。

你亲爱的母亲的代笔人

村长助理塞萨尔·当蒂

---

① 本堂神父是主管一个地区的普通教堂的神父。

她没有说一句话就走了；但是，等到剩下她一个人的时候，她两腿发软，立刻瘫倒在路边上；她在那里一直待到天黑。

回来以后，她把家里的不幸告诉了农庄主人，他答应让她回去一趟，而且愿意回去多久，就回去多久，还答应找一个打短工的姑娘来替她干活儿，等她回来再雇用她。

她的母亲病重垂危，就在她到家的那天死了；第二天萝丝生了一个怀胎七个月的男孩，瘦得只剩下一副可怕的小骨头架子，叫人看了直打寒噤；而且他好像时时刻刻都感到疼痛，因为他那双可怜的像蟹爪似的没有肉的手一直在痛苦地抽搐着。

然而他还是活下来了。

她说她已经结了婚，但是不能自己带孩子；她把他留在邻居家里，他们答应好好照顾他。

她又回来了。

但是，从这时候起，在她长久以来受到伤害的心里，仿佛一线曙光似的升起了一种陌生的爱，对她留在家乡的那个瘦弱的小东西的爱。而这种爱甚至成了一种新的痛苦，一种每时每刻都感到的痛苦，因为她和他分开了。

最使她感到痛苦的是她强烈地需要吻他，抱他，让自己的肉体感到他的小身体的热气。她夜里睡不着，整天在想他；到了晚上，活儿干完以后，她坐在壁炉前面，像那些思念远方的人一样，直瞪瞪地望着炉火。

人们甚至开始谈论她，说她一定是有了爱人，跟她开玩笑，问她：他是不是漂亮，个子高不高，有没有钱，什么时候结婚，什么时候受洗礼？她常常逃走，去独自一个人哭，因为这些问题像针扎似的使她感到难受。

为了忘掉这些烦恼，她开始拼命地干活儿。她老念着她的孩子，想方设法要为他多攒些钱。

她决定努力工作，使别人不得不增加她的工资。

她渐渐地把周围的活儿都揽了过来，使得一个女雇工被辞退了，因为自从她一个人干着两个人的活儿以后，那个女雇工就变成多余的了。她在面包上，在油上，在蜡烛上，在别人大手大脚喂鸡的谷粒上，在别人免不了总会浪费的牲口饲料上，她都精打细算。她花主人的钱好像花的是她自己的钱，非常吝啬。她善于做买卖，农庄的产品经她的手价钱就能卖高，而那些农民在出售产品时耍的花招她也都能识破，因此买进卖出，分配雇工的活计，计算食品，都由她一个人负责，不久以后她变成不可缺少的了。她对周围一切照料得非常好,因此农庄在她管理之下,变得非常兴旺发达。方圆两法里以内的人都在谈论"瓦兰老板的女雇工";农庄主人也到处说:"这个姑娘可真是千金难买啊。"

然而,时间匆匆过去,她的工资却仍旧没有变。她的辛勤劳动被认为是理所当然的,是任何一个忠诚的女雇工都应该做到的,被认为仅仅是热心的表示。她开始有点伤心地想,农庄主靠了她每个月都要多存下五十到一百个埃居①,可是她每年仍旧不多不少,只挣二百四十个法郎。

她决定提出增加工资的要求。她三次去找她的主人,到了他面前,谈的都是另外的事。她不好意思开口要求加钱,好像这是件丢脸的事。最后,有一天农庄主人单独一个人在厨房里吃饭,她局促不安地对他说,她希望跟他单独谈谈。他诧异地抬起头,两只手放在桌子上,一只手拿着刀子,刀尖朝上,另一只手拿着一小块面包,他盯着他的女雇工看。她被他看得心里发慌,她请求给她一个星期的假期,因为她有点不舒服,想回家去一趟。

他立刻就答应了,接着他也局促不安地补充说:

"等你回来我也要跟你谈谈。"

三

孩子快八个月了,她已经认不出了。他变得白里透红,脸蛋儿圆嘟嘟,胖得就像一小包活的脂油。他的小手指头肉鼓鼓的,并不拢,慢慢地摇晃着,一看就知道他非常称心如意。她像野兽捕食似的疯狂地扑过去,那么猛烈地吻他,把他吓得哇哇直哭。这时候她也流泪了,因为他不认识她;而且他一看见他的奶妈,就立刻朝她伸出了双手。

然而第二天他就看惯了她的脸,他望着她格格地笑。她把他抱到田野里,伸直两只手举着他,发疯似的奔跑;她坐在树荫下,平生第一次打开了她的心房,尽管他听不懂,她还是向他倾吐她的悲伤、她的工作、她的操心、她的希望,她不停地用她那狂暴的、猛烈的抚爱折磨他。

她捏他揉他,替他洗澡,替他穿衣服,从中得到无限的快乐。甚至给他洗屎洗尿,她都感到幸福,倒好像这样亲密地照料他证实了她做母亲的权利似的。她常常望着他,感到奇怪他怎么会是她的。她一边把他抱在怀里摇,一边反复低声说:"这是我的小乖乖,这是我的小乖乖。"

---

① 埃居,法国古钱币中,种类很多,价值不一,一般指值五法郎的银币。

一个女雇工的故事

她一路哭着回到了农庄，她刚到，她的主人就在他的屋子里叫她。她走进去，不知为什么既感到惊讶，又感到非常激动。

"坐在这儿。"他说。

她坐下，有好一会儿他们就这样并排坐着，两个人都觉得局促不安，胳膊耷拉着，不知放在哪儿是好；而且像一般乡下人那样谁也不看谁。

农庄主人是个四十五岁的大胖子，两次丧偶，性格乐观而又固执，他很明显地感到了拘束，这在他平日是不曾有过的。最后他下了决心，眼睛望着遥远的田野，吞吞吐吐，含糊其词地说话。

"萝丝，"他说，"你从来没有想到过成家吗？"

她脸色白得像死人。他看见她不回答，继续说：

"你是个好姑娘，规矩，勤劳，节俭。娶你这样的妻子会发财的。"

她一直坐着不动，眼神慌乱，甚至不想弄懂他话里的意思，因为就像大祸临头似的，她脑子里一片混乱。他等了一秒钟，然后继续说：

"你看，一个农庄没有女主人总是不行的，哪怕有一个像你这样的女雇工。"

接着他闭上了嘴，再不知该怎么说了。萝丝望着他，心惊胆战，好像面前是一个杀人凶手，只要他稍稍动一动，她就会立刻逃走。

他等了五分钟，最后问道：

"怎么样，你同意吗？"

"什么，老板？"

于是他突然说：

"当然是嫁给我了！"

她一下子站了起来，随后又瘫倒在椅子上，一动不动地坐着，就像大祸临头似的。农庄主人最后不耐烦了。

"好，你说说，你还需要什么？"

她惊慌失措地看着他；紧接着，眼泪突然涌上来，她喉咙哽咽着，连说了两遍：

"我不能够！我不能够！"

"为什么？"他问。"好，别傻啦。我让你考虑到明天。"

他赶紧走了，办完这件使他十分为难的事，他如释重负，而且他相信到了第二天，他的女雇工一定会接受。这个建议对她来说完全出乎意料；对他来说呢，是一桩极好的买卖，因为这样一来他就把一个女人牢牢地拴住了，而这个女人给他带来的收入肯定会比当地最丰盛的陪嫁要多得多。

况且在他们之间也不会有门户不当的顾虑。因为在乡下，人人差不多是平等的。农庄主人也像他的雇工一样干活儿，雇工变成主人也是常事。女雇工也经常当了女主人，不过这并不会给他们的生活和习惯带来任何改变。

萝丝这一夜没有睡。她一屁股坐在床上，甚至连哭的气力都没有，因为她是那样精疲力尽。她呆呆地坐着，连自己的身体都感觉不到，思想分散，好像有人用那种扯松羊毛床垫的工具在扯碎她的脑子。

不过她偶尔还能把支离破碎的思想集中一下；她一想到可能发生的事，就吓得心惊肉跳。

她的恐惧在不断增加；房子里鸦雀无声，一片寂静，厨房里的大钟每次慢悠悠地敲打着报告时辰，她都要吓出一身冷汗。她的思想混乱，可怕的幻象一个接着一个。蜡烛熄了。她的精神开始错乱，是乡下人认为自己中了魔法时会发生的那种难以理解的精神错乱，她需要离开，需要逃走，需要像海船避开风暴一样避开不幸。

一只猫头鹰叫了；她打了个哆嗦，站立起来，双手从脸摸到头发，然后像疯子似的在全身上下摸着。她迈着梦游者的步伐走下楼，到了院子里，快要落下去的月亮在田野里撒下明亮的光芒，为了不让夜里还在外面游荡的小伙子看见，她在地上爬。她没有打开栅栏门，从沟沿翻出去，到了田野边上，她就出发了。她迈着有弹性的小快步匆匆朝前走去，不时无意识地发出一声刺耳的叫喊。她的长得异乎寻常的影子，躺在她身边的地面上，跟着她一同前进；偶然有一只夜鸟飞到她头上盘旋。一处处农庄院子里的狗听见她走过，汪汪地叫着；有一条狗跳过壕沟，追过来想要咬她，但是她转过身，朝它喊叫，吓得它连忙逃走，钻到窝里，一声也不敢响了。

有时候一窝小野兔在地里嬉戏。但是这个奔跑的疯女人像发狂的狄安娜①似的过来了，胆小的动物于是四散奔逃，小兔子和雌兔子蜷缩在犁沟里看不见了。雄兔子撒开腿不停地飞跑，竖着大耳朵一跳一蹦的影子有时候映在沉落的月亮上。月亮已经落到世界的尽头，宛如一盏巨大的灯笼安放在天边的地面上，光芒斜射过来，照着平原。

星星在天空深处消失；几只鸟叽叽喳喳叫着，天开始亮了。这个姑娘精疲力尽，喘着气。太阳在一片紫红的朝霞中升起来，她停了下来。

---

① 狄安娜，罗马神话中的女神，掌管狩猎等。

一个女雇工的故事

她肿胀的双脚不肯朝前走了。但是她看到了一片水塘,很大的一片水塘,停滞的死水在新的一天的霞光反照下,红得好像是血。她手按着胸口,迈着小步,一瘸一拐地走过去,想浸浸她的两条腿。

她坐在草丛上,脱掉满是尘土的、笨重的鞋子,再拉掉袜子,把发紫的小腿浸在不时冒着气泡的纹丝不动的水里。

一股清凉舒适的感觉从脚跟一直升到喉咙口;她直愣愣地望着这片深深的水塘,突然感到一阵头晕,感到一股强烈的把整个身子投进水里的愿望。那样一来,她的苦痛就可以结束了,永远结束了。她已经不再想到她的孩子;她需要安宁,需要彻底的休息,需要永无止境的睡眠。于是她立起来,伸着双臂,朝前迈了两步。水这时淹到她的大腿,她已经准备扑下去了,突然她的踝骨上感到强烈地刺痛,她不由得往后跳了一步。她发出绝望的叫喊,因为从她的膝盖一直到她的脚尖,叮满了一条条黑色的长蚂蟥,吸着她的血,膨胀起来。她不敢碰,吓得拼命叫喊。她的绝望的叫嚷声,引来了一个在远处赶着大车的农民。他一条一条地把蚂蟥捉掉,用草把伤口压紧,再用大车把这个姑娘一直送回到她的主人的农庄里。

她在床上躺了半个月,后来在她起来的那天上午,她坐在门口,农庄主人冷不防地走过来,站在她面前。

"怎么样,"他说,"事情算决定了,对不对?"

她起初没有回答,后来因为他一直站着,目不转睛地盯住她,她才费劲地慢吞吞说:

"不,老板,我不能够。"

可是他一下子火起来了。

"你不能够,姑娘,你不能够,为什么?"

她哭起来了,一遍又一遍地说:

"我不能够。"

他凝视着她,冲着她的脸嚷道:

"这么说,你已经有情人了?"

她羞得浑身发抖,结结巴巴地说:

"也许是的。"

他脸涨得通红,一气之下,连话也说不清楚了。

"啊!你还是承认了,这个家伙是干什么的?一个臭要饭的,一个穷光蛋,一个流浪汉,一个饿死鬼?你倒是说说看,他是干什么的?"

因为她不回答,他继续说下去:

"啊!你不愿意……我来替你说出来,是让·博迪?"

她大声说:

"啊!不,不是他。"

"那么是皮埃尔·马丹?"

"不是他,老板。"

在狂怒中他把当地所有小伙子的名字都一个一个提出来。她否认着,神情沮丧,时刻不停地撩起蓝围裙的角擦眼睛。但是他是牛脾气,十分固执,一直不停地追问下去,就像猎狗闻到洞里有动物气味,整天挖个不停,非要把这个动物挖出不可。他突然一下子叫了起来:

"见鬼,是雅克,去年的那个雇工;他们说他常跟你说话,还说你们要结婚。"

萝丝喘不过气来,血往上涌,脸涨得通红。她的眼泪突然枯竭了;泪珠就像水珠落在烧红的铁上一样,在她的脸颊上一下子干了。

"不,不是他,不是他!"

"真的不是他?"那个狡猾的乡下佬多少猜到了一点真相,问道。

她忙不迭地回答:

"我可以向你发誓,我可以……"

她想要指着什么来发誓,但是又不敢提那些神圣的东西。他打断她的话:

"可是他常常跟着你到那些偏僻的角落去,每一顿饭他都盯住你看。你是不是答应他了,嗯?"

这一次她抬起头来望着她主人的脸。

"不,从来没有,从来没有,我可以指着仁慈的天主向您发誓,如果他今天来求我,我也不会要他。"

她的态度是那么诚恳,以至于农庄主人犹豫起来。他好像自言自语似的说:

"奇怪,这是怎么回事?你并没有遇到过什么不幸的事,否则别人也会知道的。既然没有什么大不了的事,一个女孩子就不会拒绝他的主人的。看来其中一定有什么缘故。"

她什么也没有回答,她已经痛苦得透不过气来。

他又问道:"你不愿意吗?"

她叹了口气,说:"我不能够,老板。"他一转身走了。

她以为摆脱了麻烦,这天白天剩下的时间她几乎可以说过得很平静。可是她感到精疲力尽,劳累不堪,好像她代替那匹老白马,一大清早就被套在打谷机上,转了一整天。

她尽早地躺到床上,而且立刻就睡着了。

半夜里,有两只手在她的床上摸,把她惊醒了。她吓了一跳,但是立刻听出了农庄主人的声音,他对她说:"别怕,萝丝,我来找你谈谈。"起初她感到惊讶,后来他想往她的被窝里钻,她这才明白了他要干什么,于是浑身抖得非常厉害,因为她感到自己在黑暗里孤立无援,刚从梦中惊醒,仍旧昏头昏脑,而且全身裸露地躺在床上,那个想得到她的人又在身边……

农庄主人整夜待在她身边;第二天晚上又来了,以后每天晚上都来。

他们一块儿过活了。

一天早上,他对她说:"我已经上教堂里公布结婚预告。我们下个月结婚。"

她没有回答。她能说什么呢?她也没有反抗。她又能做什么呢?

四

她嫁给了他。她感到自己掉在一个够不到边的深坑里,永远爬不出来;各种各样的不幸像巨大的岩石悬在她的头顶,时时刻刻都有可能落下来。她的丈夫,她总觉着他好像是一个遭到她偷窃的人,迟早总有一天他会发现。她还想到了她的孩子,她的整个不幸来自这个孩子,但是她在人世间的整个幸福也来自这个孩子。

她每年去看他两次,每次回来都变得更加忧郁。

然而她渐渐习惯以后,她的担心消失了,她的心也平静下来;她的生活过得比较有信心了,虽然在她心头还模模糊糊浮现着一点忧虑。

一年年过去了,孩子已经六岁。她现在几乎可以说是幸福的了,没想到农庄主人的心情突然变得忧郁起来。

两三年来,他好像有心事,有烦恼,有一种心病在逐渐加重。吃完饭他在饭桌上要逗留很久,他双手捧着脑袋,闷闷不乐,忍受着忧愁的煎熬。他的语言变得比以前急躁,有时候还很粗暴。他甚至看上去好像对他的妻子有了看法,有时候回答她的话很严厉,几乎带着怒气。

有一天女邻居的孩子来取鸡蛋,她正忙着,对这孩子有点儿粗暴,她的丈夫突然出现,恶狠狠地对她说:

"他要是你的孩子,你就不会这样待他了。"

她大吃一惊,不能够回答。后来她心事重重地回到屋里,从前的那些忧虑又重新出现了。

在吃晚饭时,农庄主人不跟她说话,也不看她;他看上去好像恨她,瞧不起她,好像终于知道了什么似的。

她惊慌失措,吃完饭以后不敢留下来单独跟他待在一起。她逃出去,一直朝教堂跑去。

天黑了;狭窄的中殿里非常暗,但是在寂静中,她听见圣坛附近有走来走去的脚步声,原来是圣器室管理人在点圣体龛前的那盏过夜用的油灯。这一点抖动的灯光,淹没在拱顶下的黑暗中,对萝丝来说,却好像是最后的一线希望。她眼睛望着它,扑通跪了下来。

那盏小灯随着一阵链子声重新升到空中。紧接着在石板地上响起了木鞋均匀的跳动声和绳子在地面拖动的窸窣声,那口小钟把三钟的钟声送进逐渐变浓的暮霭里,当那个圣器室管理人要出去的时候,她追上了他。

"本堂神父先生在家吗?"她问。

他回答:

"我想在家,他总是在三钟钟响的时候吃晚饭。"

于是她打着哆嗦,推开本堂神父住宅的栅栏门。

那教士正在吃饭,他立刻请她坐下。

"嗯,嗯。我知道,您的丈夫已经跟我谈起过那件促使您到这儿来的事。"

可怜的女人差不多快昏过去了。神父接着又说:

"您想要什么,我的孩子?"

他一勺一勺迅速地喝着汤,一滴滴的汤水洒在覆盖着圆鼓鼓的肚子、满是污垢的道袍上。

萝丝不敢再说什么,也不敢提出要求或者请求。她立起来,神父对她说:

"勇敢点……"

她走了出去。

她回到农庄,已经不知道自己在做什么了。农庄主人在等她,那些干活儿的人在她离开的时候已经走了。于是她扑通一声在他面前跪倒,泪如雨下,呻吟着。

"你为什么生我的气?"

他骂骂咧咧地大声说:

"为的是我没有孩子,一个人娶老婆,可不是为的让两个人到死就这样孤孤单单的。就是为的这个。一头母牛不下小牛,就一个铜板不值。一个女人不生孩子,也是一个铜板也不值。"

她哭着,结结巴巴地重复说:

"这不是我的错!这不是我的错!"

他的态度稍微温和了一点,他又说:

"我没有怪你,不过这总是件不愉快的事。"

五

从这一天起她脑子里只有一个念头:生一个孩子,另外生一个孩子。她把她的这个愿望告诉了所有的人。

有一个女邻居教她一个法子:每天晚上让她的丈夫喝一杯放上一撮灰烬的水。农庄主人欣然同意,但是这个法子没有奏效。

他们俩想:"也许会有什么秘方吧。"他们到各处打听。有人告诉他们十法里以外住着一个牧羊人。瓦兰老板于是有一天套上他的轻便双轮马车,动身去向他求教。牧羊人交给他一个做过一些记号的大面包;这个面包里掺进了药草。

面包吃光了也没有发生效果。

一位教师向他们透露了一些秘密,一些农村里不知道的,据他说是百试百灵的方法。但是毫无用处。

本堂神父建议到费康去朝拜"圣血"。萝丝跟着一大群人匍匐在修道院里,把她心愿和从那些农民心里发出的粗俗的祷告混杂在一起。她恳求大家都在祈求的那一位保佑她再怀一次孕。结果白费力气。于是她想到这是对她头一次犯罪的惩罚,心里充满了无限的痛苦。

她愁得人都瘦了。她的丈夫也衰老了,正像人们说的,"忧心忡忡",随着希望的破灭,他渐渐憔悴了。

后来在他们中间发生了争吵。他骂她,打她,整天跟她吵闹;晚上在床上,他恨得呼呼喘气,把侮辱和下流话朝她脸上纷纷泼过去。

一天晚上,他再也想不出用什么新花样来折磨她,于是强迫她从床上起来,到门外去淋着雨等天亮。她不服从,他掐住她的脖子,开始用拳头捶她的脸。她什么也不说,也不动一动。在狂怒之下,他跳起来双膝压在她的肚子上,咬紧牙齿,气得发疯,不住手地打她。她在绝望中进行反抗,猛地一下子把他推到墙上,她坐了起来,然后用嘶哑的、变了声的嗓门说:

"我生过一个孩子,我生过,我跟雅克生的;你认识那个雅克。他答应娶我的,后来他跑了。"

他大吃一惊,愣在那儿,跟她一样激动;他咕哝着说:

"你说什么?你说什么?"

她哭起来了,眼泪哗哗直流,结结巴巴地说:

"就因为这个缘故我不愿意嫁给你,就是因为这个缘故。我当时不能告诉你,你会使得我和我的孩子都没有饭吃的。你没有孩子,你不懂,你不懂!"

他在有增无减的惊讶中,不知不觉地重复说:

"你有个孩子?你有个孩子?"

她一边抽搭一边说:

"你强迫我。你也许知道,我根本不愿意嫁给你。"

于是他从床上起来,点着蜡烛,双手抄在背后,开始在屋子里踱来踱去。她倒在床上,一直在哭。他突然走到她面前停住。"这么说,你生不出孩子应该怪我了!"他说。她没有回答。他又开始走动。后来又停住,问道:"你那个孩子几岁啦?"

她低声说:

"快满六岁了。"

他又问道:

"你为什么不告诉我?"

她叹着气说:

"我怎么可以说呢!"

他一直站着没有动。

"好,你起来,"他说。

她困难地爬起来;等到她靠着墙立好以后,他突然笑起来,像以往在那些好日子里一样哈哈大笑。看见她惶惑不解,他才补充说:

"好,咱们去把这个孩子接回来,既然咱们俩不能生。"

她是那样慌张,如果有力气的话,肯定会逃走的。但是农庄主人搓着双手,低声说:

"我本来就想领一个,现在找到啦,可找到啦。我曾经向本堂神父要一个孤儿。"

接着他仍然笑着,吻了吻泪流满面、发了傻的妻子的双颊。他好像怕她听不见似的,高声说:

"走,孩子他妈,去看看还有没有汤,我可以吃它一锅子。"

她穿上裙子。他们下楼,当她跪着把锅子下面的火重新点旺的时候,他乐乐呵呵,继续迈着大步在厨房里走来走去,一边还反复说:

"说真的,这真叫我高兴;不是嘴里说说,我真高兴,我真是太高兴了。"

菲菲小姐

普鲁士军队的指挥官,少校冯·法尔斯贝格伯爵,刚看完他的邮件。他仰坐在绒绣的大扶手椅上,两只穿着靴子的脚搁在精致的大理石壁炉台上。他占据迪维尔城堡已经三个月。三个月来壁炉台已经被他的马刺磨出两条凹坑,而且一天比一天深。

一杯咖啡放在独脚小圆桌上,冒着热气。细木镶嵌的桌面上有利口酒的酒迹、雪茄烟烧过的焦痕,还有小折刀的刻痕。这位打了胜仗的少校削着削着铅笔,有时候会停下来,随心所欲地用小折刀在这件珍贵的家具上刻出一些数字或者图形。

他看完信件,又翻阅了军邮上士刚送来的德国报纸。他立起身,朝炉火里扔了三四大块青木柴;这些老爷们为了取暖,正一点一点地砍伐大花园里的树木。随后他走到窗子跟前。

大雨滂沱。这是一场诺曼底的大雨,简直就像有一只手在发疯般往下泼;一场密密麻麻的斜雨,形成了一道斜条纹的厚墙;一场冲洗大地、溅起泥浆、淹没一切的暴雨;一场地地道道的卢昂四郊这只法国尿盆的大雨。

军官长久地望着被水淹没的草坪;望着远处的昂台勒河,河水暴涨,溢出了两岸。他用手指敲打玻璃窗,敲的是一支莱茵河的华尔兹舞曲。忽然听到一个声音,回过头去,原来是他的副手冯·克尔魏因格斯坦男爵,军衔是上尉。

少校是个巨人,肩膀宽阔,长胡子像扇子似的铺在胸前。他个儿高大魁梧,使人想到一只全副武装的孔雀,只不过把展开的尾巴挂在下巴上了。一双蓝眼睛,冷淡而又镇静;脸颊上有一道伤疤,那还是在奥地利战争中被马刀砍的。据说他是个正直的人,也是一个英勇的军官。

上尉个儿矮小,赤红脸,大肚子,腰带束得紧紧的,红胡子齐根剪短,在一定的光线照射下，闪着亮光，叫人还以为是他脸上涂了一层磷。两只门牙稀里糊涂说不清是怎样在一个纵酒的夜晚落掉的，说起话来含糊不清，常常叫人听不懂。像受过剃发礼的修道士一样，只有头顶心上秃了一块；围着这块圆圆的秃顶，长着浓密鬈曲的短头发，金黄色，闪闪发亮。

指挥官和他握握手，把那杯咖啡（从早上起已经是第六杯了）一口气喝光，听着部下逐件报告在执勤中发生的事；随后他们两个人又走到窗前，嘴里说着日子过得真不快活。少校是个好静的人，在国内已经成家，对什么都能将就。但是男爵上尉贪酒好色，过惯了放荡生活，三个月来在这个边远的驻防地点，迫不得已地过着清心寡欲的日子，心里十分恼恨。

有人轻轻敲门，指挥官喊了一声进来，于是他们手下那些机器人似的士兵中有一个出现在门口，他不开口，仅仅用他的出现来报告中饭已经准备好了。

他们在饭厅里遇见三个级别比较低的军官：一个中尉：奥托·冯·格罗斯林；两个少尉：弗里茨·朔伊瑙堡格和威廉·冯·艾里克侯爵，一个金黄头发的小矮个儿，对士兵傲慢粗暴，对战败者冷酷无情，性子像火药一样，十分暴躁。

自从他进入法国以后，他的同事们一直叫他菲菲小姐。给他起这么一个绰号，一是因为他身段漂亮，腰身纤细，看上去好像用了女人的紧身褡；二是因为他刚刚长胡子，脸色苍白；三是因为他对人对事表示极端蔑视时，养成了一个习惯，经常使用法国短语"菲，菲"①，说的时候还带着一点儿嘘嘘的哨音。

迪维尔城堡的饭厅是一间富丽堂皇的长形房间；古老的玻璃砖镜子被子弹打出一个个星状的窟窿眼儿，高高的弗兰德勒挂毯被马刀划出一道道口子，有些地方还一条条挂了下来，这都是菲菲小姐在空闲时候干的好事。

墙上有几幅家传的肖像，其中一个是披盔带甲的军人，一个是法院院长，他们都抽上了长长的瓷烟斗，另外还有一个胸脯束得紧紧的贵夫人，在年深日久褪了色的镀金画框里，傲慢地翘着两大撇用木炭画的胡子。

在这间被糟蹋得不像样子的屋子里，军官们几乎是默不作声地吃着他们的午餐。外面下着大雨，屋里很暗，吃了败仗的外表使人看了伤心。古老的橡木地板脏得像小酒馆的烂泥地。

他们吃完饭，在抽烟的时候，开始喝酒，像每天一样谈到他们的烦闷无聊。一瓶又一瓶的白兰地和利口酒传来传去，他们仰着身子坐在椅子上，一小口一小

---

① 法国短语"fi, fi donc,"的音译，意思是"呸，呸"。

口不停地喝,同时嘴角上始终叼着烟斗,烟斗柄又长又弯,下面是一个卵形的粗瓷斗,颜色花里胡哨,好像是为了引诱霍屯督人①似的。

他们杯子一空,就立刻无可奈何地用一个疲乏的手势把它斟满。但是菲菲小姐一连几次不断地把酒杯掼碎,他一掼碎,马上就有一个士兵替他另外送上一只杯子。

呛人的烟雾罩住他们;他们都好像陷入一种没精打采、愁眉不展的醉态里,百无聊赖的人的那种闷闷不乐的酩酊大醉里。

但是男爵一下子突然发作,立起来大声嚷道:"再不能这样下去了,应该想个主意才成。"

中尉奥托和少尉弗里茨具有德国人的典型相貌,迟钝、严肃,他们回答:"什么,上尉?"

他思索了几秒钟,然后说:"什么?应该举行一次酒宴,如果指挥官允许的话。"

少校取下烟斗,问:"什么酒宴,上尉?"

男爵走过去,说,"我的指挥官,由我负责一切。我把'勤务'派到卢昂去,让他带几个姑娘回来。我知道上哪儿去找。我们在这儿准备一顿晚餐,况且什么也不缺。至少我们可以痛痛快快过一个晚上。"

冯·法尔斯贝格伯爵耸耸肩膀,笑着说:"您疯了,我的朋友。"

但是所有的军官都立起来,围着他们的指挥官要求:"让上尉去办吧,指挥官,这儿太闷啦。"

最后少校让了步。"好吧。"他说,男爵立刻派人去叫"勤务"。这是一个上了年纪的老军士,从来没有人见他笑过,但是长官们的命令,不管是什么命令,他都盲目地执行。

他站着,脸上毫无表情,听完男爵吩咐,走了出去。五分钟以后,一辆很大的辎重车,罩着油布篷子,在倾盆大雨中,由四匹马拉着疾驶而去。

一眨眼他们精神振作起来了,疲惫的身子挺直,脸上露出喜色。他们开始交谈。

虽然暴雨仍旧哗哗下着,少校却断言天色不像刚才那么暗,奥托中尉也肯定地说天就要晴了。菲菲小姐也好像坐立不安,一会儿站起来,一会儿又坐下去。他那双明亮而冷酷的眼睛在寻找一样好打碎的东西。突然这个金黄头发的年轻人盯住长了八字胡的那位夫人,掏出了手枪。

---

① 霍屯督人,西南非洲的民族名。

"你看不见那个了",他说。他没有离开座位,举枪瞄准,"砰砰"两枪把肖像的两只眼睛打穿了。

接着他嚷道:"咱们来放地雷!"谈话一下子都停住了,仿佛有什么新奇有趣的事把大家吸引住似的。

放地雷是他的新发明,是他的破坏方法,是他最喜爱的消遣。

合法的业主,费尔朗·达莫阿·迪维尔伯爵,离开城堡时太仓促,除了把一些银器埋在墙洞里,什么也来不及带走,什么也来不及藏起来。他非常富有,花钱又大手大脚,因此他那间和饭厅有一扇门相通的大客厅,在主人仓促逃走以前,看上去简直就像是博物馆的一间陈列大厅。

墙壁上挂的是名贵的油画、素描和水彩画;台子上、架子上和精致的玻璃橱里有数不清的摆设:彩瓷花瓶,小塑像,萨克森瓷人,中国瓷人,古代的象牙雕刻和威尼斯玻璃制品,这些珍贵稀罕的东西充满了这间大厅,真是琳琅满目,美不胜收。

现在剩下的已经不多了,并不是遭到过抢劫,那是少校冯·法尔斯贝格伯爵绝对不会允许的。但是菲菲小姐不时要放一次地雷;遇到那个日子,所有军官也确实可以得到五分钟的乐趣。

年轻的侯爵到客厅里去找他需要的东西,他带回来一只浅红釉的中国小茶壶,在里面装满火药,再从壶嘴里慢慢塞进一根很长的火绒。他把火绒点燃以后,连忙带着这个爆炸装置奔进隔壁屋子。

接着他又很快回来,把门关上。所有的德国人都站着等待,像孩子似的露出好奇的笑容;"轰"的一声震得整座城堡都晃动,爆炸刚一过去,他们就一起冲过去。

菲菲小姐头一个进去,在一座赤陶维纳斯像前发疯般拍手,维纳斯的头终于在这一次炸掉了。每个人都拾起一些碎瓷片,欣赏缺口的奇怪形状;他们检查这一次造成的破坏,有人说有一些是上次爆炸造成的,于是发生了争论。少校用慈父般的眼光望着这间遭到霰弹破坏,遍地都是艺术品碎片的大厅。他头一个出来,一边走一边亲切地说:"这一次很成功。"

但是滚滚的浓烟进来,和饭厅里烟草的烟雾混在一起,使人无法呼吸。指挥官打开窗子,军官们回来喝最后一杯白兰地,都走到了窗前。

潮湿的空气涌进屋里,挟来粉末般的水花粘在胡子上,还带进一股河水泛滥的气味。他们望着被大雨淋得耷拉着脑袋的大树,望着从低垂的乌云里降下的雨水笼罩着的宽广山谷,望着远处教堂钟楼高耸在倾盆大雨之中的灰色尖顶。

自从他们来到这里以后，钟楼就没有打过钟。这还是侵略者在附近一带遇到的仅有反抗，钟楼的反抗。本堂神父在供应普鲁士士兵吃住上，有求必应，从来没有拒绝过；甚至有几次还接受敌人指挥官的邀请在一起喝一瓶啤酒或者波尔多葡萄酒。敌人的这位指挥官也常常找他出面做友好的居间人。但是要他打一下钟，那是绝对办不到的，他宁可让人枪毙。这是他对侵略者的抗议方式，和平的抗议，沉默的抗议。他说，这是适合传教士这种温和的人，而不是杀人成性的人的唯一的一种抗议方式。在十法里方圆之内，人人都赞扬商塔瓦纳神父的坚定和英勇，他敢于让他的教堂保持顽强的沉默态度，来宣告举国一致的哀悼。

全村的人都受到这种反抗的鼓舞，准备对他们的神父支持到底，准备冒一切危险，因为他们认为这种沉默的抗议是维护国家的荣誉。在乡亲们看来，他们这样做对祖国的贡献比贝尔福和斯特拉斯堡①还要大，他们做出的榜样具有同等价值，他们这个小村子将因此而名垂千古。除了这一点以外，不论战胜的普鲁士人提出什么要求，他们都不拒绝。

对于这种无害的勇敢态度指挥官和手下的军官们都付之一笑；况且当地人又都对他们很殷勤，很顺从，他们因此也就很乐意地容忍了当地人的沉默的爱国行为。

只有那个年轻的威廉侯爵主张下命令强迫打钟。他的上司对教士采取圆滑的迁就态度，使他感到气愤，每一天他都请求指挥官让他去当当地打一次钟，哪怕只是为了让大伙乐乐，也得让他去打一次。他请求的时候，像猫一般亲热，像女人一般阿谀，像想要什么想得发了疯的情妇那样娇声娇气，但是指挥官寸步不让，菲菲小姐为了寻找安慰，只好在迪维尔城堡里放"地雷"。

这五个男人聚在那儿，呼吸着潮湿的空气，待了几分钟。最后少尉弗里茨嘿嘿笑了两声，说："这些肖（小）姐楚（出）门艮（肯）定不会有喝（好）天气了。"

接着他们就分手，各人去干各人的公事，上尉为了准备晚餐，有许多事要做。

天黑，他们又聚在一起，看见一个个都像在检阅的日子里一样，打扮得漂漂亮亮，都笑起来了。他们头上擦了油，身上洒了香水，容光焕发。指挥官的头发似乎没有上午那么灰白了，上尉刮了脸，只在鼻子底下留了一撮小胡子，像火苗一样。

尽管下雨，他们还是让窗子开着，不时有人跑过去听听。六点十分，男爵说他听到远处有隆隆的车声。大家都奔过去，不久以后那辆大车疾驶而来，四匹马

---

① 普法战争中法国人曾在这两个地方抵抗普鲁士军队。

在路上不停地飞奔,泥浆一直溅到背上,浑身冒着热气,呼呼直喘。

五个女的在台阶边上下来。"勤务"曾经拿了上尉的名片去找他的一个朋友,这是经过这个人仔细挑选出来的五个漂亮妓女。

她们一口就答应了,一方面她们相信会付给她们很多钱,另一方面她们跟普鲁士人打了三个月交道,深知他们的为人,而她们对人对事又都是逆来顺受惯了。"干了这一行,有什么办法!"她们在路上对自己说,毫无疑问这是为了回答还剩下的那一点良心暗中的谴责。

她们立刻走进饭厅。饭厅遭到破坏,一副惨相,在灯光照耀下更显得阴森森的。桌子上摆着肉食、贵重的餐具和从墙洞里找到的银器,使得这个地方看上去仿佛是一伙强盗抢劫归来吃饭的小酒馆。上尉兴高采烈,像用熟了的日常用品似的,毫不客气地把女人都揽到自己身边,他欣赏她们,吻她们,闻她们,从对妓女所要求的角度来估量她们。那三个年轻人每人都想挑一个,他断然反对。他主张由他按照级别公正地分配,丝毫不打乱等级制度。

为了避免发生争执,为了避免让人疑心有偏袒,他叫她们按高矮排列,用命令的口气对最高的一个说:"你叫什么?"

她提高嗓音回答:"帕梅拉。"

于是他宣布:"第一号,名叫帕梅拉,归指挥官。"

接下来他拥抱第二号布隆迪娜,表示归他所有。他把肥胖的阿芒达分给中尉奥托。把"西红柿"夏娃分给少尉弗里茨。他把最矮的一个拉歇尔,分给了最年轻的军官,瘦弱的威廉·冯·艾里克侯爵。拉歇尔非常年轻,棕色头发,眼睛黑得像两点墨水迹,是一个长着狮子鼻的犹太女人,对凡是犹太人都长着一个鹰钩鼻这条规律来说,倒是个例外。

再说,她们都很漂亮,都很丰满,相貌上没有什么明显的差别,由于每天操皮肉生涯和在妓院里过着共同生活,她们的身段和肤色都完全相同。

三个年轻人想立刻把他们分到的女人带走,借口是给她们找把刷子,找块肥皂,好好让她们洗洗脸,刷刷身上的衣服。但是上尉有先见之明,坚决反对。他说她们挺干净,完全可以上桌吃饭,而且上楼的人下楼以后一定希望交换,那就会把原来的分配打乱了。他的经验占了上风。在等待期间仅仅是接吻,接许多吻。

突然间,拉歇尔透不过气来,她咳得直淌眼泪,从鼻孔里冒出一些烟。侯爵趁着和她接吻的时候,喷了一口烟在她嘴里。她没有生气,也没有吭声,但是她盯着她的占有者,黑眼睛里已经有一股怒火点燃了。

大家坐下来。指挥官也好像非常高兴,他让帕梅拉坐在他的右边,布隆迪娜坐在他的左边；他打开折好的餐巾，说："你的主意真妙，上尉。"

中尉奥托和少尉弗里茨像跟上流社会妇女在一起似的，彬彬有礼，反倒使得坐在他们身边的女人有点难为情。可是冯·克尔魏因格斯坦男爵贪酒好色，真是如鱼得水，他喜笑颜开，说了许多轻薄话，他头上的那一圈红头发使他看上去就跟着了火一样。他用莱茵河的法语献着殷勤；他的那些下等酒馆里的恭维话，从缺了两个门牙的窟窿里冒出来，随着四溅的唾沫，送到姑娘们的耳朵里。

不过她们一句也听不懂。只有在他说猥亵话，说粗话的时候，她们好像开了窍，尽管他发音不准，她们也能够领会。于是她们一个个都发疯似的笑起来，倒在身边男人的肚子上，学着男爵说的话。到后来男爵为了引她们说淫秽话，故意把话说得走了腔。她们不住口地学着说，刚喝头几瓶葡萄酒就已经醉了。她们积习难改，恢复了本来面目，一会儿吻右边男人的唇髭，一会儿又吻左边男人的唇髭；她们拧他们的胳膊，发出狂叫，喝所有杯子里的酒，唱法国歌，也唱从每天跟敌人交往中学来的几段德国歌。

他们发疯，大喊大叫，打碎餐具；在他们背后呢，立着几个毫无表情的士兵伺候他们。

只有指挥官一个人还能够克制自己。

吃餐后点心时，开始斟香槟酒。指挥官立起来，用他举杯敬祝奥古斯塔皇后① 健康时相同的声调说：

"为在座的夫人们干杯！"大家纷纷祝酒，是丘八、醉汉向女人献殷勤时的那种祝酒，其中夹杂着淫猥的玩笑话，由于对语言的无知，这些玩笑话更加显得粗鲁。

他们一个接着一个地站起来，在脑海里搜寻俏皮话，尽力想显得滑稽有趣。女人们每一次都疯狂地鼓掌，她们眼神发呆，嘴里发黏，已经醉得要躺倒了。

上尉大概是想为这次狂饮增添一些风流多情的气氛，他再次举起酒杯，说："为我们征服女人的心干杯！"

奥托中尉简直像一头黑森林② 里的狗熊，他喝得醉醺醺，这时候十分激动地立起来。他在醉后的一阵爱国心的激发下，高声喊道："为我们征服法国而干杯！"

几个女的尽管喝醉了，都保持沉默。拉歇尔浑身哆嗦，转过身来说："得啦，我见过许多法国人，在他们面前你就不敢这么说。"

---

① 奥古斯塔皇后是普法战争期间德意志帝国威廉第一的皇后。
② 黑森林，德意志联邦共和国境内的大森林．在莱茵河上游的右岸。

但是年轻的侯爵笑了，他一直抱着她坐在他的膝头上；喝了酒以后他变得快活起来。"哈！哈！哈！我还从来没有见到过。我们一到，他们就溜了！"

那个姑娘勃然大怒，冲着他的脸嚷道："你胡说，坏蛋！"

有一秒钟的时间，正像他盯住他用手枪打穿的那些画像一样，他的浅色眼睛盯住她，然后他笑开了："哈哈！好吧，让我们来谈谈那些人，美人儿！他们如果勇敢，我们怎么会来到这里！"他越说越兴奋。"我们是他们的主人！法国属于我们！"

她猛地一挣，从他的膝头上滑下来，坐在椅子上。他立起来，把酒杯一直伸到桌子当中，继续说："法国和法国人，法国的树林、田野和房舍都属于我们！"

其余的男人都已经喝得酩酊大醉。他们突然在一股军人的热情的鼓舞下，兽性大发，抓起酒杯，大声狂叫："普鲁士万岁！"然后一口把杯子里的酒喝干。

姑娘们没有提出抗议，她们心里害怕，只能保持沉默。拉歇尔也一声不响，因为她没有办法回答。

这时候，年轻的侯爵把重新斟满的一杯香槟酒，搁在犹太姑娘的头上，嚷道："所有的法国女人也属于我们！"

她猛地站起来，晶质玻璃酒杯翻倒，像施洗礼一样，黄澄澄的香槟酒全部倒在她的黑头发里，接着酒杯掉到地上，摔得粉碎。她双唇发抖，瞪圆眼睛望着仍在笑着的军官，怒不可遏，连喉咙都哽得发不出声音，她结结巴巴地说："这，这，这，不是真的，哼，你们得不到法国女人。"

他为了能够笑个痛快，坐了下来，他模仿巴黎口音说："她说得倒好，她说得倒好，那么，小乖乖，你怎么会到这儿来的？"

她心情激动，一时之间没有听懂，所以愣住没有回答；等到她明白他说的是什么意思以后，顿时怒火中烧，声色俱厉地冲着他嚷道："我！我！我不是一个女人，我是一个妓女；普鲁士人需要的正是这个！"

没等她说完，他就抡起胳膊打了她一个耳光。但是当他再一次举起手来的时候，她已经气得发了疯，从桌上抓起一把吃餐后点心用的银刀身的小刀，谁也没有注意就一下子笔直地刺进了他的脖子，正好在胸口以上的那个凹陷部分。

他正说着的一句话卡在嗓子里，没能说完。他张着嘴发愣，眼睛里露出可怕的神色。

所有的军官都大声叫喊，乱纷纷地站起来，于是她把椅子朝奥托中尉腿上扔过去，奥托中尉扑通一声绊倒在地上。她乘机朝窗口跑去，在被人抓住以前，已经打开窗子，跳进仍然下着雨的茫茫黑夜。

两分钟以后,菲菲小姐死了。弗里茨和奥托拔出刀想杀死跪在他们面前苦苦哀求的女人。少校好不容易才阻止了这场屠杀,叫人把那四个吓傻了的姑娘关在一间卧室里,由两个士兵看守。然后如同部署一次战斗,他下命令追捕逃跑的女人,他相信一定能够把她抓回来。

　　五十名士兵在威胁恫吓之下,被派到大花园里去。还有两百人搜索树林和山谷里的人家。

　　顷刻之间餐具撤掉,饭桌变成了灵床。四个军官态度威严,酒已经醒了,脸上露出军人在执行作战任务时的那种冷酷表情。他们一直站在窗口,探测着黑夜。

　　倾盆大雨继续下着。黑暗中充满连续不断的哗哗声,由降落的水、流动的水、滴下的水和溅起的水合成的一片飘忽不定的轻微响声。

　　突然间传来一下枪声,接着从很远的地方又传来一声。在四个小时之内就这样断断续续地有枪声传来,忽而远,忽而近;还有集合的喊声,用喉音发出的怪里怪气的嚷声,听上去像是在互相打招呼。

　　早上所有的人都回来了。在打猎的热情中,在这次夜间追捕的慌乱中,有两名士兵被自己人打死,还有三名被自己人打伤。拉歇尔却没有找到。

　　于是居民们处在恐怖统治之下,住宅被翻得乱七八糟,整个地区都被踏遍,寻遍,搜遍。那个犹太姑娘仿佛没有留下一点踪迹。

　　将军接到报告后,为了避免在军队里树立坏榜样,他命令把这件事包起来暗中了结。他给予少校纪律处分,少校也处分了他的下级。将军曾经说:"我们打仗可不是为的找乐子,玩姑娘。"冯·法尔斯贝格伯爵恼羞成怒,决心要向当地人报仇。

　　他需要找一个借口,好随心所欲地进行严厉惩罚;他把本堂神父找来,命令他在冯·艾里克侯爵举行葬礼时打钟。

　　完全出乎意料,教士态度很温顺,很谦恭,而且满怀敬意。菲菲小姐的尸体由几名士兵抬着,离开迪维尔城堡到公墓去,尸体的前后左右都布满了士兵,他们荷枪实弹朝前走。这时候那口钟第一次敲响了丧钟,节奏轻松愉快,真像有一只亲切友爱的手在轻轻抚摸它似的。

　　晚上钟又响了,第二天也响,以后每天都响,而且叮叮当当你要它怎么打,它就怎么打。有时候甚至在夜间不知什么缘故它突然醒来,怀着令人惊奇的欢乐心情,自己晃动起来,轻轻地把两三下叮当声送进黑暗之中。当地的乡亲们都说它中了邪魔。除本堂神父和圣器室管理人,没有人再走近钟楼。

　　原来有一个可怜的姑娘住在钟楼上面,过着忧愁和孤独的生活,由这两个人

偷偷给她送饭吃。

她在上面一直待到德国军队离开。后来,有一天晚上,本堂神父向面包师傅借来了敞篷马车,亲自赶车,把这个关在钟楼上的女囚徒送到卢昂城门口。到了那里,神父拥抱她,她下车以后,匆匆走回妓院,妓院的老板娘还以为她已经死了呢。

不久以后,一个爱国者帮助她离开了妓院。这个爱国者没有偏见,爱她的英勇行为,后来进一步爱上了她本人,娶她做了妻子,使她变成一个和别的许多夫人一样值得敬重的夫人。

真的故事

一阵大风在外面吼着,一阵狂呼而疾卷的秋风,一阵扫尽枝头枯叶送它们直到云边的那种风。

那些打猎的人吃完了他们的晚饭,却都没有脱掉他们的长筒皮靴,满面绯红兴致勃勃。他们都是诺曼底省的一些半贵族半乡绅而又半务农的人,家境富裕,身体强健,气力可以击断那些在集市里蹲着的牛的双角。

他们在艾巴乡的村长白龙兑尔老板的山场里,打了一整天的猎,现在他们正在那个别墅般的田庄里围着一张大桌子吃东西——那田庄的主人就是他们的东道主。

他们像吼着一般说话,像野兽嗥着一般大笑,像蓄水池一般喝酒,伸长了腿,肘拐撑在桌布上面,眼睛在灯光下面睁得大而有神,身体被一座向天花板吐出血色微光的大火炉烘得火热;他们所谈的都是打猎和猎狗。但是半醉了的他们,已经到了心中别有所思的时候,所以全体都用眼光去追逐一个用发红的指尖儿托着那些满盛着食物的大盘子的强壮女人。

忽然,一个喜欢吵闹的姓塞菇尔的大汉子——这个人从前原本是研究那种做教士的学问,现在却成了兽医,给本地附近各户诊治家畜——他高声说:

"了不得,白龙兑尔老板,您有一个无可非议的女佣人。"

于是一阵哈哈的笑声爆发了。这时候,一个出了名为酒所困的贵族卫仑多先生提起嗓子说:

"我从前和这样一个女孩子有过一种奇异的故事;哼,我应当说给大家听。

每次我想到她，就叫我记起麋儿扎——那是一条雌狗，我从前卖给何宋内子爵的，但是只要有人放开它，它总要回来，可见它不能离开我。后来我生气了，便央求那位子爵用链子拴住它。后来你们可知道它怎样吗？那个畜生？它竟因为悲伤送了命。

"不过现在不说它了，还是回到我那女佣人身上。故事是这样的：

"那时候，我有二十五岁，没有成家，住在我自己那个在好乡的别墅里，你们知道，一个人年轻有钱而晚饭后又无事可做的时候，眼睛就要四处寻东西了。

"不久，我发现一个在戈乡的兑布多先生那里做事的年轻人。白龙兑尔，你本来认识兑布多呀，简而言之，那个小家子女儿很叫我发狂，以至于某一天我跑了去找她的东家，向他提出一件交易。倘若他把他的女佣人让给我，我就把他想了两年的那匹黑马卖给他。他和我握手：'彼此无异言！卫仑多先生。'交易做成了：那个小女人到我别墅里来了，我亲自牵了那匹马到戈乡去，作价三百法郎让给了兑布多。

"在初期，这件事便利得像轮子一般。谁也没有疑虑到什么，仅仅从我的口味上说来，蔷薇有点过于爱我，你们知道，那孩子不是那种不三不四的人；她在血脉里大概有些与众不同之处，而凡是和东家闹花样的女佣人总有点这样。

"总而言之，她真崇拜我，这就是那些小狗的称呼和种种温存亲热的字眼和事情给我的看法。

"我自己盘算过：'这件事顶好是不要维持太久，否则我要上当！'但是我不是容易上当的，我不是那些用两个吻便可以迷得住的人。末了，当她向我通知说她怀孕了的时候，我早已注意了。

"这简直像是有人在我胸脯上噼啪放了两枪。她呢，她吻了又吻我，笑着，舞着，她发痴了，有什么话说！当天我什么话也没有说；但是到了夜晚，我便推敲起来。我想：事情发生了；但是应当拿出手段来，割断那根线，时候正好。你们可懂得，那时候，我父母都住在巴仑乡，我姐姐伊士拔侯爵夫人住在罗贝克，离好乡不过十多里路，真是没有法儿开玩笑的。

"但是我怎样给自己解围呢？倘若她离开我那里，便有人会动疑，于是就有人会来饶舌，倘若我留下她，不久便有人会看见她的大肚子，并且我不能够就这样放掉她。

"我和我舅舅克勒德邑侯爵谈起这件事，这本是一个见多识广的老江湖，我并且向他征求意见。他泰然答复我：

"'应当嫁掉她，好孩子。'

"我一下跳起来,

"'嫁掉她,舅舅,但嫁给谁?'

"他从容地耸着双肩:

"'你愿意嫁给谁,这是你的事,不是我的啊。一个人只要不笨总可以找得着。'

"我把这篇议论想了七八天之久,结果我自己对自己说道:他毕竟有道理,我的舅舅。

"后来我开始挖空心思地思索起来;某一天晚上,我和一个在本地做推事的人吃晚饭,他对我说:

"'波梅尔老婆子的儿子,最近又闹了一个笑话;他的结局将来定不会好,这个孩子。可见遗传的力量很大。'

"那个姓波梅尔的老婆子本是一个老光棍,她的青年时代本使人垂涎。一个法郎便可以使她卖掉她的灵魂,她儿子的坏劲儿更可以想见。

"我走去找她,并且从容地使她明白那件事。

"我真窘于答复,因为她竟陡然问我:'您对于那个女孩子,能够给她一些什么东西?'

"她真是狡猾,那个老婆子,但是我也不笨,我早就预备妥当了。

"我刚好有三块丢在沙司乡附近的地,那些地本来属于我在好乡的三个庄子。那些庄稼人永远嫌其过远,我早就收回了那三块面积一共六亩的田,末了因为那些庄稼人又来噜苏,我便在每个佃约里免了他们应当缴的鸡鸭之类。这样一来简直算是丢了。所以我那时候便在邻近买了一点儿地,在上面造了一所小房屋,两者共花了我一千五百法郎,所以我算组成了一桩没有花多钱的小产业,于是我就拿它给这女孩子做生活基金。

"那老婆子说这产业是不够的,但是我也不让步,结果我们就毫无结果而散。

"第二天一大早,她的儿子便来找我。说到他的面貌我真不大记得。我看见了他,我更放心了,因为若是在乡下人之中看来他并不算坏;不过却真像一个很狡猾的人。

"他随随便便地谈起那桩事,如同他新近买了一头母牛似的。等到我们谈好了之后,他要看看那份产业,于是我们便穿过田野动身去看。那光棍竟叫我在那里足足蹲了三个钟头,他量过宽窄,又拾些土块儿在手里打散,俨然像是害怕看错了货色。那房屋的顶还没有盖好,他坚决不要茅草做顶,非盖石板不行。因为这样可以少要一些修理!

"随后他向我说:

"'但是家具呢,那是要由您给的。'

"我反驳道:

"'不行,拿一座田庄给您,已经很不错了。'

"他冷笑着说:

"'我相信是不错了,一座田庄和一个孩子。'

"我不由脸红起来,他说:

"'大家想想吧,您可以给一张床,一张柜,三把椅子和一套吃饭用的东西,否则就什么也不必干。'

"我承认了这一层。

"于是我们便又上了回家的道儿,他那时还没有一个字谈到那女孩子身上。但是忽然用一种狡猾而又不怀好意的神气问:

"'但是,倘若死了,这产业又归谁呢?'

"我说:

"'那么,自然归您。'

"他从一大早就想知道的事都在这里了。立刻他用一种满意的动作同我握手,我们算是谈妥当了。

"唉!说起我叫蔷薇打定主意,那就真叫我头疼。她倒在我脚跟前呜咽起来,并且重复地说:'您来给我提议这件事!您!您!'经过了七八天,她始终抗拒,无论我怎样苦劝和怎样哀求。女人真是笨,一旦产生了爱情,她们就什么也不明白了,世上没有可以自恃的聪明,爱情先于一切,一切为的是爱情!

"结果,我终于生气了,并且以要推她出去来恐吓。她算是才慢慢地让步,条件就是要我允许可以不时来看我。

"那一天到了,我亲自引她到教堂里去,敬神和喜酒种种费用都是我出的,总而言之,我漂亮地办了一切的事,随后我告别了,走到杜尔乃,在我哥哥家里住了半年。

"等我回来的时候,我才知道她每星期必来探听我的消息。到家不到一点钟,便看见她抱着一个孩子走进来了。看见那小家伙真叫我难受,你们可以相信我的话啊!大概我还吻过那孩子。

"至于那个姑娘呢,简直是一所破房子了,一副枯骨了,一个影子样的东西了,又老又瘦。婚姻于她真没有好处!我机械地问她:

"'你日子过得好吗?'

"于是她的眼泪像泉水般涌出来,泣不成声地哭着,末了,她高声说:

"'我不能够,我不能够丢开您,现在,我情愿死,再不愿活了!'

"她发疯似的跟我闹了一大阵,我尽力安慰她,并且送她直到栅栏门外。

"事实上,我听见有人说她的丈夫打她,她的婆婆虐待她,那个老鸱鸮。

"两天之后,她又来了。她抱住了我,她在地上打滚。

"'请您杀了我吧,我到底不想回去。'

"这完全是麋儿扎要说的话呀,倘若它能够说!

"这样的弄法渐渐叫我头疼了;我终于又躲了半年。等我回了家……等我回了家,我才知道她在三个星期前死了,以前,她每逢星期日必定回来……始终像麋儿扎一样,那孩子在八天之后也死了。

"至于那丈夫,狡猾的光棍,却袭承了遗产,仿佛他从此很得法,现在他做了村里的自治委员。"

随后卫仑多先生一面笑一面说:

"这没有关系,他的幸运是我造成的。"

末了,那兽医塞茹尔先生端着那盅烧酒送到嘴边,一面庄重地下了结论:

"无论你们要怎样,但是这样的女人是惹不得的。"

皮埃罗

勒费弗尔太太是一位乡绅太太,是个寡妇。乡间确有这样一种半城半乡的妇人,她们爱用缎带,爱戴荷叶边帽子,说起话来常犯联音错误,当着人面装出一副倨傲的神气,在打扮得花里胡哨的可笑的外表下隐藏着一个自命不凡的粗鄙的灵魂,正如她们用生丝的手套来掩盖一双又红又粗的手。勒费弗尔太太正是这样一个妇人。

她使唤着一个女仆,一个忠厚的乡下女子,心地淳朴,名字叫萝丝。

主仆二人住在诺曼底,社区的中心,沿着公路的有绿色百叶窗的小房子里。

因为住房的前面有一块狭长的园地,她们就在那儿种了些蔬菜。

可是一天夜里,有人偷走了十几颗洋葱。

萝丝发现这桩小小的窃案,赶紧跑去报告太太,太太穿着呢裙子就下了楼。这真是一件令人又伤心又害怕的事。居然有人偷东西,偷了勒费弗尔太太的东西!这么说,当地有贼了,再说,贼既来过一次就可能再来。

这两个惊慌失措的妇人察看脚印,唠唠叨叨地谈着,作出种种的揣测:"看!他们是从这儿过来的。他们先爬上这座墙;从那儿一跳,跳到了花坛上。"

她们想到以后的日子就感到害怕。从今以后还怎么能够安安稳稳地睡觉呢!

失窃的消息马上传开。邻居们都赶来,踏勘了现场,纷纷议论;每来一个人,这两个妇人都要把她们看到和想到的重新说上一遍。

一个住在附近的农庄主给她们出了一个主意:"你们应该养条狗。"

这倒是真的,她们的确应该养条狗,哪怕是有了什么情况叫两声也好。可是不能要大狗,天呀!那可使不得。一条大狗,她们怎么受得了!吃也要把她们吃穷了。只要一条小狗,(在诺曼底,人们管狗叫"干")一条会汪汪叫的小"干",那就行了。

等大家都走了以后,勒费弗尔太太立刻就商量养狗的问题,商量了好久。她考虑后,提出许多反对意见,她一想到盛得满满的狗食盆就被吓得发呆;因为她是属于那些精打细算的乡绅太太一流的人,她们衣袋里老揿着几个小铜子,好在路上当着众人的面施舍给穷人,和星期日付教堂的捐款。

萝丝是喜欢猫狗的,她提出了种种理由,并且很狡猾地为这些理由作了辩护。最后决定养一条狗,一条小而又小的狗。

她们开始找狗了,不过遇到的尽是些大狗,吃起肉汤来能把人吓死的大狗。罗尔维尔的食品杂货店老板倒是有一条很小的狗,不过他要求付给他两个法郎作为饲养费。勒费弗尔太太说,她愿意养一条"干",但决不花钱去买。

可是,面包房老板知道了这件事以后,有一天早上在他的车子里带来了一只长了一身黄毛的小怪物:腿短得几乎跟没有一样,鳄鱼身子,狐狸头,一条向上翘的尾巴活像军帽上的翎饰,长度和整个身子相等。面包房的一个主顾不想要它了。这条看了叫人恶心的小狗,用不着花钱买,勒费弗尔太太却认为很美。萝丝抱起来吻了吻,打听它叫什么。面包房老板回答:"皮埃罗。"

它被安置在一只旧肥皂箱里,先给它弄了点水,它喝了。然后又给它拿来一块面包,它吃了。勒费弗尔太太发了愁,但是念头一转,有了一个主意:"等它在家里待惯了以后,可以把它撒开。它在附近一带转转就可以找到吃的了。"

后来果然把它撒开,但是它仍旧免不了挨饿,并且它只有在讨东西吃的时候才汪汪地叫;在那种时候它叫得倒很厉害。

园子呢,谁都可以进来。任何人来了,皮埃罗都过去跟他亲热一番,绝对不叫一声。

不过勒费弗尔太太对这条狗也渐渐地惯了;她甚至有点喜爱它了,有时候还把面包在自己的肉汤里蘸一蘸，亲手一口一口地喂它吃。

不过她从来没有想到还有纳税的问题。"八个法郎，太太！"当有人为了这条连叫都不会叫的小"干"来跟她索取八个法郎的时候，一惊之下，她差点儿昏过去。

她们立刻决定摆脱这个皮埃罗。可是谁也不要。附近十法里之内，所有的住户见了都摇头。实在没有别的办法，她们决定送它去"啃烂泥"。

所谓"啃烂泥"，就是"下泥灰岩坑"。当地的习惯，凡是不要的狗，都叫它去"啃烂泥"。

在一片广阔的平原上，可以看到一种窝棚，或者更正确地说，有一种很小的茅草房顶支在地面上。这就是泥灰岩坑的坑口。这个陡直的大坑深入地下有二十米，下面有一系列的长坑道。

每年到了用泥灰肥田的时候，才有人下到坑里去。平常日子，它的用处就是充当被判处死刑的狗的坟墓；人们在这个坑口附近走过，常常可以听见哀怨的吠声，狂怒的或是绝望的嚎声，凄厉的求援声。

猎户和牧羊人喂养的狗都惊恐地躲开这个怨声不绝的深坑，谁要是俯身朝下望一下，立刻就会有一股难闻的腐臭气味冲上来。

不少可怕的惨剧在黑暗中演出。

一条狗吃着比它先下来的那些狗的腐烂的尸体，在坑底奄奄一息挣扎了十天或十二天以后，会突然又有一条狗被扔下来，这条新扔下来的狗当然比它大，比它强壮。坑底是两条狗了，全都饿着肚子，眼里发光。它们互相窥视着，互相追随着，都提心吊胆，迟疑不决。可是饥饿催迫着它们；它们互相攻击，打了很久，很激烈；最后强的吃了弱的，活生生地把它吃下去。

把皮埃罗送去"啃烂泥"的主意一经打定，就立刻物色一个执行人。修补公路的养路工人要十个苏，才肯跑这一趟。勒费弗尔太太觉得这未免太过分了。住在附近的那个打短工的，倒是五个苏就行了，但是还太贵。萝丝表示了意见，她说不如由她们亲自把它送去，这样在路上它不至于受虐待，也不会事先知道它自己的厄运；于是决定在天黑以后她们两人去一趟。

这天晚上，给它准备了一盆很好的肉汤，还加了一点儿黄油；它全部吃光，一滴也没剩；它正摇着尾巴表示满意的时候，萝丝一把将它抱起来，放在围裙里。

她们迈着大步，像两个偷蔬菜的，在平原上匆匆走着。不久她们就看见了泥灰岩坑。到了坑边，勒费弗尔太太先俯下身子听听下面有没有狗叫声。没有。下面没有狗；皮埃罗下去后，坑里只会有它一条狗。于是泪流满面的萝丝吻了吻它，把它扔下去；她们两人都俯下身子，支起耳朵听。

她们先听见一下沉闷的响声；随后是一只受伤的动物凄惨的尖叫声，随后又是一连串低低的叫痛声，最后是绝望的求援声，一条狗抬着头望着坑口哀求的悲呼声。

它叫哟，汪汪地叫个不休！

她们突然感到后悔，感到害怕，感到一种无法解释的极度恐惧；她们跑着逃走了。萝丝跑得快，勒费弗尔太太不住地喊："等等我啊，萝丝，等等我啊！"

她们一夜都做着可怕的恶梦。

勒费弗尔太太梦见她正坐下去吃饭，把汤盆的盖子打开，皮埃罗在里面，它跳了出来，一下子咬住她的鼻子。

她惊醒之后好像还听见汪汪的叫声。她仔细听了听，才知道是弄错了。

她重新睡着，这一次是在一条大路上，一条看不到头的路上，她正顺着这条路走着。忽然在路中央，她看见一个篮子，乡下人拎的那种大篮子，丢在那里没人管；这个篮子使她感到害怕。但是她最后还是把盖子揭开，皮埃罗蜷着身子待在篮子里，它一口咬住了她的手，再也不放。她拼命地逃，那条狗就这样一直不松口，挂在她的手上。

她几乎发了疯，天刚一亮就起来朝泥灰岩坑跑去。

它汪汪叫着，它一直汪汪叫着，它汪汪叫了一整夜。她抽抽噎噎地哭了起来，用各式各样的亲热称呼叫它。它呢，凡是狗能发出的温柔亲切的声音它都用了来回答她。

她于是一心要把它弄回来，打定主意要叫它一直到死都过快活日子。

她跑去找挖泥灰为业的那个掘井工人，把情形讲给他听。那个人一声不响地听她讲。等她讲完之后，他说："您要您的'干'吗？那得四个法郎。"

她吓了一跳；她的悲伤一下子飞到九霄云外。

"四个法郎！您不怕撑死！四个法郎！"

他回答："您以为我把我那些绳子、绞车搬了去，架起来，带着我的孩子下去，还保不定让您那条该死的'干'咬一口，仅仅是为了给您把它弄回来吗？当初就不该扔下去！"

她气冲冲地走了。四个法郎！

一回到家，她立刻叫萝丝，把掘井工人的要求告诉她。萝丝一向依顺惯了，她顺着主人的意思说："四个法郎！这可是一大笔钱啊！太太。"

然后她又加了一句："是不是把吃的东西给这条可怜的'干'扔下去，不让

它饿死？"

勒费弗尔太太听了十分高兴，很赞成这个主意。她们两人于是带着一大块抹黄油的面包又去了。

她们把面包切成小块，一块一块地丢下去，还轮流着跟皮埃罗说话。狗吃完了一块，马上就汪汪要求第二块。

她们傍晚又来喂，第二天也来喂，每天都来喂。不过后来一天只喂一次。

可是，一天早上，她们刚丢下第一块，忽然听见坑里传上来可怕的吠声。下面有两条狗了！又有人丢下去一条狗，而且还是一条大狗！

萝丝喊了一声："皮埃罗！"皮埃罗汪汪叫起来。她们于是把食物丢下去；可是每次她们都清清楚楚地听见一阵可怕的抢夺声，然后是挨了咬的皮埃罗嗷嗷的哀号声；皮埃罗的同伴力气大，丢下去的东西全都被它吃了。

她们尽管说得很清楚："皮埃罗！这是给你的。"但是毫无用处，很明显，皮埃罗什么也没得到。

这两个妇人不知所措，你看着我，我看着你；最后勒费弗尔太太用尖酸的口气说："我总不能把别人丢下去的狗全包下来喂啊。只好不管了。"

她一想到所有这些狗都要依赖她而活着，她义愤填膺，拔脚就走，并且还带走了剩下的面包，一路走一路吃着。

萝丝跟在后面，不住用蓝围裙角擦着眼睛。

一个诺曼底人

我们刚出了卢昂，来到通往朱米埃什的大路上。马儿大步小跑，拉着轻便马车匆匆穿过一片片草地。后来那匹马换成了慢步，爬上康特勒山冈。

那儿的景致可以说是世界上最美丽的了。在我们背后是教堂之城卢昂，那些哥特式钟楼看上去犹如象牙摆设一样精雕细刻。在我们面前是工厂区圣塞威尔，它面对着老城的千百座神圣的钟楼，朝向广阔的天空竖起千百根浓烟滚滚的烟囱。

这边是天主教堂的尖顶，最高的历史古迹。那边是它的对手，蒸汽机的水塔，几乎和它一般高，比埃及最高的金字塔还要高出一米。

塞纳河波浪起伏，在我们前面蜿蜒流过。河中间布满小岛，右岸是白色的悬崖峭壁，顶上是一片森林；左岸是辽阔的草地，在很远很远的地方围着草地的是另外一片森林。

河面宽阔,有许多大船沿岸停泊。三艘大轮船一艘跟着一艘朝勒阿弗尔方向驶去;由一艘三桅帆船、两艘双桅纵帆船和一艘双桅横帆船组成的船队,被一艘冒着一片黑烟的拖轮拖着,朝卢昂方向溯流而上。

我的同伴是本地人,对这样美好的景致他甚至连一眼也不看,但是他不停地微笑着,好像是在暗自发笑。忽然他嚷了出来:"哈哈!您就要看到有趣的东西了,玛蒂厄老爹的教堂,那真是妙不可言,老兄。"

我惊讶地望着他。他接着又说:

"我要让您闻点诺曼底气味,您闻过以后再怎么也不会忘掉。玛蒂厄老爹是全省最典型的诺曼底人;他的教堂,一点不夸张,是世界上的奇迹之一。不过我得先给您解释几句。"

玛蒂厄老爹,大家也叫他"酒坛子老爹",是一个退伍还乡的上士。兵油子的吹牛说大话和诺曼底人的狡猾奸诈,在他身上按奇妙的比例配合在一起,达到了十全十美的地步。他回到家乡以后,靠了多方面的支持和难以置信的聪明能干,在一座十分灵验的教堂当看守人。这座教堂受圣母保护,经常来的主要是那些怀了身孕的女孩子。他给他那个出色的神像起了一个名字叫"大肚子圣母",他待她十分随便,挖苦嘲弄,却又不失敬重。他为了他的"善心的童贞女"亲手写了一篇别具一格的祈祷文,并且印了出来。这篇祈祷文是无心无意的讽刺的杰作,诺曼底人的幽默风趣的杰作;戏言之中包含着对神圣事物的恐惧,对某种神秘力量的近乎迷信的恐惧。他并不太相信他那个主保圣人;不过为了慎重起见,他多少还是有一点儿相信她,而且为了策略上的需要,他小心翼翼地对付她。

这篇惊人的祷告开头是这样的:

"我们善心的圣母,童贞女玛利亚,本地和全世界未婚母亲们的当然主保圣人,请您保佑您的一时疏忽犯下错误的女仆人吧。"

这篇经文的结尾如下:

"尤其是在您神圣的丈夫面前请您不要忘记我,请您代我向天主圣父求情,让他赐给我一个像您丈夫一样的好丈夫。"

这篇祈祷文遭到本地的神父们禁止,由他偷偷出售;凡是虔敬地念过它的女人都认为非常有益。

总之,他谈起善心的童贞女,就像在严厉可怕的王公贵人手下当仆人的人谈到主人那样,连最细小的隐秘事儿都一股脑儿讲出来。他知道她许多有趣的事,喝了酒以后,他就在朋友之间低声讲述。

但是您还是自己去看吧。

主保圣人给他带来的收入看来不够他花的，因此他在以童贞女为主的买卖之外又增加一桩以圣人们为辅的小买卖。所有的圣人，或者说，几乎所有的圣人他都有。教堂里没有空地方，他就把他们存放在柴房里，信徒们什么时候需要，他就什么时候去取出来。他亲手制造这些木头小雕像，模样极为滑稽可笑，那一年别人来替他漆房子，他把这些像都一律漆成翠绿色。您也知道，圣人都会治病，但是各有所长，绝对不可以搞混弄错。他们像那些蹩脚戏子一样互相忌妒。

为了不至于弄错，那些老太太来请教玛蒂厄。

"治耳朵病，哪一位圣人最好？"

"当然是圣奥西姆好；还有圣庞菲尔也不坏。"

但是这还不是全部。

玛蒂厄没有空闲时间，他一空下来就喝酒。但是他像行家那样，信心十足地喝，照例每天晚上都要喝醉。他喝醉了，但是他自己知道。他知道得十分清楚，甚至每天晚上都能记下他酒醉的准确程度。这是他主要的工作，教堂还在其次。

他发明了，请您听好，听仔细，他发明了一种醉度计。

这种仪器并不存在，但是玛蒂厄的观测跟数学家一样精确。

您会听见他不停地说："从星期一起，我已经超过四十五度了。"

或者："我当时在五十二度到五十八度之间。"

或者："我当时确实有六十六度到七十度了。"

或者："真见鬼，我当时以为是五十度，可现在我发现是七十五度！"

他从来不会弄错。

他肯定地说他没有达到过一百度，但是我们不能够绝对相信他的话，因为他自己也承认超过九十度以后，他的观测就不准确了。

玛蒂厄承认自己超过九十度的时候，您可以放心，他已经酩酊大醉了。

遇到这种情况，他的妻子梅莉——也是个少有的怪人——大发雷霆；他回来的时候，她在门口等着。她破口大骂："你回来啦，你这个坏蛋，畜生，酒鬼！"

这时候玛蒂厄不再笑了，站在妻子面前，声色俱厉地说："别说了，梅莉，现在不是谈话的时候。等到明天再说。"

如果她还继续嚷嚷，他就会走过去，嗓音发颤说："还不给我住口，我已经上了九十度，我不能再量了。小心点，我要揍人啦！"

于是梅莉打退堂鼓了。

如果她第二天还想重提这件事，他就会当面嘲笑她，回答说："好啦，好啦，已经谈得很够啦；事情已经过去。只要我不到一百度，那就不要紧。不过，如果我超过一百度，听凭你惩罚，我说了算数！"

我们已经到了山冈顶上。大路钻进那片使人赞不绝口的鲁玛尔森林。

秋天，美妙的秋天，把它的金色和紫色掺混在最后剩下的、仍旧还很鲜艳的绿色里，好像是太阳融化了，一滴滴从天空淌下来，淌进了浓密的树林。

穿过迪克莱尔以后，我的朋友没有再继续朝朱米埃什的方向走，而是向左转，走上一条小路，钻进一片轮伐林。

很快地从高岗顶上，我们又看见了景色美丽的河谷和弯弯曲曲躺在我们脚下的塞纳河。

右边有一座小小的建筑物，石板瓦顶，瓦顶上有一个像阳伞一般高的钟楼。这座小小的建筑物紧靠着一所有绿百叶窗的漂亮房子，墙上爬满金银花和蔷薇。

有一个粗大的嗓门嚷道："朋友来啦！"玛蒂厄出现在门口。他有60岁，瘦瘦的，蓄着山羊胡子和长长的白唇髭。

我的同伴和他握握手，把我介绍给他。玛蒂厄把我们让进一间凉爽的厨房。这间厨房他同时当客厅用。他说：

"我啊，先生，我没有那种精致的成套房间。我不喜欢离我的饭菜太远。那些锅子，您看，它们给我做伴儿。"

接着他转过脸去对我的朋友说：

"为什么挑了一个星期四来？您明明知道这是我圣母治病的日子。今天下午我不能出去。"

他跑到门口大喊一声："梅——莉——！"大概连那边山谷底下，来来往往船上的水手们都会听见这声可怕的叫喊，抬起头来。

梅莉没有应声。

于是玛蒂厄调皮地眨眨眼睛。

"你们看，她在生我的气，因为昨天我上了九十度。"

我的同伴笑了："上了九十度，玛蒂厄！您怎么搞的？"

玛蒂厄回答：

"我来讲给你们听听。去年我只收了二十拉齐埃尔[①]的杏黄苹果。数量不多，不过做苹果酒也够了。因此，我做了一大桶，昨天打开。要说美酒，这才算得上美酒！波利特正好在我这儿。我们喝了一杯，又喝一杯，还是不满足（这种酒可

---

① 拉齐埃尔是古代的干物的容量单位，约合五十升。

以一直喝到第二天）。因此一杯一杯喝下去，喝到后来我感到胃里太凉了。我对波利特说：'咱们来一杯白兰地暖和暖和吧！'他完全同意。但是白兰地这种酒到肚子里像火烧一样，因此又得重新喝苹果酒。就这样从凉快到暖和，又从暖和到凉快，我发觉我上了九十度；波利特离一百度也不远了。"

门打开，梅莉出现了，她没有跟我们打招呼，就嚷了起来："该死的畜生，你们两个人都到了一百度。"

玛蒂厄火了："不许胡说八道，梅莉，不许胡说八道。我从来就没有到过一百度。"

他们请我们在门外，两棵椴树底下，吃了一顿美味可口的中饭。旁边是"大肚子圣母"小教堂，面前是一望无际的美景。玛蒂厄给我们讲了一些难以置信的有关奇迹的故事，在他那嘲笑的口气里居然夹杂着天真的轻信成分，确实令人出乎意外。

我们喝了不少苹果酒，又辣又甜，又清凉又醉人，真是好极了。比起别的酒来，他最爱喝苹果酒。然后我们跨坐在椅子上抽烟斗，正抽着烟斗来了两个女人。

她们上了年纪，枯憔干瘦，腰弯背驼。行过礼以后，她们说要见见圣布朗。玛蒂厄朝我们眨眨眼睛，回答：

"我来拿给你们。"

他走进柴房。

他在里面足足待了五分钟，然后神色慌张地出来，举起两条胳膊，说：

"我不知道他到哪儿去了，我没有找到，不过我可以肯定我有。"

于是他把双手像喇叭筒似的罩在嘴上，又叫起来："梅——莉——！"他的妻子在院子里回答：

"干什么？"

"圣布朗在哪儿？我在柴房里没有找到。"

梅莉于是解释说：

"会不会就是你上个星期用来堵兔子房窟窿眼的那一个？"

玛蒂厄猛地一惊："哎呀，这倒是很可能！"

接着他对两个女人说："跟我来。"

她们跟着他。我们笑痛了肚子，勉强忍住，也跟在后面。

圣布朗的的确确像根普通桩子似的插在地上，沾满了烂泥和污垢，堵在兔子房一个房角上的窟窿里。

那两个女的看见了，立刻就跪下，画十字，开始低声念祈祷文。但是玛蒂厄急忙走过去,说:"等一等。你们跪在烂泥里了,让我给你们一捆麦秸。"

他找来麦秸,让她们跪在上面。接着他看看他那个浑身污泥的圣人,大概是怕影响到他那买卖的信誉,又补了一句:

"让我来替你们把他收拾收拾干净。"

他拎来一桶水,用一把刷子使劲刷洗那个木头人儿,两个妇人一直不停地在祈祷。

刷洗完毕,他说:"现在行了。"接着又领我们回去喝一杯。

他把酒杯举到嘴边,停住,有点不好意思地说:"不管怎么样,我把圣布朗放到兔子那儿去的时候,还真以为他不会再替我赚钱了。已经有两年没有人来找过他。但是圣人,你们看,是永远不会过时的。"

他把酒喝下去,又说:

"好,让我们再喝一杯。跟朋友在一起,绝不应该低于五十度,我们现在连三十八度还不到。"

两个朋友

巴黎被包围了,挨饿了,并且已经在苟延残喘了。各处的屋顶上看不见什么鸟雀,水沟里的老鼠也稀少了。无论什么大家都肯吃。

莫利梭先生,一个素以修理钟表为业而因为时局关系才闲住在家的人,在一月里的某个晴天的早上,正空着肚子,把双手插在自己军服①的裤子口袋里,愁闷地沿着环城大街闲荡,走到一个被他认作朋友的同志②跟前,他立刻就停住了脚步。那是索瓦日先生,一个常在河边会面的熟人。

在打仗以前,每逢星期日的黎明,莫利梭就离家了,一只手拿着一根钓鱼的竹竿,背上背着一只白铁盒子。从阿让德衣镇乘火车,在哥隆白村跳下,随后再步行到马郎德洲。一下走到了这个在他视为梦寐不忘的地方,他就动手钓鱼,一直钓到黑夜为止。

每逢星期日,他总在这个地方遇见一个很胖又很快活的矮个儿,索瓦日先生,

---

① "军服"这名称在此篇出现了两次,按某一插画本的《莫泊桑全集》的有关此短篇的插图上,这两个朋友都是身穿了不甚整齐的军服,大概他们无疑地都加入了围城的民团,国民防护队。

② 从"同志"这称呼里,也可以佐证"民团"之说合乎实际。

罗累圣母堂街的针线杂货店老板，也是一个醉心钓鱼的人。他们时常贴紧地坐着消磨上半天的工夫，手握着钓竿，双脚悬在水面上；后来他们彼此之间产生了交谊。

有时候他们并不说话，有时候他们又谈天了，不过既然有相类的嗜好和相同的趣味，尽管一句话不谈，也是能够很好地相契的。

在春天，早上十点钟光景，在恢复了青春热力的阳光下，河面上浮动着一片随水而逝的薄雾，两个钓鱼迷的背上也感到暖烘烘的。这时候，莫利梭偶尔也对他身边的那个人说："嘿！多么暖和！"索瓦日先生的回答是："再没有比这更好的了。"于是这种对话就够得教他们互相了解和互相尊重了。

在秋天，傍晚的时候，那片被落日染得血红的天空，在水里扔下了绯霞的倒影，染红了河身，地平线上像是着了火，两个朋友的脸儿也红得像火一样，那些在寒风里微动的黄叶像是镀了金，于是索瓦日先生在微笑中望着莫利梭说道："多好的景致！"那位莫利梭两眼并不离开浮子就回答道："这比在环城马路上好多了，嗯？"

这一天，他们彼此认出之后，就使劲地互相握了手，在这种异样的环境里相逢，大家都是有感慨的。索瓦日先生叹了一口气低声说："变故真不少哟！"莫利梭非常抑郁，哼着气说："天气倒真好！今儿是今年第一个好天气！"

天空的确是蔚蓝的和非常晴朗的。

他们开始肩头靠着肩头走起来，大家都在那里转念头，并且都是愁闷的。莫利梭接着说："钓鱼的事呢？嗯！想起来真有意思！"

索瓦日先生问："我们什么时候再到那儿去？"

他们进了一家小咖啡馆一块儿喝了一杯苦艾酒①；后来，他们又在人行道上散步了。

莫利梭忽然停住了脚步："再来一杯吧，嗯？"索瓦日先生赞同这个意见："遵命。"他们又钻到另一家卖酒的人家去了。

出来的时候，他们都很有醉意了，头脑恍惚得如同饿了的人装了满肚子酒一样。天气是暖的。一阵和风拂得他们脸有点儿痒。

那位被暖气陶醉了的索瓦日先生停住脚步了："到哪儿去？"

"什么地方？"

"钓鱼去啊，自然。"

---

① 这种酒是用苦艾（Absinthe）制出来的，味香性烈，多饮即可中毒，但在法国素来非常流行，为害甚大，直到1915年始用法律禁绝。

"不过到什么地方去钓？"

"就是到我们那个沙洲上去。法国兵的前哨在哥隆白村附近。我认识杜木兰团长，他一定会不费事地让我们过去的。"

莫利梭高兴得发抖了："好吧。我算一个。"于是他们分了手，各自回家去取他们的器具。

一小时以后，他们已经在城外的大路上肩头靠着肩头走了。随后，他们到了那位团长办公的别墅里。他因为他们的要求而微笑了，并且同意他们的新鲜花样。他们带着一张通行证又上路了。

不久，他们穿过了前哨，穿过了那个荒芜了的哥隆白村，后来就到了好些向着塞纳河往下展开的小葡萄园的边上了。时候大约是十一点钟。

对面，阿让德衣镇像是死了一样。麦芽山和沙诺山的高峰俯临四周的一切。那片直达南兑尔县的平原是空旷的，全然空旷的，有的只是那些没有叶子的樱桃树和灰色的荒田。

索瓦日先生指着那些山顶低声慢气地说："普鲁士人就在那上面！"于是一阵疑虑教这两个朋友对着这块荒原不敢提步了。

普鲁士人！他们却从来没有瞧见过，不过好几个月以来，他们觉得普鲁士人围住了巴黎，蹂躏了法国，抢劫杀戮，造成饥馑，这些人是看不见的和无所不能的。所以，他们对于这个素不相识却又打了胜仗的民族本来非常憎恨，现在又加上一种带迷信意味的恐怖了。

莫利梭口吃地说："说呀！倘若我们撞见了他们？"

索瓦日先生带着巴黎人惯有的嘲谑态度回答道："我们可以送一份炸鱼给他们吧。"

不过，由于整个视界全是沉寂的，他们因此感到胆怯，有点不敢在田地里乱撞了。

末了，索瓦日先生打定了主意："快点向前走吧！不过要小心。"于是他们就从下坡道儿到了一个葡萄园里面，弯着腰，张着眼睛，侧着耳朵，在地上爬着走，利用一些矮树掩护了自己。

现在，要走到河岸，只需穿过一段没有遮掩的地面就行了。他们开始奔跑起来；一到岸边，他们就躲到了那些枯了的芦苇里。

莫利梭把脸贴在地面上，去细听附近是否有人行走。他什么也没有听见。显然他们的确是单独的，完全单独的。

他们觉得放心了，后来就动手钓鱼。

在他们对面是荒凉的马郎德洲，在另一边河岸上遮住了他们。从前在洲上开饭馆的那所小的房子现在关闭了，像是已经许多年无人理睬了。

索瓦日先生钓到第一条鲈鱼，莫利梭钓着了第二条，随后他们时不时地举起钓竿，就在钓丝的头子上带出一条泼剌活跃的银光闪耀的小动物：真的，这一回钓鱼是有神助的。

他们郑重地把这些鱼放在他们脚底下一个浸在水里的很细密的网袋里了。一阵甜美的快乐透过他们的心上，世上人每逢找到了一件久已被人剥夺的嗜好，这种快乐就抓住了他们。

晴朗的日光，在他们的背上洒下了它的暖气。他们不去细听什么了，不去思虑什么了。不知道世上其他的事了，他们只知道钓鱼。

但是突然间，一阵像是从地底下出来的沉闷声音教地面发抖了。大炮又开始像远处打雷似地响起来了。

莫利梭回过头来，他从河岸上望见了左边远远的地方，那座瓦雷良山的侧影正披着一簇白的鸟羽样的东西，那是刚刚从炮口喷出来的硝烟。

立刻第二道烟又从这炮台的顶上喷出来了；几秒钟之后，一道新的爆炸声又怒吼了。

随后好些爆炸声接续而来，那座高山一阵一阵散发出它那种死亡的气息。吐出它那些乳白色的蒸汽——这些蒸汽从从容容在宁静的天空里上升，在山顶之上堆成了一层云雾。

索瓦日先生耸着双肩说："他们现在又动手了。"

莫利梭正闷闷地瞧着他钓丝上的浮子不住地往下沉，忽然他这个性子温和的人，对着这帮如此残杀的疯子发起火来了，他愤愤地说："像这样自相残杀，真是太蠢了。"

索瓦日先生回答道："真不如畜生。"

莫利梭正好钓着了一条鲤鱼，高声说道："可以说凡是有政府在世上的时候，一定都要这样干的。"

索瓦日先生打断了他的话："共和国就不会宣战了……"

莫利梭争辩说："有帝王，向国外打仗；有共和国，向国内打仗。"

后来他们开始安安静静讨论起来，用和平而智慧有限的人的一种稳健理由，辨明政治上的大问题，结果彼此都承认人是永远不会自由的。然而瓦雷良山的炮声却没有停息，用炮弹摧毁了好些法国房子，捣毁了好些生活，压碎了好些生命，结束了许多梦想，许多在期待中的快乐，许多在希望中的幸福，并且在远处，其他的地方，贤母的心上，良妻的心上，爱女的心上，制造好些再也不会了结的苦痛。

"这就是人生！"索瓦日先生高声喊着。

"您不如说这就是死亡吧。"莫利梭带着笑容回答。

不过他们都张皇地吃了一惊，明显地觉得他们后面有人走动；于是转过眼来一望，就看见贴着他们的肩站着四个人，四个带着兵器，留着胡子，穿着仆人制服般的长襟军服①，戴着平顶军帽的大个子，用枪口瞄着他们的脸。

两根钓竿从他们手里滑下来，落到河里去了。

几秒钟之内，他们都被捉住了，绑好了，抬走了，扔进一只小船里了，末了渡到了那个沙洲上。

在当初那所被他们当做无人理睬的房子后面，他们看见了二十来个德国兵。

一个浑身长毛的巨人似的家伙骑在一把椅子上面，吸着一枝长而大的瓷烟斗，用地道的法国话问他们："喂，先生们，你们很好地钓了一回鱼吧？"

于是一个小兵在军官的脚跟前，放下了那只由他小心翼翼地带回来的满是鲜鱼的网袋。那个普鲁士人微笑地说："嘿！嘿！我明白这件事的成绩并不坏。不过另外有一件事。你们好好地听我说，并且不要慌张。"

"我想你们两个人都是被人派来侦探我们的奸细。我现在捉了你们，就要枪毙你们。你们假装钓鱼，为的是可以好好地掩护你们的计划。你们现在已经落到我手里了，活该你们倒霉；现在是打仗呀。"

"不过你们既然从前哨走得出来，自然知道回去的口令，把这口令给我吧，我赦免你们。"

两个面无人色的朋友靠着站在一处，四只手因为一阵轻微的神经震动都在那里发抖，他们一声也不响。

那军官接着说："谁也不会知道这件事，你们可以太平地走回去。这桩秘密就随着你们失踪了。倘若你们不答应，那就非死不可，并且立刻就死。你们去选择吧。"

他们依然一动不动，没有开口。

那普鲁士人始终是宁静的，伸手指着河里继续又说："你们想想吧，五分钟之后你们就要到水底下去了。五分钟之后！你们应当都有父母妻小吧！"

---

① 仆人制服是指当时法国所谓大府第或者大旅馆的仆人的制服，那东西的衣襟长得和一般人的外套相似，并且缀着金色的纽扣和领章袖章，而当时德国的军服正和它相类，故作者云云。至于近代法国的军服，则上装全是短襟的，长短正和普通的上装相类。

瓦雷良山的炮声始终没有停止。

两个钓鱼的人依然站着没有说话。那个德国人用他的本国语言发了命令。然后他挪了挪自己的椅子，免得和这两个俘虏过于靠近；随后走过来了十二个兵士，站在相距二十来米远的地方，他们的枪都是靠脚放下的。

军官接着说："我再给你们一分钟，多一两秒钟都不行。"

随后，他突然站起来，走到那两个法国人身边，伸出了胳膊挽着莫利梭，把他引到了远一点的地方，低声向他说："快点，那个口令呢？你那个伙伴什么也不会知道的，我可以装做不忍心的样子。"

莫利梭一个字也不回答。

那普鲁士人随后又引开了索瓦日先生，并且对他提出了同样的问题。

索瓦日先生没有回答。

他们又靠紧着站在一处了。

军官发了命令。士兵们都托起了他们的枪。

这时候，莫利梭的眼光偶然落在那只盛满了鲈鱼的网袋上面，那东西依然放在野草里，离他不过几步远。

一道日光使得那一堆还能够跳动的鱼闪出反光。于是一阵悲伤教他心酸了，尽管极力镇定自己，眼眶里已经满是眼泪。

他口吃地说："永别了，索瓦日先生。"

索瓦日先生回答道："永别了，莫利梭先生。"

他们互相握过了手，不由自主地浑身发抖了。

军官喊道："放！"

十二支枪合做一声响了。

索瓦日先生一下就向前扑做一堆了，莫利梭个子高些，摇摆了一两下，才侧着倒在他伙伴身上，脸朝着天，好些沸腾似的鲜血，从他那件在胸部打穿了的短襟军服里面向外迸出来。

德国人又发了好些新的命令。

他的那些士兵都散了，随后又带了些绳子和石头过来，把石头系在这两个死人的脚上；随后，他们把他们抬到了河边。

瓦雷良山的炮声并没有停息，现在，山顶罩上了一座"烟山"。

两个兵士抬着莫利梭的头和脚。另外两个，用同样的法子抬着索瓦日先生。这两个尸身来回摇摆了一会儿，就被远远地扔出去了，先在空中画出一条曲线，随后如同站着似地往水里沉，石头拖着他们的脚先落进了水里。

河里的水溅起了，翻腾了，起了波纹了，随后，又归于平静，无数很细的涟漪都达到了岸边。

一点儿血浮起来了。

那位神色始终泰然的军官低声说："现在要轮到鱼了。"

随后他重新向着房子那面走去。

忽然他望见了野草里面那只盛满了鲈鱼的网袋，于是拾起它仔细看了一会，他微笑了，高声喊道："威廉，来！"

一个系着白布围腰的兵士跑了过来。这个普鲁士人把这两个枪毙了的人钓来的东西扔给他，一面吩咐："趁这些鱼还活着，赶快给我炸一炸，味道一定很鲜。"

随后，他又抽着他的烟斗了。

珠　宝

郎丹先生在他的副科长家里的一次晚会上，遇见了那个美丽年轻的女子，他从此堕入了情网。

那是一个去世了好几年的外省税务官员的女儿。父亲死后，她和母亲就到了巴黎，母亲时常和本社区几个家境不错的人家往来，目的是要给年轻女儿找个好女婿。

母女俩都是贫穷而可敬的，安静而温和的。那年轻女儿像是一位贤妻良母的典范，明哲的青年男子是梦想把自己的生活托付给这种典型人物的。她那种带着含羞意味的美，具有一种安琪儿式的纯洁风韵，那阵绝不离开嘴角的无从察觉的微笑仿佛是她心弦上的一种反射。

大家全赞美她。凡是认识她的人都不住地重复说："将来娶她的那一个真有福气。我们找不出更好的了。"

郎丹先生当时是内政部的一个主任科员，每年的薪水是三千五百金法郎，他向她求婚，娶了她。

最初和她在一块儿，他过着一种令人难以相信的幸福生活。她用一种那般巧妙的经济手腕治家，两个人好像过得很阔气。她对待丈夫细心，体贴，真是罕有的；并且她本身的诱惑力非常之大，以至于在他俩相遇六年之后，他之爱她更甚

于初期。

他仅仅责备她两个缺点：爱看戏和爱假的珠宝。

她的女朋友们（她认识三五个小官儿的妻子）随时替她找得到包厢去看流行的戏，甚或去看那些初次上演的戏；而她呢，不管好歹总要拉着丈夫同去散心，不过他在整天工作之后，这类的散心事是教他骇然感到疲乏的。于是他央求她跟着熟识的太太们去看戏并且由她们送她回家。她认为这种办法不大相宜，经过长久的时间不肯让步。末了她由于体恤才答应了他，他因此对她十分感激。

谁知这种看戏的兴趣，不久就在她身上产生了装饰的需要。她的服装固然始终是简单的，真是具有风雅的趣味的，不过究竟朴素；而她的幽娴的媚态，她的不可抵抗的、谦逊的和微笑的媚态，仿佛由于她那些裙袍上的简洁获得一种新的风姿，但是她养成了习惯，爱给自己挂上一双假充金刚钻的大颗儿莱茵石的耳环，并且佩上人造珍珠的项圈，人造黄金的镯子，嵌着冒充宝石的五彩玻璃片儿的押发圆梳。

这种恋恋于浮光的爱好引起了丈夫的不满，他时常说："亲爱的，一个人在没有方法为自己购买种种真的珠宝的时候，那么只能靠着自己的美貌和媚态来做装饰了，这是举世无双的珍品。"

但是她从容地微笑着说："你教我怎样？我爱的是这个。这是我的毛病。我明明知道你有理由，不过人是改变不了本性的。我当然更爱真的珠宝！"

于是她拿着珍珠软项圈在手指头儿之间转动，又教宝石棱角间的小切面射出回光，一面不断地说："赶紧瞧吧，这制造得真好。简直就像真的。"

他在微笑中高声说："你真有波希米亚女人的风趣。"

偶尔到晚上，他俩坐在火炉角儿上相伴的时候，她就在他俩喝茶的桌子上摆出她那只收藏郎丹先生所谓"劣货"的小羊皮匣子来；接着她用热烈的专心态度来着手细看那些人造的珠宝，俨然是玩味着什么秘密而深刻的享受；末了她固执地把一个软项圈绕在她丈夫的脖子上，随即不住地哈哈大笑起来，一面嚷着："你的样子真滑稽！"后来扑到了他的怀里，并且兴奋过度地吻着他。

某一个冬天夜里，她到大歌剧院看戏，回家的时候她冻得浑身发抖。

第二天，她咳嗽了。八天之后，她害肺炎死了。

郎丹几乎跟着她到坟墓里去了。他的失望是非常惊人的，以至于在一个月之间头发全变成了白的。他整天从早哭到晚，心灵被一种不堪忍受的痛苦撕毁了，亡妻的微笑、声音和一切娇憨姿态始终缠绕着他。

光阴绝没有减少他的悲恸。每每在办公钟点之内,同事们谈着点儿当日的事情,他们忽然看见了他的腮帮子鼓起来,他的鼻子收缩起来,他的眼睛满是眼泪;他做出一副苦相,随即开始痛哭起来。

他把他伴侣的卧房保留得原封不动,为了思念她,他每天把自己关在卧房里面;并且一切家具,甚至于她的衣着,也同样如同她去世那天的情形一般留在原来的地方。

不过生活对于他是困难的了。他的薪水,从前在他的妻子手里,够得应付一家的种种需要,而现在应付他一个人的用途反而变成不够的了。后来他发呆地问自己:她从前用什么巧妙方法教他一直喝上等的酒和吃鲜美的东西,而目下他自己竟不能够依靠菲薄的财源去备办从前的饮食。

他借过债,并且千方百计想法子弄钱。终于某天早上,他连一个铜子儿都没有了,而且和月底发薪的日子相距还有整整一周,他想起要卖掉一点儿东西了;接着立刻动了念头要把他妻子的"劣货"卖掉一点,因为他的内心深处,对于从前那些害得他生气的冒牌假货早已是怀着一种憎恨的。甚至于那些东西的影子,使他每天对他至爱至亲的亡妻的回忆,也多少损害了一点。

他在她遗留下来的那堆假货里找了许久,因为直到最后的那些日子里,她还始终固执地买进过许多,几乎每天晚上,她必定带回来一件新的东西,现在,他决定卖掉她仿佛最心爱的那只大项圈了,他以为它可以值得六个或者八个法郎,那固然是假东西,不过也的确是下过一番很细致的工夫的。

他把它搁在衣袋里,沿着城基大街向部里走,想找一家使他感到有信用的小珠宝店。

末了他看见一家就走进去了,因为如此表白自己的穷困而设法出卖一件很不值钱的物事,他免不得有点儿难为情。

"先生,"他对那商人说,"我很想知道您对这件小东西的估价。"

那个人接了东西,左看右看了好一阵,掂着它的轻重,拿起一枚放大镜,教他手下的店员过来,低声给他讲了几句,他把项圈搁在柜台上边了,并且为了格外好好儿鉴定它的印象,他又远远地瞧着它。

郎丹先生被这一套程序弄得不好意思,开口正预备说:"唉!我很知道这东西没有一点价值。"然而珠宝商人先说话了:

"先生,这值得一万二千到一万五千金法郎;不过,倘若您能够正确地教我知道这东西的来源,我才能够收买它。"

那个丧偶的人睁着一双大眼睛并且一直张着嘴,他弄不清楚了。末了他口吃着问:"您说?……您可有把握。"另一个误解了他的惊讶,后来,干脆地说:"您可以到旁的地方问问是不是多给价钱。在我看来,顶多值得一万五千。倘若您找不着更好的买主,将来您可以再来找我。"

郎丹先生收回了自己的项圈并且走了,他心里只模模糊糊觉得应该一个人好好地想一想了。

然而一走出店门,他简直忍不住大笑了,他暗自说道:"低能儿!唉!低能儿!倘若我真的照他说的去做!眼见得那是一个不知道分辨真假的珠宝商人!"

后来他又走到另一家珠宝店里了,地点正在和平街口上。那商人一看见那件珠宝就高声说:

"哈!不用多说,我很认识它,这个项圈;它是我店里卖出去的。"

郎丹先生被人弄得很糊涂了,他问:

"它值多少?"

"先生,从前我卖了两万五千金法郎。倘若您为了服从政府的命令,能够把这东西怎样到您手里的来由告诉我,我可以立刻用一万八千金法郎收回来。"

这一次,郎丹先生由于诧异而呆呆地坐下了。他接着又说:"不过,……不过请您仔仔细细看一看这东西吧,先生,直到现在,我一直以为它是……假的。"

珠宝商人问:

"可愿意把尊姓大名告诉我,先生?"

"愿意,我姓郎丹,是内政部科员,住在舍身街十六号。"

那商人打开了他的好些本账簿,寻了一阵就高声说道:

"这项圈从前的确是送往郎丹太太家里去的,地点是舍身街十六号,时间是一八七六年七月二十日。"

后来这两个人都定住眼光彼此互相瞅着,科员吃惊得发昏,老板觉得遇见了一个扒儿手。

后者接着说:

"您可愿意暂时把这东西在我店里搁二十四个小时?我立刻给您一张收据。"

郎丹结结巴巴说:

"有什么不愿意,当然。"

他折起收条搁在自己衣袋里就一面走出店门了。

随后他穿过街面,朝着上坡道儿走,发现自己弄错了路线,又朝着杜勒里宫走下来，过了塞纳河，认出了自己又走错了路，重新回到了香榭丽舍大街，头脑里连一个主意也没有了。他极力去推测，去了解。他妻子从前原没有能力去买一件这样大价钱的东西。——没有，自然。——但是那么一来，那是一件馈赠品了！一件馈赠品！一件谁送给她的馈赠品？为的是什么？

他停住脚步了，并且立在大街当中不动了。他微微地感到骇人的疑问了。——她？——那么其余所有的珠宝也全是馈赠品了！他觉得天旋地转了；觉得一株大树对着他正面倒下来；他张开了一双胳膊并且失去知觉跌倒了。

他被路过的人抬到了一家药房里才醒过来。他请人送他回家，后来就关起门躲着。

一直到深夜，他始终神经错乱地哭着，口里咬着一块手帕，免得自己号啕出来。随后，他疲劳而且悲恸地上了床，终于沉沉地睡着了。

一道日光照醒了他，后来他慢慢地起了床，正想到部里去。在那样一番精神打击之后再去工作是困难的。于是他考虑自己可以在科长跟前要求原谅；接着他写了信给他。随后他想起自己应当再到珠宝店里去了；然而一阵羞耻之心教他脸上发红。他思索了好半天。可是他不能把项圈留在那个汉子那里。他穿好了衣裳走到了街上。

天气是和暖的，蔚蓝的晴空展开在这座微笑着似的城市顶上。好些闲逛的人双手插在衣袋里向前走过去。

郎丹瞧着他们经过一面对自己说："一个人有点儿财产的时候，真是舒服！有了钱，可以连伤心的事都扫得干干净净，要到哪儿就到哪儿，旅行，散心，全做得到！哈！倘若我是一个富人！"

他发觉自己饿了，从前天夜晚起就没有吃过什么。不过他衣袋是空的，于是他重新记起了项圈。一万八千金法郎！一万八千金法郎！数目不小呀，那笔款子！

他走到了和平街，于是开始在珠宝店对面的人行道上一来一往地散步了。一万八千金法郎！他几乎有一二十次要走进店里去，只是羞耻之心始终阻住了他。

然而他饿了，很饿了，而且没有一个铜子儿。他突然一下打定了主意，跑着穿过了街面，教自己没有思索的工夫，接着就扑到了珠宝店里。

一下望见了他，那珠宝商人就忙个不住。他用一种微笑的礼貌给他献了一个座儿。店员们本来在一旁望着郎丹，现在都自动地走过来，眼睛里面和嘴唇上面全露出快活的神气。

掌柜的高声说道：

"我已经打听明白了,先生,因此倘若您始终没有改变意思,我可以立刻照我从前和您说起过的数目兑价。"

科员支吾地说:

"当然可以。"

掌柜从一只抽屉里取出了十八张大钞票,数了一遍,交给了郎丹。郎丹签了一张收条,然后用一只哆哆嗦嗦的手儿把钱搁在自己的衣袋里。

随后,正当走出去的时候,他重新向那个始终微笑的商人回过来,低着眼睛对他说:

"我有……我有……许多旁的珠宝……那全是我从……那全是我从……同样的继承权得来的。您可愿意也从我手里收买那些东西吗?"

掌柜欠着身子说道:

"当然愿意,先生。"

可是一个店员为了放声大笑跑出了店门;另一个使劲用手帕擤着鼻涕。

镇静的郎丹脸色绯红了,不过神情很沉着,他高声向他说:

"我就去把那些东西带到您这儿来。"

于是他叫了一辆马车坐回去取那些珍贵的首饰了。

等到一小时之后赶到珠宝店里的时候,他还没有吃午饭。他们着手一件一件地审查那些东西了,估量每一件的价值。几乎全是从前由那家店里卖出去的。

郎丹呢,现在争论那些估定的价值了,以至于发脾气了,坚决地教店里把销货的账簿翻给他看,并且遇着数目增高的时候,他说话的声音也愈来愈高了。

耳环上的那些大的金刚钻共值两万金法郎,手镯共值三万五千,扣针,戒指和牌子之类共值一万六千,一件用翡翠和蓝宝石镶成的头面值一万四千;独粒大金刚钻悬在金项链底下做坠子的值四万;全部的数目一共达到十九万六千金法郎。

掌柜用一种带嘲笑意味的正经态度高声说:

"这是由一个把全部积蓄都搁在珠宝上面的人遗下来的。"

郎丹郑重地发言了:

"这是存钱的一个方法,正和其他的方法一样。"

后来,他在和买主决定到明天举行一次复验之后就走开了。

等得走到街上的时候,他瞧着旺多姆纪念柱,把它看成了一支爬高竞赛的桅杆,很想攀到它的尖端。他觉得自己浑身轻松了,可以跨过那座高入云端的大皇帝铜像①的顶上和它表演"跳羊"②的游戏。

他到伏瓦珊大饭店吃了午饭,并且喝了一瓶价值二十金法郎的葡萄酒。

随后,他叫了一辆马车,在森林公园兜了一个圈子。他用一种颇为轻蔑的态度瞧着公园里的那些华丽的私人马车,恨不得要向着游人叫唤:"我现在也是富人了,我。我现在得了二十万金法郎!"

他想到他的部里了,于是教马车载了他到部里去,毅然决然走进了他科长的办公室说道:

"我来向您辞职,先生。我现在得了一份三十万金法郎的遗产。"

他和他旧有的同事们握过了手,又把自己的新生活计划告诉了他们;随后他在英吉利咖啡馆吃夜饭。

一个被他看做出众的绅士正坐在旁边,郎丹忍不住心里的痒,要把事情告诉他,于是用一种相当卖弄的姿态说自己新近继承了四十万金法郎遗产。

他第一次在戏院里感到不厌烦,后来又和女孩子们过了夜。

半年之后,他续娶了。他的第二个妻子是个很正派的,但是脾气不好。她使他很感痛苦。

米龙老爹

一个月以来,烈日在田地上展开了炙人的火焰。喜笑颜开的生活都在这种火苗下面出现了,绿油油的田野一望无际,蔚蓝的天色一直和地平线相接。那些在平原上四处散布的诺曼底省的田庄,在远处看来像是一些围在细而长的山毛榉树的圈子里的小树林子。然而走到跟前,等到有人打开了天井边的那扇被虫蛀坏的栅栏门,却自信是看见了一个广阔无边的花园,因为所有那些像农夫的躯体一样骨干嶙峋的古老苹果树正都开着花。乌黑钩曲的老树干在天井里排列成行,在天空之下展开它们那些雪白或者粉红的光彩照人的圆顶。花的香气和敞开的马房里的浓厚气味以及正在发酵的兽肥的蒸汽混在一块儿——兽肥的上面歇满了成群的母鸡。

---

① 大皇帝是指拿破仑一世,此铜像是竖在旺多姆纪念柱的顶上的。
② 跳羊是一种儿童游戏,至少由两个人组成,一个立着俯下身子代表一只羊,另一个从他的背后跨着越过去。

已经是日中了。那一家人正在门前的梨树的阴影下面吃午饭：男女家长，四个孩子，两个女长工和三个男长工。他们几乎没有说话。他们吃着菜羹，随后他们揭开了那盘做荤菜的马铃薯煨咸肉。

一个女长工不时立起身来，走到储藏饮食物品的房里，去斟满那只盛苹果酒的大罐子。

男人，年约四十的强健汉子，端详他房屋边的一枝赤裸裸的没有结实的葡萄藤，它曲折得像一条蛇，在屋檐下面沿着墙伸展。

末了他说："老爹这枝葡萄，今年发芽的时候并不迟，也许可以结果子了。"

妇人也回过头来端详，却一个字也不说。

那枝葡萄，正种在老爹从前被人枪杀的地方。

那是一八七〇年打仗时候的事。普鲁士人占领了整个地方。法国的裴兑尔白将军正领着北军和他们抵抗。

普军的参谋处正驻扎在这个田庄上。庄主是个年老的农人，名叫彼德的米龙老爹，竭力款待他们，安置他们。

一个月以来，普军的先头部队留在这个村落里做侦察工作。法军却在相距十法里内外一带地方静伏不动；然而每天夜晚，普兵总有好些骑兵失踪。

凡是那些分途到附近各处去巡逻的人，若是他们只是两三个成为一组出发的，都从没有转来过。

到早上，有人在一块地里，一个天井旁边，一条壕沟里，寻着了他们的尸首。他们的马也伸着腿倒在大路上，项颈被人一刀割开了。

这类的暗杀举动，仿佛是被一些同样的人干的，然而普兵没有法子破案。

地方上感到恐怖了。许多乡下人，每每因为一个简单的告发就被普兵枪决了，妇女们也被他们拘禁起来了，他们原来想用恐吓手段使儿童们有所透露，结果却什么也没有发现。

但是某一天早上，他们瞧见了米龙老爹躺在自己马房里，脸上有一道刀伤。

两个刺穿了肚子的普国骑兵在一个和这庄子相距三公里远的地方被人寻着了。其中的一个，手里还握着他那把血迹模糊的马刀。可见他曾经格斗过的，自卫过的。

一场军事审判立刻在这庄子前面的露天里开庭了，那老头子被人带过来了。

他的年龄是六十八岁。身材矮瘦，脊梁是略带弯曲的，两只大手简直像一对蟹螯。一头稀疏得像是乳鸭羽绒样的乱发，头皮随处可见。项颈上的枯黄而起皱

的皮肤显出好些粗的静脉管，一直延到腮骨边失踪却又在鬓角边出现。在本地，他是一个以难于妥协和吝啬出名的人。

他们教他站在一张由厨房搬到外面的小桌子跟前，前后左右有四个普兵看守。五个军官和团长坐在他的对面。

团长用法国话发言了：

"米龙老爹，自从到了这里以后，我们对于您，除了夸奖以外真没有一句闲话。在我们看来，您对于我们始终是殷勤的，并且甚至可以说是很关心的。但是您今日却有一件很可怕的事被人告发了，自然非问个明白不成。您脸上带的那道伤是怎样来的呢？"

那个乡下人一个字也不回答。

团长接着又说：

"您现在不说话，这就定了您的罪，米龙老爹，但是我要您回答我，您听见没有？您知道今天早上在伽尔卫尔附近寻着的那两个骑兵是谁杀的吗？"

那老翁干脆地答道：

"是我。"

团长吃了一惊，缄默了一会儿，双眼盯着这个被逮捕的人了。米龙老爹用他那种乡下人发呆的神气安闲自在地待着，双眼如同向他那个教区的神父说话似的低着没有抬起来。唯一可以看出他心里慌张的，就是他如同喉管完全被人扼住了一般，显而易见地在那儿不断地咽口水。

这老翁的一家人：儿子约翰，儿媳妇和两个孙子，都惊慌失措地立在他后面十步内外的地方。

团长接着又说：

"您可也知道这一月以来，每天早上，我们部队里那些被人在田里寻着的侦察兵是被谁杀了的吗？"

老翁用同样的乡愚式的安闲自在态度回答：

"是我。"

"全都是您杀的吗？"

"全都是，对呀，都是我。"

"您一个人？"

"我一个人。"

"您是怎样动手干的，告诉我吧。"

这一回，那汉子现出了心焦的样子，因为事情非得多说话不可，这显然使他为难。他口吃着说：

"我现在哪儿还知道？我该怎么干就怎么干。"

团长接着说：

"我通知您，您非全盘告诉我们不可。您可以立刻就打定主意。您从前怎样开始的呢？"

那汉子向着他那些立在后面的家属不放心地瞧了一眼，又迟疑了一会儿，后来突然打定了主意：

"我记得那是某一天夜晚，你们到这里来的第二天夜晚，也许在十点钟光景，您和您的弟兄们，用过我二百五十多个金法郎的草料和一头牛两只羊。我当时想道：他们就是接连再来拿我一百个，我一样要向他们讨回来。并且那时候我心上还有别样的盘算，等会儿我再对您说。我望见了你们有一个骑兵坐在我的仓库后面的壕沟边抽烟斗。我取下了我的镰刀，蹑着脚从后面摸过去，使他听不见一点声音。蓦地一下，只有一下，我就如同割下一把小麦似的割下了他的脑袋，他当时连说一下'喔'的工夫都没有。您只需在水荡里去寻：您就会发现他和一块顶住栅栏门的石头一齐装在一只装煤的口袋里。

"我那时就有了我的打算。我剥下了他全身的服装，从靴子剥到帽子，后来一齐送到了那个名叫马丁的树林子里的石灰窑的地道后面藏好。"

那老翁不作声了。那些感到惊慌的军官面面相觑了。后来讯问又开始了，下文就是他们所得的口供：

那汉子干了这次谋杀敌兵的勾当，心里就存着这个观念："杀些普鲁士人吧！"他像一个热忱爱国而又智勇兼备的农人一样憎恨他们。正如他说的一样，他是有他的打算的。他等了几天。

普军听凭他自由来去，随意出入，因为他对于战胜者的退让是用很多的服从和殷勤态度表示的，他并且由于和普兵常有往来学会了几句必要的德国话。现在，他每天傍晚总看见有些传令兵出发，他听明白那些骑兵要去的村落名称以后，就在某一个夜晚出门了。

他由他的天井里走出来，溜到了树林里，进了石灰窑，再钻到了窑里那条长地道的末端，最后在地上寻着了那个死兵的服装，就把自己穿戴停当。

后来他在田里徘徊一阵，为了免得被人发觉，他沿着那些土坎子爬着走，他听见极小的声响，就像一个偷着打猎的人一样放心不下。

到他认为钟点已经到了的时候，便向着大路前进，后来就躲在矮树丛里。他一直等着。末了，在夜半光景，一阵马蹄的"大走"声音在路面的硬土上响起来了。为了判断前面来的是否只有一个单独的骑兵，这汉子先把耳朵贴在地上，随后他就准备起来。

骑兵带着一些紧要文件用"大走"步儿走过来了。那汉子睁眼张耳地走过去。等到相隔不过十来步，米龙老爹就横在大路上像受了伤似的爬着走，一面用德国话喊着："救命呀！救命呀！"骑兵勒住了马，认明白那是一个失了坐骑的德国兵，以为他是受了伤的，于是滚鞍下马，毫不疑虑地走近前来，他刚刚俯着身躯去看这个素不认识的人，肚皮当中却吃了米龙老爹的马刀的弯弯儿的长刃。他倒下来了，立刻死了，最后仅仅颤抖着挣扎了几下。

于是这个诺曼底人感到一种老农式的无声快乐因而心花怒放了，自己站起来了，并且为了闹着玩儿又割断了那尸首的头颈。随后他把尸首拖到壕沟边就扔在那里面。

那匹安静的马等候他的主人。米龙老爹骑了上去。教它用"大颠"的步儿穿过平原走开了。

一小时以后，他又看见两个归营的骑兵并辔而来。他一直对准他们赶过去，又用德国话喊着："救人！救人！"那两个普兵认明了军服，让他走近前来，绝没有一点疑忌。于是他，老翁，像弹丸一般在他们两人之间溜过去，一马刀一手枪，同时干翻了他们两个人。

随后他又宰了那两匹马，那都是德国马！然后从容地回到石灰窑，把自己骑过的那匹马藏在那阴暗的地道中间。他在那里脱掉军服，重新披上了他自己那套破衣裳，末了回家爬到床上，一直睡到第二天早晨。

他有四天没有出门，等候那场业已开始侦查的公案的结束，但是，第五天，他又出去了，并且又用相同的计略杀了两个普兵。从此他不再住手了，每天夜晚，他总逛到外面去找机会，骑着马在月光下面驰过荒废无人的田地，时而在这里，时而在那里，如同一个迷路的德国骑兵，一个专门猎取人头的猎人似的，杀死了一些普鲁士人。每次，工作完了以后，这个年老的骑士任凭那些尸首横在大路上，自己却回到石灰窑，藏起了自己的坐骑和军服。

第二天日中光景，他安闲地带些清水和草料去喂那匹藏在地道中间的马，为了要它担负重大的工作，他是不惜工本的。

但是，被审的前一天，那两个被他袭击的人，其中有一个有了戒备，并且在乡下老翁的脸上割了一刀。

然而他把那两个一齐杀死了！他依然又转来藏好了那匹马，换好了他的破衣裳，但是回家的时候，他衰弱得精疲力竭了，只能勉强拖着脚步走到了马房跟前，再也不能回到房子里。

有人在马房里发现了他浑身是血，躺在那些麦秸上面……

口供问完了之后，他突然抬起头自负地瞧着那些普鲁士军官。

那团长抚弄着自己的髭须，向他问：

"您再没有旁的话要说吗？"

"没有，再也没有，账算清了：我一共杀了十六个，一个不多，一个不少。"

"您可知道自己快要死吗？"

"我没有向您要求赦免。"

"您当过兵吗？"

"当过，我从前打过仗。并且从前也就是你们杀了我的爹，他老人家是一世皇帝①的部下。我还应该算到上一个月，你们又在艾弗勒附近杀了我的小儿子法朗索阿。从前你们欠了我的账，现在我讨清楚了。我们现在是收支两讫。"

军官们彼此面面相觑了。

"八个算是替我的爹讨还了账。八个算是替我儿子讨还的。我们是收支两讫了。我本不要找你们惹事，我！我不认识你们！我也不知道你们是从哪儿来的。现在你们已经在我家里，并且要这样，要那样，像在你们自己家里一般。我如今在那些人身上复了仇。我一点也不后悔。"老翁接着又说。

老翁挺起了关节不良的脊梁，并且用一种谦逊的英雄姿态在胸前叉起了两只胳膊。

那几个普鲁士人低声谈了好半天。其中有一个上尉，他也在上一个月有一个儿子阵亡，这时，他替这个志气高尚的穷汉辩护。

于是团长站起来走到米龙老爹身边，并且低声向他说：

"听明白，老头儿，也许有个法子救您性命，就是要……"

但是那老翁绝不细听，向着战胜的军官竖直了两只眼睛，这时候，一阵微风搅动了他头颅上的那些稀少的头发，他那副带着刀伤的瘦脸儿突然收缩，显出一副怕人的难看样子，他终于鼓起了他的胸膛，向那普鲁士人劈面唾了一些唾沫。

---

① 指拿破仑一世。

团长呆了,扬起一只手,而那汉子又向他脸上唾了第二次。

所有的军官都站起来了,并且同时喊出了好些道命令。

不到一分钟,那个始终安闲自在的老翁被人推到了墙边,那时候他才向着他的长子约翰,他的儿媳妇和他的两个孙子微笑了一阵,他们都惶恐万分地望着他,他就立刻被人枪决了。

旅途上
——写给巨思达夫·都杜寺

一

从戛纳车站起,客车里已经满是人了,因为彼此全是互相认识的,大家都交谈起来。过了达拉司孔的时候,有一个人说道:"暗杀的地方就是这里。"于是大众开始议论起那个凶手了,他不仅神秘得没人见过,而且两年来还杀过几次过往的旅客。每一个人都做了好些推测,每一个人都发表自己的意见;妇女们带着毛骨悚然之感瞧着车窗外面的夜色,心里害怕自己突然看得见一个脑袋从窗口边显出来。末后,大家渐渐谈到种种怕人的故事了,有些是险恶的遭遇,有些是在特别快车里的疯人,有些是和一个可疑的人物长久地单独相处的经历。每一个男客都晓得一件可以当作本人荣誉的逸闻,每一个人都曾经在惊人的情况下,用了一种镇静的态度和勇气去威吓过、掀翻过和捆住过什么匪党,有一个每年必到法国南部过冬的医生,在轮到他说话的时候,谈起了他的一个奇遇。

我现在把他的话录在下面:

我呢,从来没有机会在这类事件里头试验我的勇气,不过我认识过一个妇人,一个已经去世的女病人,她遇见了世上最罕见的也可以说是最神秘的和最使人感动的事。

那是一个俄国妇人,马丽·巴乐诺夫伯爵夫人,一个姿容绝世而且很阔绰的夫人。您各位都晓得俄国妇人真都是美丽的,至少,她们那种挺直的鼻梁,小巧的嘴巴,略见蹙拢而色彩不定的青灰色的眼睛,以及略显严谨的冷静娇态,在我们看来是那么美貌!她们的外表气质多少都有些儿是忧郁而又有诱惑力的,是高傲而又亲切的,是柔和而又严肃的,所以,在一个法国人眼睛里那是十分动人的

了。彻底说来,也许仅仅就是这点儿在种族上和典型上的不同,教我在她们身上看见许多事。

好几年以来,巴乐诺夫夫人的医生已经诊断她受到了肺病的威胁,于是极力使她打定主意到法国南部来,但是她固执地不肯离开圣彼得堡。到了去年秋天,医生断定她已经没有希望,于是就通知她的丈夫,她的丈夫立刻吩咐她动身到芒东①去。

她乘了火车,独自一人坐在客车的一个车仓里,她的随从却坐在另外一个车仓。她略怀愁意,靠着窗口坐下,瞧着田园和村庄在窗外闪过,觉得自己很孤单,真的在生活之中被人遗弃了,没有儿女,几乎没有亲属,只有一个爱情已入坟墓的丈夫,而现在,丈夫如同世人把病了的仆从送入医院似的,把她这样扔到世界的尽头而自己并不来相伴。

每逢列车在一个车站停下来,她的男跟班伊万总来询问女主人是否要点什么东西。那是一个忠心耿耿的老家人,对于她吩咐的一切事情都一律照办。

天黑了,列车正全速前进,她过度烦躁,没有法儿入睡。忽然她记起她丈夫在她临行之际交给了她一些法国金币做零用钱,现在她想数一数那笔钱的数目。于是打开了她那只小小的荷包,把那点儿金光灿灿的泉水样的东西倒在自己的裙子上。

但是陡然有一道冷的空气拂到她的脸上了。她吃惊了,抬起头一看,才发现车仓的门刚刚被人弄开了。伯爵夫人骇然了,匆匆地抓了一条围巾掩住那些摊在裙子上的金币,一面静候着。几秒钟过后,出现了一个男人,头是光着的,手是带伤的,呼呼直喘气,而身上穿的却是晚礼服。他重新关好了车仓的门②,坐下了,用那双闪烁有光的眼睛瞧着这位同仓的女客,随后用一条手帕裹好自己那只出血的手。

那青年妇人感到自己快要因为害怕而晕了。这个汉子显然看见了她在点数金币,那么他到这儿,为的就是抢劫她和杀她。

他始终眼睁睁地瞧着她,呼吸急促,面部的肌肉抽搐不停,显然是预备向她身上扑过来。

他突然向她说:

---

① 芒东(Menton)在法国南部,面临地中海,气候温和,是一个有名的避寒城市,也是一个有名的疗养肺病的地方。

② 这故事中间的客车,自然是从前那种只有若干横断的车仓而没有直贯全车的过道的,所以车仓有门直接和车外相通。

"夫人，请您不用害怕！"

她一个字也没有回答，因为已经没有能力开口了，只听见自己的耳鸣和心跳。

他却继续说：

"我不是个干坏事的人，夫人。"

她始终一个字也不说，但是，她匆促地把自己的膝盖并到了一起，于是那些金币就如同一道从承流管里流出来的水似的开始向车仓里的地毯上撒。

那个男人吃惊了，瞧着这一道金光灿灿的"泉水"，便突然弯下身子去拾。

张皇失措的她站起了，这一来，她衣襟上的钱通通落到了地上，而她本人却扑到车仓的门边预备跳到轨道上去。但是他明白她想干什么，于是连忙扑过去，伸起胳膊抱着她，使劲教她坐下，并且抓着她双手向她说："请您听我说，夫人，我不是个干坏事的人，而证据呢，就是我要拾起这些钱还给您。不过我是一个绝望的人，一个死人，倘若您不帮助我过关出境。我不能向您再说更多的话了。一点钟以后，我们就要到俄国境内最后的一个车站，一点二十分以后，我们就要越过俄罗斯帝国的边界了。倘若您不帮助我，我简直会绝望了。然而，夫人，我并没有杀害过谁，也没有抢劫过谁，更没有做过什么不顾名誉的事。这一点，我向您发誓。我不能向您再说更多的话了。"

他跪在地上去拾那些金币了，连座位下面都搜了一遍，连那些滚得远远的都寻了出来。随后，等到那只小小的皮荷包重新装满了以后，他一言不发地把它交给他这位同仓的伯爵夫人，自己就转身坐在车仓里的另一只角儿上。

他们这两个人彼此都不动弹了。她依然因为恐怖被弄得浑身发软，始终呆呆地不言不动，不过，渐渐地安定了。他呢，他没有做一个手势，也没有一个动作，只直挺挺地坐着，直挺挺地看着前面，脸色很苍白，像是已经死了。她不时向他匆促地望一眼，不过迅速地又回过眼光来。那是一个三十来岁的男子，很漂亮，很有一个世家子弟的气质。

列车在黑暗里奔跑，从夜色里迸发出种种震耳的声响，偶尔减低了它的速度，随后又很快地向前飞驰。不过忽然它的行动慢下来，它鸣了几声汽笛，终于完全停住了。

伊万重新走到车仓门口来听候吩咐。

那位伯爵夫人向她同车的古怪人又端详了最后的一回，随后用一道发抖的声音向她的仆从说：

"伊万，你可以回去伺候爵爷，我现在用不着你了。"

这个茫然的汉子张着那双大眼睛，低声地说：

"不过……伯爵夫人……"

她接着说：

"不必，你以后不用来，我换了主意。我现在要你待在俄国。拿去，这是你回去的盘缠，你把你的便帽和外套留给我。"

那个老家人呆了一会儿，他终于脱下了帽子和外套，一言不发地表示服从，他两位主人的变幻无常和不可抵抗的乖僻脾气，他都是尝惯了的。末了，他含着两眶眼泪走开了。

列车又开动了，向着边界前进。

这时候，伯爵夫人向她同车的人说：

"这些东西是留给您的，先生。您现在是伊万，我的跟班。我对于我所做的只要一个交换的条件：就是您永远不要和我说话，您不可以和我说一个字，用不着谢我，无论什么话都用不着说。"

这个不知姓名的人鞠躬了，没有说一句话。

不久，列车又停住了，于是就有好几个身着制服的官吏来查车。伯爵夫人拿着好几张证件交给他们，并且指着车仓那一头角儿上的汉子说：

"那是我的仆人伊万，护照在这里。"

列车终于重新开走了。

这一整夜，他们面对面地待着，谁也没有说话。

天明了，列车在德国境内某一个车站跟前停住的时候，那个不知姓名的人下了车，随后，他立在仓门边说：

"请您恕我，夫人，我现在打破了我以前的诺言，但是因为我，您缺少了随从的人，我现在来代替也是应该的。您现在不需要什么吗？"

她冷淡地回答道：

"您去给我找个随身的女佣人来吧。"

他去了。随后他不见踪迹了。

等到她下车走入车站的餐室的时候，她却望见他正在远处望着她，末后他们都到了芒东。

二

医生说到这里，沉默了一会儿，随后才接着说：

某一天，我正在诊所里接待病人们，忽然看见一个身材高大的青年走进来向我说：

"医生,我特地来请教您巴乐诺夫伯爵夫人的消息,她本人固然不认识我,我却是她丈夫的一个朋友。"

我说:

"她没有希望了。她是回不了俄国的了。"

这青年人突然呜咽起来,随后他站起来,跟跟跄跄像一个醉汉似的走了。

当天晚上,我通知这位伯爵夫人,说起有一个不知姓名的人问起她的健康。她像是很受感动,就向我谈起我刚才向各位说过的那个故事。末了她还说道:

"我与这个人素不相识,现在竟像是我的影子似的跟着我,我每次外出总碰见他;他用一种古怪的样子瞧着我,不过从不向我说话。"

想了好一会儿,她接着又说道:

"对呀,我现在可以向您打赌,他就在我的窗子下边。"

她离开了她那张躺椅,走去揭开她的窗帷,果然对我指出了那个在白天找过我的青年,他正坐在人行道上的一条长凳上抬头望着那座房子。他望见我们就站起来,头也不回就走了。

这样一来,我目击了一件惊人的和伤心的事,那种属于两个绝不相识的人的无言的爱情。

他用一种因为获救而感恩,所以用至死尽忠的感情去爱她。他懂得我猜着了他的事,每天一定走来问我:"她的病体怎样?"后来,他看见她日见衰弱和日见面无血色的时候,他竟失声痛哭了。

她向我说道:

"这个古怪人,我只向他说过一次话,然而我却像已经认识他二十年了。"

后来,他们相遇的时候,她总用一种庄重而又妩媚的微笑去答复他的敬礼。她如此无人关怀而且自知已经失望,我认为那始终是幸福的。因为这样被人用尊敬而且有恒的态度来恋爱,这样被人用充满诗意的激情来恋爱,这样被人用奋不顾身的忠实态度来恋爱,我认为她始终是幸福的。然而她却不肯抛弃她的激昂的固执态度,坚决不愿接见他,不愿晓得他的姓名,不愿和他谈话。她说过:"不成,不成,那样一来,可以弄糟这种异常的友谊。我和他应该守着彼此各不相识的状态。"

至于他,他当然也是一个堂·吉诃德先生式的人,因为他绝不设法和她接近。他始终想坚持从车仓里表示过的那个永远不和她说话的承诺。

在长期的衰弱状态里,她时常从躺椅上站起来,走到窗子跟前略略揭开窗帷去看他是否在那儿,是否在窗子下面。等到她看见他始终安安静静坐在长凳上以后,她就带着嘴唇上的微笑走回来躺下了。

某一天早上十点钟左右,她死了。我刚好走出她的宅子,他正哭丧着脸儿朝着我走,他已经晓得她的消息了。

"我想当着您面看她一两秒钟。"他说。

我挽着他的胳膊,接着就引他进去了。

等到他走到灵床跟前,随即握着她的手吻着不肯放,末了他才像是一个智力障碍者似地走了。

医生说到这儿又沉默了好一会儿,后来他才接着说:

"在我晓得的铁路旅行的遭遇当中,这确实是最罕见的。也应当说那两个人全是痴人当中最奇怪的。"

一个女客低声慢气地说:

"那两个都不像您想象的那般痴癫……他们都是……他们都是……"

但是她没有再往下说。她已经流眼泪了。于是大家变换了谈话的题目去使她平静下来,因此竟不知道她究竟想说什么。

一场决斗

战争结束了,德军暂时仍旧驻在法国①,全国上下张皇得如同一个打败了的角力者被压在得胜者的膝盖下面一样。

从那座精神错乱、饥饿不堪而百般失望的巴黎市里,头几列火车出发了,开向新定的国界②去,慢吞吞地穿过些村落和田园。初次旅行的人都从列车窗口里注视着那些完全成了废墟的平原和那些烧光了的小村子。很多普鲁士兵戴着黄铜尖顶的黑铁盔,骑在那些仅存的房子门外的椅子上吸他们的烟斗。另外还有一些个人正在那儿做工或者谈话,俨然像是门内那户人家中间的一员似的。每逢列车在各处城市经过的时候,大家就看见大队的德国兵正在广场上操演,尽管有列车轮子的喧闹声,但是他们那些口令声音竟一阵阵传到了列车里。

杜步伊先生在巴黎被围的整个时期中,是一直在城里的国民防护队服务的,

---

① 本故事的时代应当是1871年的上半年,是时法国虽已在割地及赔兵费这两个条件之下和德国媾和,但德军在此项兵费尚未收清以前,仍有若干人分驻法国境内以作债权的保证。

② 新的国界即指法国在割去阿尔萨斯全州及洛林州一部分以后的东境国界。

现在他乘了列车到瑞士去找他的妻子和女儿了,在敌人未侵入以前,由于谨慎起见,她母女俩早已到了国外。

杜步伊本有一个爱好和平的富商式的大肚子,围城中的饥馑和疲乏却绝没有使它缩小一点儿。从前对于种种骇人的变故,他是用一片悲恸的忍耐心和好些批评人类野蛮行为的牢骚话去忍受的。现在,战争已经结束,他到了边界上,才第一次看见了很多普鲁士人,虽然从前在寒冷的黑夜里,他也尽过守城和放哨的义务。

他现在既生气又害怕地向这些留着胡子带了兵器把法国当老家住着不走的人细看,后来,他心灵上感到了一阵衰弱无力的爱国热情,同时,也感到了那种迫切的需要,那种没有离过我们的明哲保身的新本能。

在客车的那个车厢里,还有两个来游历的英国人用他们那副宁静而好奇的眼光向着四处注视。这两个人也都是胖子,用他们的本国话谈天,有时候打开了他们的旅行指南高声读着,一面尽力好好儿辨认那些记在书上的地名。

忽然,列车在一个小城市的车站上停住了,一个普鲁士军官,在佩刀和客车的两级踏脚板相触的巨大响声里,从车厢的门口上了车。他的高大的身材紧紧裹在军服里,胡子几乎连到了眼角。下颔的长髯红得像是着了火;上唇的长髭须的颜色略微淡些,分别斜着向脸儿的两边翘起,脸好像是分成了两截。

那两个英国人立刻用满足了好奇心的微笑开始向他端详了,杜步伊先生却假装看报没有去理会。他不自在地坐在一只角儿上,仿佛是一个和保安警察对面坐下的小偷儿。

列车又开动了。两个英国人继续谈天,继续寻觅着当日打过仗的确切地点,后来,他们当中有一个人忽然举起胳膊向着远处指点一个小镇的时候,那个普鲁士军官伸长了他那双长腿,把身子在座位上向后仰着,一面用一种带德国口音的法国话说:

"在那个小镇里,我杀死过十二个法国兵。我俘虏过两百多个人。"

英国人都显得很有兴致,立刻就问:

"噢!它叫做什么,那个小镇?"

普鲁士军官答道:"法尔司堡。"

后来,他又说:

"那些法国小子,我狠狠揪他们的耳朵。"

后来他瞧着杜步伊先生,一面骄傲地在胡子里露出了笑容来。

列车前进着,经过了很多始终被德国兵占住的村子。沿着各处大路或者田地边，站在栅栏拐角上或者酒店门口说话，一眼望过去，几乎全是德国兵。他们正像非洲的蝗虫一样盖住了地面。

军官伸出一只手说：

"倘若我担任了总司令，我早就攻破了巴黎，那就会什么都烧掉，什么人都杀掉。再不会有法国了！"

两个英国人由于礼貌，简单地用英国话答应了一声："Oh！Yes！"

他却继续往下说道：

"二十年后，整个儿欧洲，整个儿，都要属于我们了。普鲁士，比任何国家都强大。"

两个担忧的英国人再也不答话了。他们那两副脸夹在长髯之间像是蜡做的一样绝无表情。这时候，普鲁士军官开始笑起来。后来，他一直仰着脑袋靠在那里来说俏皮话了。他讥诮那个被人制伏的法国；侮辱那些已倒在地下的敌人；他讥诮奥地利，往日的战败者；他讥诮法国各州愤激而无效的抵抗；他讥诮法国那些被征调的国民防护队，那些无用的炮队。他声言俾斯麦将要用那些从法国夺来的炮去造一座铁城。末了，他忽然伸出了那双长筒马靴靠着杜步伊先生的大腿；这一位却把眼睛避开，连耳朵根都是绯红的了。

两个英国人仿佛对什么都是漠不相关的了，俨然一刹那间他们已经回到了自己的岛国里闭关自守，远离了世界上的种种喧闹。

军官抽出了自己的烟斗，眼睁睁地瞧着这个法国人说：

"您身上没有带烟吗？"

杜步伊先生答道：

"没有，先生！"

德国人接着说：

"等会儿车子停了的时候，我请您去给我买点来。"

后来他重新又笑起来了。

"我一定给您一份小费。"

列车呜呜地叫了，速度渐渐地减低了。他们在一座被火烧毁了的车站前经过，列车随即便完全停住了。

德国人打开了车厢的门，随即抓住了杜步伊先生的胳膊向他说：

"您去替我跑腿吧，快点，快点！"

有一队普鲁士兵在这车站上驻防。另外又有好些沿着月台上的木栅栏外面站着看。车头已经呜呜地叫起来预备开车了。这时候，杜步伊先生突地向月台上一跳,尽管站长做了很多手势,他连忙跳进这辆客车的一个邻近的车厢里了。

他独自一个人了!他解开了坎肩的钮子,心房真跳得厉害,于是又喘着气去擦额上的汗。

列车又在另一个站里停住了。那个军官忽然又在杜步伊先生的车厢门口出现并且又进来了,立刻那两个被好奇心驱使的英国人也跟着他都上来了。德国人在法国人的对面坐下,始终带着笑容:

"您刚才不肯替我去跑腿。"

杜步伊先生回答:

"不肯,先生!"

列车又开动了。

军官说:

"那么我剪您的胡子来装我的烟斗吧。"

于是他向着他面前的这一位的脸伸过手来。

两个英国人始终是镇静自若的,都目不转睛地瞧着。

德国人已经抓住了他嘴唇上的一撮胡子拔起来,杜步伊先生反手一下就托起了德国人的胳膊,抓住了他的脖子,把他推倒在座位上。接着,他气得发狂了,鼓起腮帮子,睁圆着两只冒火的眼睛,一只手始终扼住他的嗓子,另外一只手握成拳头开始愤不可遏地向他脸上不停地打。普鲁士人猛力挣扎,想去拔自己的刀,想箍住这个压在自己身上的对手。但是杜步伊先生用自己那个大肚子的重量压住了他,并且打着,不住手,不换气,也不管什么地方,老是打着。血出来了,那个嗓子被扼的德国人只是干喘,咬牙切齿,极力想推开那个气得发狂,对他乱打的大汉子,但是毫无用处。

两个英国人为了看得清楚一些,已经都站起并且走到跟前来了。他们都挺直地站着,满腔的快乐和惊奇,预备从这两个打架的人当中,各选一个来赌胜负。

末后,杜步伊先生被这样一个劲的死斗弄乏了,他忽然站起来,一言不发地重新坐到了原来的座位上。

那个普鲁士人由于惊慌和疼痛被弄得一直摸不着头脑,所以并没有对杜步伊先生扑过来,在缓过气来之后他才说:

"倘若您不肯用左轮手枪来和我决斗,我就要宰掉您!"

杜步伊先生回答:

"只要您愿意,我完全同意。"

德国人接着说:

"我们立刻就要到斯特拉斯堡①了,我可以找两个军官来做公证人,在这趟车子离开斯特拉斯堡以前,我是来得及的。"

像火车头一般呼啸的杜步伊先生,向那两个英国人说:

"您两位可愿意替我做公证人②?"

他们俩齐声用英国话回答:

"Oh! Yes!"

列车停住了。

在一分钟之内,这普鲁士人找到了两个带着左轮手枪而来的同事,于是这一群人都走到了城墙底下。

两个英国人不住地拿出表来看,加快了脚步儿,匆匆地预备一切,他们怕的是耽误时刻,赶不上坐着原车赶路。

杜步伊先生从来没有用过手枪,现在却被公证人把他牵到一个和对手相距二十步的地方。有人问他:

"您预备好了吗?"

他口里正回答:"预备好了,先生。"眼里却看见了那两个英国人中间的一个已经撑开了雨伞为自己遮住阳光。

一道声音发出了命令:"放!"

杜步伊先生不等瞄准,信手放了一枪,后来莫名其妙地望见那个站在他对面的普鲁士人摇晃了一两下,接着就伸起了两只胳膊,直挺挺地扑着倒在地下了。他已经打死了他。

一个英国人喊了一声"Oh"。这声音因为喜悦,因为使他好奇心的满足,又因为快活的沉不住气而发抖。另一个英国人本来始终握着自己的表,这时候挽着杜步伊先生的胳膊,用体操步儿拉着他向火车站走。

第一个英国人,双手握着拳头,双臂夹住身体跑着,一面用法国话数着步儿:"一,二!一,二!"

他们三个人虽然都是大肚子,却并做一排用快步向前直跑,仿佛是一张滑稽日报上的三个滑稽角儿。

列车开动了,他们都跳到了车上。这时候,两个英国人都摘下了他们头上的

---

① 斯特拉斯堡即阿尔萨斯州的首府,彼时已由法国割与德国。
② 欧洲人的决斗必须双方都有公证人才算合法。此故事中的两边都有公证人,这就具备了合法的条件,所以杜步伊先生在决斗胜利之后便立刻跳到了车上去继续他的旅行。

旅行小帽举在空中,接着就大声喊了三次:

"Hip,Hip,Hip,Hurrah!"

随后,他们先后庄重地向杜步伊先生伸出右手,握手之后就折转了身躯,仍然一个挨一个地坐在他们的角儿上了。

懊 恼

——写给雷雍·企埃尔

在芒特城里被人称为萨华尔老丈的萨华尔先生,刚好从床上起来。那时候正下着雨。这天在秋季里是一个愁人的日子,树叶纷纷下落。这些树叶仿佛是另外一阵更厚又更慢的雨,从从容容从雨点当中坠到地面上。萨华尔先生是不高兴的。他从壁炉跟前走到窗子跟前,又从窗子跟前走回原处。人生本有许多黯淡的日子。然而在他想来,自己现在仅仅只有一些黯淡的日子了,因为他已经有六十二岁了!他单独地守着老鳏夫的生活,身边没有一个人。这样举目无亲、孤独地死去,真叫人难过!

他想起自己的那样单调、那样空虚的人生。从往日的生活里,从童年的生活里,他记起自己和父母住过的那所房子,随后进中学,中学毕业,到巴黎学法律的各个时期。随后,他父亲得病,父亲的死。

最后,他就回家和他母亲同住了。少年人和老婆子,母子两个人安稳地生活着,此外并没有更多的欲望,现在母亲也死了。人生真是愁惨!

他孤独地留在世上。到现在,死亡不久也要轮到他了。他快要消失了,什么都要完了。将来地球上不会有保禄·萨华尔先生了。何等伤心的事!然而其余的人将来都活着,笑着,互相爱着。是的,他们依然可以行乐,而他却快要不存在了,他本人!在死亡的那种不可抗拒的势力之下,还有人能笑,能乐,能做快活人,岂不是怪事。倘若死亡是件将信将疑的事,人还能够有希望,但是不然,死亡是决不能避免的,竟和白昼之后不能避免黑夜一样。

假使他的人生从前是充实的!假使他从前做过一点儿事,假使他从前有过一些冒险的事,娱乐的事,有成绩的事,满意的事。但是不然,什么也没有。他除了在一定的时候起床吃饭和安寝以外,什么事也没有做过。末了,他就这样到了六十二岁的年纪了。并且他甚至于没有像旁的男人一样娶过亲。那为什么?对呀,他为什么没有娶亲？他本可以做得到这件事，因为他有点财产。那么难道是他没有机会？也许是的！但是机会都是由人造成的！他原是个疏懒的人，原因就在这里了。疏懒是他的大坏处，他的缺点，他的恶习。世上不知有多少人，因为疏懒误了自己的人生。奋发、活动、做事、谈话、考虑问题之类，在某种人是很困难的事。

他甚至没有被人爱过。从来也没有什么女人真正地、热烈地爱过他，陪伴过他。所以，等候佳期中的滋味，隽美的忧虑，手儿相压时的类乎仙境的寒噤以及获得胜利的狂热中的令人神往的境界，于他都是全不知道的。

唉！到了两个人嘴唇儿第一次相触的时候，到了四条胳膊把两个彼此倾倒的生命搂成一个舒服自如的生命的时候，那是一种何等超乎人世的幸福，它应当淹没你的心田。

萨华尔先生坐下来了，对着火举起两只脚，身上披的是晨装长袍①。

确实地，他的人生已经耽误了，完全耽误了。然而他却早有所爱，他本人。他曾经秘密地痛苦地并且疏懒地，像他处理旁的事情一样早有所爱。对呀，他爱过他的老女友桑笛尔太太，他的老朋友桑笛尔的妻子。唉！倘若他在她没有结婚的时候就认得她该有多好！但是他遇着她的时候太迟了；那时候，她已经和桑笛尔结了婚。他从前确实可以向她求爱！自从第一天看见了她，他真是毫不犹豫地爱着她了！

他记起了自己每逢和她会面时的感动，每逢和她分手时而起的凄凉，他夜间之不能睡觉正因为他思念她。

等到早上起来，他钟情的程度却比夜晚减低许多。那为什么？

她从前真是俏皮的和小巧玲珑的，一头金黄色的鬈发，满面的笑容！桑笛尔不是个可以使她满意的人。目前，她有五十八岁了。她仿佛是舒服的。唉！倘若这个妇人从前就爱他！倘若她从前就爱他！他，萨华尔既然很爱桑笛尔太太，为什么她又没有对他表示过爱？

倘若她那时候只要猜到了一点儿……难道她那时候真一点儿也没有猜到？一点儿也没有看破？一点儿也没有懂得？那么，她那时候会怎么想？倘若他那时候对她谈过，她又会怎么答复？

萨华尔又想到许多另外的事。他使得他的人生重新活跃起来，极力搜求一大堆详细的情节。

---

① 晨装长袍的形式和浴衣很相似，不过一般总是夹的，而且用的都是比较厚的纺织品，如呢绒等材料；此物亦可译作便袍。

懊恼

他记起了从前到桑笛尔家里尽情打牌的情形,那时候,他的妻子是多么年轻,风韵是多么迷人。

他又记起了她对他说过的那些事,她以前有过的那种语调,那些意味深长的缄默微笑。

他并且记起了他们三个人每逢星期日在塞纳河堤边的散步和草地上的冷餐了,因为桑笛尔是一个在副州长公署服务的人。突然那个清晰的回忆在他的心上涌现了:他和她在河边的一座小树林子里度过的某一个下午。

那一天,他们三个人一早就带着许多包食品出发了。那时候正是暮春当中的一个生气勃勃的日子,一个令人陶醉的日子。什么都是香喷喷的,什么都像是舒服的。鸟雀呢,歌声格外愉快,翅膀动作得也格外迅速。他们就在垂杨下面的草地上吃饭,那正在被太阳晒温了的流水旁边。天气温暖,草香醉人,大家从容地呼吸着,那一天的天气多么好!

午饭用完了,桑笛尔仰在地面上睡着了。"我毕生最甜美的午睡。"他后来醒了的时候这样说。

桑笛尔太太挽了萨华尔的胳膊沿着河岸走开了。

她紧紧地靠着他。她笑了,她说:"我醉了,朋友,完全醉了。"他瞧着她,他连心房都发抖了,觉得自己的脸色发白,害怕自己的眼光过于胆大,害怕自己的手发抖因此泄漏自己的秘密。

她用许多野草野花扎成了一顶花冠戴在自己头上,随后问他:"您爱我吗,像这样?"

他当时没有回答——他本来找不着回答的话,宁愿跪下来——她用一种不乐意的态度开始笑了,一面瞧着他高声说:"笨货,走吧!旁人至少也要说句话!"

他几乎要哭了,却依然一个字也说不出。

这些情形,现在清楚地和在眼前一样,都回到他心上来了!为什么她那时候竟说:"笨货,走吧!旁人至少也要说句话!"

末后他又记起了她那时温存地贴紧着他。他们在一棵斜欹着的树下经过的时候,他曾经觉得她的耳朵触着了他的脸,他却突然避开,怕的是她会把这种接触当成有意挑逗。

等到他说出了一声:"这不是我们应该回去的时候吗?"她就用一种异样的目光向他看了一下。确实说来,她当时真是用一种奇特的神情瞧着他,他却没有对此加以考虑,但是目前他却记起了这些!

"您要怎样便怎样,朋友,倘若您倦了,我们就回去吧。"

他那时候的回答却是：

"这并不是因为我倦了，不过桑笛尔现在也许醒了吧。"

她耸着肩膀一面说道：

"恐怕我的丈夫睡醒了，这倒是另外一件事，那么我们回去吧！"

在回去的路上，她一直是沉默的了，并且也不紧贴着他的胳膊了。那为什么？

这个"为什么"，他始终还没有向自己提起过。现在，他仿佛窥见了一点他一直弄不明白的事。

难道？……

萨华尔先生觉得自己脸上发红了，于是他神魂颠倒地站起来，如同三十年前，他早就听见了桑笛尔太太向他说："我爱你！"

那是可能的吗？这个刚才印入他灵魂里的疑团使他难受了！从前他居然没有看见，没有猜着，那是可能的吗？

噢！也许那是真的！然而他那时对于那样一个机会竟失之交臂！

他于是暗自说道："我要探听明白，我不能在疑团里待下去。我要探听明白。"

于是他匆匆忙忙把衣裳穿好。自己又想着："我六十二岁，她五十八岁，我是可以向她询问这件事的。"

末后，他出门了。

桑笛尔的房子就在本街的那一边，差不多就在他的对面。他走到了那里。矮小的女佣人听见敲门，立时给他开了。

她早就看见了他，觉得很诧异。

"萨华尔先生，您这样早就来了，有什么意外的事？"

萨华尔答道：

"没有，我的孩子，不过你去告诉你的女东家，说我想即刻和她谈话。"

"太太正熬着那过冬的梨子酱；她正站在炉子边，并且没有梳妆，您懂得的。"

"懂得，但是你可以说这是为着一件很紧要的事。"

女仆走开了，于是萨华尔焦躁地迈着大步走到客厅里。然而他并不觉得手足无措。哈！他快要如同探听厨房里买进了什么东西似的去向她探听那件事。那正是因为他有六十二岁了！

客厅的门开了，桑笛尔太太进来了。她现在是一位滚圆肥胖而且面貌团团笑声哈哈的妇人。她走向前来，两只手伸得和身体相离很远，两只袖子卷在那双粘着糖浆的赤着的胳膊上部。她惊慌似地问他：

"您有什么事，朋友，您没有生病吧？"

他说:"没有,好朋友,我想向您探听一件事情,对我来说是很关紧要的,而且它使得我心里整日不宁。您能老老实实告诉我吗?"

她微笑地说:"我向来是老实的,请您说吧。"

"那就是我说从前我第一次看到您时就爱上了您。您是不是也曾怀疑过?"

她带着那种依然像以前一样的语调笑着回答道:

"笨货,够了!我也是在第一次时就已经看清楚了。"

萨华尔不觉发抖了,便吞吞吐吐说:

"您早知道那件事了!……那么……"

他说到这里可又立刻停止了。

她问道:

"那么?……什么事?……"

他接着说:

"那么……您从前怎样想的?怎样……您从前打算怎样答复我?"

她笑得更厉害了。好些滴糖浆流到了指尖上,又滴到了地下。

"我?……不过您从前什么也没有向我要求过。那时候并不该由我来向您有所表示。"

于是他向她跟前走了一步:

"请您说给我听……请您说给我听……某一天,桑笛尔在午饭后倒在草地上睡着了,我们两个人曾经一同散步到了一个拐弯的地方,您现在可还记得那天的事?"

他等着答复。她停住不笑了,并且愣着两眼盯住他:

"我确实记得。"

他战栗地接着说:

"既然如此……那一天……倘若我是……肯冒险的——……那么您会怎样办?"

她又用一种毫不后悔的妇人神情微笑了,并且用一种表示反嘲的清朗音调诚实地回答:

"我就会对您让步哪,朋友!"

随后,她立刻转身跑出去熬梨子酱了。

萨华尔重新走到街上了,六神无主,如同遇见了一场大祸以后一般,他在雨中撒开大步一直向着河边走,并没有想起要到哪儿去,等到走到了河边,他向右一拐沿着河岸走。如同受着本能支使似地走了好半天。他的衣裳都流水了,帽子变样子了,软得像是一块破布,帽檐像屋檐似地滴着水。他始终走着,始终一直

向前走着。末后走到了他们很多年以前某一天吃午饭的那个地方,对那个地方的回忆正使他的心上痛苦不堪。

这时候,他坐在那些脱了叶子的树底下流泪了。

勋章到手了

好些人在生下来的时候,就有一种支配欲的本能,一种癖好,或者在刚一开始说话、开始想事时就产生了一种欲望。

萨克勒门先生自从孩童时代起,装在脑子里的就只有一个想得勋章的念头。稍许大一点,当然那还是很小的年龄,他如同其他的孩子们戴着一顶军帽似的,挂着很多锌质的荣誉军十字勋章,并且在街道上,洋洋自得地把手交给他母亲牵着,一面挺起他那个被红带子和金属的星型牌子所装饰的小小胸脯。

他马马虎虎地读了几年书,却被中等教育考试委员会淘汰了,于是他简直不知道该怎样办;末了,他娶了一个漂亮的姑娘,因为他本有一点财产。

他俩在巴黎住着,如同富裕的资产阶级一样,只在同阶级的交际场中来往,但是并不在交际场中鬼混,因为他俩认识一位有希望当上部长的国会议员,并且和两位师长做了朋友,所以得意扬扬。

但是那种从萨克勒门出世的初期已经走进他脑子里的思想,不再和他相离了;并且由于没有权利可以在礼服上佩带一条有颜色的勋表丝带,他一直感到痛苦。

他在城基大街上遇见的那些得了勋章的人,常常使他心上受到一种打击。他抱着愤怒的嫉妒去侧眼瞧着他们。偶尔到了午后闲着的时候,他独自一人一个个地数着他们,自言自语道:"从马德来因礼拜堂走到德罗特街,我将要遇见多少佩戴勋章的。"

他在街上慢慢走着,利用自己那副惯于从远处辨认那种小小红点儿[①]的眼光,去考察人家的衣服,等到散步完了的时候,他因为好些数字吃惊了:"八个荣誉军官长,十七个荣誉军骑士。竟有这么多!用一种这样的方式滥发十字勋章真是糊涂。我们看看走回去的时候是不是可以找到同样的数目。"

于是他转身慢慢地走回去了,到了拥挤的人群妨碍他的寻觅之时,使他遗漏

---

① 小小红点儿就是一种勋表。

了一两个,他不乐意了。

他知道那些最容易遇见佩戴勋章的人的区域了。他们都集中于旧王宫①。在歌剧院大街看见的不及在和平街看见的多;在大街右边比左边多。

仿佛他们也常在某几个咖啡馆、某几个戏院出入。每次萨克勒门看见成群的白发先生们站在人行道当中并且妨害交通的时候,他就自言自语:"这都是一群荣誉军官长啊!"他简直想向他们致敬了。

官长们——他常常注意他们——有一种和骑士们不同的神气。他们的头部气派就与众不同,旁人觉得他们具有一种更高尚的庄严,一种更崇高的威望。

偶尔,萨克勒门也怒从心起,愤然反对那些得着了勋章的人;后来他觉得对于他们,感到了一种社会党人才会有的憎恨。

他如同一个挨饿的穷人经过了大饮食店前面而生气一样,因为遇着那么多的勋章气坏了,于是回到家里就高声说道:"究竟到哪一天,才可以有人替我们扫除这恶浊的政府?"他的妻子吃惊了,问他道:"你今天有什么事?"

他回答:"我对于各处发现的不公道的事,很为生气。哈!巴黎公社党人当初真有道理!"

晚饭以后,他依然又上街了,后来考察了那些制造勋章的铺子。他仔细看过了一切不同的图案,各类的颜色,真的想一齐占有过来,并且在一个公共的典礼当中,在一个满是宾客的和满是惊奇者的大礼堂里,自己挺着胸脯,上面挂着无数垂在彼此重叠如同肋骨一样的别针之下的光辉闪烁的勋章,领着一队行列,在胳膊下边挟着一顶折得拢的大礼帽庄严地经过,在一片赞美声中,一阵敬佩声浪中,自己的光辉简直像是天上的星斗。

他没有,真糟糕!他没有任何名义可以接受任何勋章。

他想着:"一个从没有担任过公共职务的人想要搞一个荣誉军勋章真是过于困难的。倘若我设法为自己去搞科学研究院官长勋章呢?"

但是他不知如何下手,于是把这件事情和他那个一直莫名其妙的妻子商量。她说:

"科学研究院官长勋章?为了这东西,你曾经做过了一些什么事?"

他气极了:"你要懂得我的意思。我正寻找应做的事,你有时候真笨。"

---

① 旧王宫是巴黎的有名建筑之一,在大革命以前已经不是法国国王的宫殿,而是一种专供贵族们消遣的地方,大革命时改成公园并在它的周围添置许多出卖奢侈品的店铺和高级的娱乐场所;后遭火灾,至第三共和国作平政院院址。

她微笑道："对呀，你真有道理。但是我不知道。"

他却得着一个念头了："倘若你向众议员罗士阑先生谈谈这事情，他可以给我一个好主意。我本人，你懂得我差不多不敢向他直接谈这问题。那太微妙，太困难，若是由你开口，那就很自然了。"

萨克勒门太太照他要求的话做了。罗士阑答应向部长去谈。于是萨克勒门多次去烦扰他了。末了，这众议员的回答是应该先做一次申请，并且列举他的头衔。

他的头衔吗？问题来了。他连中等教育毕业的头衔都没有。

然而他却用起功来，预备编一本小书，名叫《人民受教育的权利》。因为思想贫乏，他没有能够编成。

他找了很多比较容易的主题，并且接连着手了好几个：最初的是《儿童的直观教育》。他主张应当在贫民区域里专为儿童设立一些不收费用的戏院样的场所。从很小的年龄，父母就引他们进去看，院里利用幻灯使他们获得人生一切常识的大概。这可以算得是真正的学校。视觉是可以教育头脑的，图画是可以刻画在记忆里的，这样就使科学都成为看得见的了。

这样去教授世界史、地理、自然科学、植物学、动物学、生理学等等，哪儿还有更简单的方法？

他把这册子印好了，每个众议员，他各赠一本，每个部长，各赠十本，法国总统，赠五十本，巴黎的报馆，每家赠十本，巴黎以外的报馆，每家赠五本。

以后他又研究"街头图书馆"的问题，主张国家置办许多和卖橘子所用的一样的小车，装满许多书籍派人在街上来往推动。每个居民，每月可以有租阅十本书的权利，共取一个铜圆的租金。

他说："人民只为寻欢作乐才肯走动。他既然不肯主动去接受教育，那么就应当让教育来找他们吧……"

然而这些论文在各方面并没有发生任何影响，这时候他递上了他的申请书。有人回答他，说是已经在注意之列，在研究之列了。他确信自己的成绩了，一心等候着。却一点消息也没有。

于是他决定自己去活动。他要求谒见教育部长谈一次话，然而接见他的却是一位很年轻而举止庄重并且有权力的机要秘书，这位秘书如同弹钢琴一样，按着一组白色电铃钮儿不住手地传召收发、勤杂人员，甚至科员之类。他向这位求见的人肯定他的事情进展顺利，劝他继续这种值得重视的工作。

萨克勒门先生于是重新从事著述了。

现在，众议员罗士阑像很关心他的成绩了，乃至于常常给他许多高明而合乎实用的意见。并且罗士阑是一个有勋章的人，不过大家不知道由于什么原因这种特别荣誉会落在他的身上。

他对萨克勒门指点了许多可以着手的新研究，把他介绍到很多专门学会，会里专注的是种种特别深奥的科学问题，目的正是想得到荣誉。他并且向内阁保举了他。

有一天，他走到了他朋友萨克勒门家中吃午饭（这几个月以来，他常在这个人家吃饭），他握着他朋友的手低声说："我刚才为您得到一个大的喜信。历史工作委员会有件事情委托您。任务就是要到法国各种图书馆去搜求资料。"

激动的萨克勒门因此连饮食都没有心思了。八天之后他起程去搜求了。

他从这一个城市走到那一个城市，查考书目，搜寻好些堆着满是灰尘的旧书的阁楼，招惹了图书馆员们的憎恨。

某天晚上，他在卢昂动了回家和妻子拥抱的念头，原来他有一个星期看不见她了；他搭了晚上九点钟的火车，半夜就可以到家。

他本来带着大门钥匙在身边。于是他轻轻开了门进去，快乐得发起抖来，这样惊骇她一下是很有趣的。岂知她却扣上了卧房的门：何等没趣！于是他隔着门喊道："蚺恩，我回来了！"

她大概是很吃惊，因为他听见她从床上跳下来，以及她如同呓语一样独自说话。她忽然向着梳妆室跑过去了，开了梳妆室的门立刻又关起来，并且赤着脚在房里很快地来回穿梭好几次，家具上的玻璃都震得响动了。末了她才问："是你，亚历山大？"

他回答道："是呀，是我呀，开门吧！"

房门开了，他妻子向他怀里一倒，同时喃喃地说："呵！真怕人！真吓坏我！真喜坏我！"

于是他着手宽衣了，按部就班地，如同往日做的一样。并且从椅子上，拿起了那件向来挂在暗廊里的外套。但是，忽然，他发呆了。那外套的钮孔上系了一条红色的小小丝带，勋章！

他结结巴巴地说："这……这……这外套系了勋章！"

于是他妻子突然向他一扑，并且向他的手里抓着那件外套，她说："不是……你弄错了……把它给我……"

但是他抓住一只外套袖子不肯放手,在一阵发痴的神气中间重复地问:"呵?为什么?对我说!这是谁的外套?这绝不是我的,因为它挂着荣誉勋章!"

她拼命向他抢夺,张皇失措地结巴着说:"听我说……听我说……把它给我……我不能对你说……这是一件秘密……听我说……"

但是他生气了,满脸发青了,他说:"我要查明这件外套如何会在这儿,这并不是我的。"

这时候她向他嚷着:"谁说不是,闭嘴,你对我发誓……听我说……你已经得到勋章了!"

他激动得厉害,以至于放弃了那件外套,并且倒在一把围椅上了。

他说:"我得到……你说……我得到勋章了!"

"是的……这是一个秘密,一个大秘密!"

她把那件光荣的衣服锁到一个衣柜里了,接着面无人色、浑身发抖地走到她丈夫跟前,继续说:"是的,这是我给你做的一件新外套。但是我发过誓不对你说。将来要到一个月或者六个星期之后才正式公布。要等你的任务结束。你到转来时候才应当知道。是罗士阑先生替你搞来的……"

萨克勒门衰弱得没有气力了,结结巴巴地说:"罗士阑……得到勋章……他使我得到勋章……我……他……哈!……"

他不得不喝一杯凉水了。

有一张白色小纸留在地上,那是早已从那外套口袋里掉下的。他拾起了它。原来是一张名片,印着"众议员罗士阑"几个字。

他妻子说:"你瞧清楚了吧!"

他欢喜得掉眼泪了!

八天之后,《政府公报》载着:由于特别任务的功绩,给予萨克勒门荣誉军骑士勋章。

项　链

世上有这样一些女子,面庞儿好,也丰韵,但被造化安排错了,生长在一个小职员的家庭里。她便是其中的一个。她没有陪嫁财产,没有可以指望得到的遗产,没有任何方法可以使一个有钱有地位的男子来结识她,了解她,爱她,娶她;

她只好任人把她嫁给了教育部的一个小科员。

她没钱打扮，因此很朴素；但是心里非常痛苦，犹如贵族下嫁的情形；这是因为女子原就没有什么一定的阶层或种族，她们的美丽、她们的娇艳、她们的丰韵就可以作为她们的出身和门第。她们中间之所以有等级之分仅仅是靠了她们天生的聪明、审美的本能和脑筋的灵活，这些东西就可以使百姓家的姑娘和最高贵的命妇并驾齐驱。

她总觉得自己生来是为享受各种讲究豪华生活的，因而无休止地感到痛苦。住室是那样简陋，壁上毫无装饰，椅凳是那么破旧，衣衫是那么丑陋，她看了都非常痛苦。这些情形，如果不是她而是她那个阶层的另一个妇人的话，可能连理会都不会理会，她的痛苦却很大并且她义愤填膺。她看了那个替她料理家务的布列塔尼省的小女人，心中便会产生许多忧伤的感慨和想入非非的幻想。她会想到四壁蒙着东方绸、青铜高脚灯照着、静悄悄的接待室；她会想到接待室里两个穿短裤长袜的高大男仆，如何被暖气管闷人的热度催起了睡意，在宽大的靠背椅里昏然睡去。她会想到四壁蒙着古老丝绸的大客厅，上面陈设着珍贵古玩的精致家具和那些精心布置、香气扑鼻的小客厅，那是专为午后5点钟跟最亲密的朋友娓娓清谈的地方，那些朋友当然都是所有的妇人垂涎不已、渴盼青睐、多方拉拢的知名之士。

每逢她坐到那张三天未洗桌布的圆桌前去吃饭，对面坐着的丈夫揭开盆盖，心满意足地表示"啊！多么好吃的炖肉！世上哪有比这更好的东西……"的时候，她便想到那些精美的筵席、发亮的银餐具和挂在四壁的壁毯，上面织着古代人物和仙境森林中的异鸟珍禽；她也想到那些盛在名贵盘碟里的佳肴；她也想到一边吃着粉红色的鲈鱼肉或松鸡的翅膀，一边带着高深莫测的微笑听着男友低诉绵绵情话的情境。

她没有漂亮的衣装，没有珠宝首饰，总之什么也没有。而她呢，爱的却偏偏就是这些；她觉得自己生来就是为享受这些东西的。她最希望的是能够讨男子们的喜欢，惹女人们的欣羡，风流动人，到处受欢迎。

她有一个有钱的女友，那是学校读书时的同学，现在呢，她再也不愿去看望她了，因为每次回来她总感到非常痛苦。她要伤心、懊悔、绝望、痛苦得哭好几天。

可是有一天晚上，她的丈夫回家的时候手里拿着一个大信封，满脸得意之色。

"拿去吧！"他说，"这是专为你预备的一样东西"。

她赶忙拆开了信封，从里面抽出一张请帖，上边印着：

莫泊桑 短篇小说

兹订于一月十八日（星期一）在本部大厦举行晚会，敬请准时莅临。

此致

罗瓦赛尔先生
　　　　夫人

教育部部长乔治·朗蓬诺暨夫人谨订

她并没有像她丈夫所希望的那样欢天喜地，反而赌气把请帖往桌上一丢，咕哝着说：

"我要这个干什么？你替我想想。"

"可是，我的亲爱的，我原以为你会很高兴的。你从来不出门做客，这可是一个机会，并且是一个千载难逢的机会！我好不容易才弄到这张请帖。大家都想要，很难得到，一般是不大肯给小职员的。在那儿你可以看见所有那些官方人士。"

她眼中冒着怒火瞪着他，最后不耐烦地说：

"你叫我穿什么到那儿去呢？"

这个，他却从未想到；他于是吞吞吐吐地说：

"你上戏园穿的那件衣服呢？照我看，那件好像就很不错……"

他说不下去了，他看见妻子已经在哭了，他又是惊奇又是慌张。两大滴眼泪从他妻子的眼角慢慢地向嘴角流下来；他结结巴巴地问：

"你怎么啦？你怎么啦？"

她使了一个狠劲儿把苦痛压了下去，然后一面擦着被泪沾湿的两颊，一面用一种平静的语声说：

"什么事也没有。不过我既没有衣饰，当然不能去赴会。有哪位同事的太太能比我有更好的衣衫，你就把请帖送给他吧。"

他感到很窘，于是说道：

"玛蒂尔德，咱们来商量一下。一套过得去的衣服，一套在别的机会还可以穿的，十分简单的衣服得用多少钱？"

她想了几秒钟，心里盘算了一下钱数，同时也考虑到提出怎样一个数目才不致当场遭到这个俭朴的科员拒绝，也不致把他吓得叫出来。

她终于吞吞吐吐地说了：

"我也说不上到底要多少钱；不过有400法郎，大概也就可以办下来了。"

他脸色有点发白，因为他正巧积攒下这样一笔钱款打算买一支枪，夏天好和几个朋友一道打猎作乐，星期日到南泰尔平原去打云雀。

不过他还是这样说了：

"好吧。我就给你四百法郎。可是你得好好想法子做件漂漂亮亮的衣服。"

晚会的日子快到了，罗瓦赛尔太太却好像很伤心，很不安，很忧虑。她的衣服可是已经齐备了。有一天晚上她的丈夫问她：

"你怎么啦？三天以来你的脾气一直是这么古怪。"

"我心烦，我既没有首饰，也没有珠宝，身上任什么也戴不出来，实在是太寒碜了。我简直不想参加这次晚会了。"

他说：

"你可以戴几朵鲜花呀。在这个季节里，这是很漂亮的。花上10个法郎，你就可以有两三朵十分好看的玫瑰花。"

这个办法一点也没有把她说服。

"不行……在那些阔太太中间，显出一副穷酸相，再没有比这更丢脸的了。"

她的丈夫忽然喊了起来：

"你可真算是糊涂！为什么不去找你的朋友福雷斯蒂埃太太，跟她借几样首饰呢？拿你跟她的交情来说，是可以开口的。"

她高兴地叫了起来：

"这倒是真的。我竟一点儿也没想到。"

第二天她就到她朋友家里，把自己的苦恼讲给她听。

福雷斯蒂埃太太立刻走到她的带镜子的大立柜跟前，取出一个大首饰箱，拿过来打开之后，便对罗瓦赛尔太太说：

"挑吧！亲爱的。"

她首先看见的是几只手镯，再便是一串珍珠项链，一个威尼斯制的镶嵌珠宝的金十字架，做工极其精细。她戴了这些首饰对着镜子里左试右试，犹豫不定，舍不得摘下来还主人。她嘴里还老是问：

"你再没有别的了？"

"有啊。你自己找吧。我不知道你都喜欢什么。"

忽然她在一个黑缎子的盒里发现一串非常美丽的钻石项链；一种过分强烈的欲望使她的心都跳了。她拿它的时候手也直哆嗦。她把它戴在脖子上，衣服的外面，对着镜中的自己看得出了神。

然后她心里十分焦急，犹豫不决地问道：

"你可以把这个借给我吗？我只借这一样。"

"当然可以啊。"

她一把搂住了她朋友的脖子，亲热地吻了她一下，带着宝贝很快就跑了。

晚会的日子到了。罗瓦赛尔太太非常成功。她比所有的女人都美丽，又漂亮又妩媚，面上总带着微笑，快活得几乎发狂。所有的男子都盯着她，打听她的姓名，求人给介绍。部长办公室的人员全都要跟她合舞。部长也注意了她。

她已经陶醉在欢乐之中，什么也不想，只是兴奋地、发狂地跳舞。她的美丽战胜了一切，她的成功充满了光辉，所有这些人都对自己殷勤献媚、阿谀赞扬、垂涎欲滴，妇人心中认为最甜美的胜利已完完全全握在手中，她便在这一片幸福的云中舞着。

她在早晨四点钟才离开。她的丈夫从十二点起就在一间没有人的小客厅里睡着了。客厅里还躺着另外三位先生，他们的太太也正在尽情欢乐。

他怕她出门受寒，把带来的衣服披在她的肩上，那是平日穿的家常衣服，那一种寒碜气和漂亮的舞装是非常不相称的。她马上感觉到这一点，为了不叫旁边的那些裹在豪华皮衣里的太太们注意，她就急着想要跑出大门。

罗瓦赛尔还拉住她不让走：

"你等一等啊。到外面你要着凉的。我去叫一辆马车吧。"

不过她并不听他这套话，很快地走下了楼梯。等他们到了街上，那里并没有出租马车；他们于是就找起来，远远看见马车走过，他们就追着向车夫大声喊叫。

他们向塞纳河一直走下去，浑身哆嗦，非常失望。最后在河边找到了一辆夜里做生意的旧马车，这种马车在巴黎只有在天黑了以后才看得见，它们是那么寒碜，白天出来好像会害羞的。

这辆车一直把他们送到殉道者街，他们的家门口，他们凄凉地爬上楼回到自己家里。在她看来，一切已经结束。他呢，他想到的是十点钟就该到部里去办公。

她褪下了披在肩上的衣服，那是对着大镜子褪的，为的是再一次看看笼罩在光荣中的自己。但是她忽然大叫一声，原来脖子上的项链不见了。

她的丈夫这时衣裳已经脱了一半，便问道。

"你怎么啦？"

她已经吓得发了慌，转身对丈夫说：

"我……我……我把福雷斯蒂埃太太的项链丢了。"

他惊慌失措地站起来：

"什么！……怎么！……这不可能！"

他们于是在裙子的褶层里，大氅的褶层里，衣袋里到处都搜寻一遍，哪儿也找不到。

他问:

"你确实记得在离开舞会的时候,还戴着吗?"

"是啊,在部里的前厅里我还摸过它呢。"

"不过如果是在街上失落的话,掉下来的时候,我们总该听见响声啊。大概是掉在车里了。"

"对,这很可能。你记下车子的号头了吗?"

"没有。你呢,你也没有注意号头?"

"没有。"

他们你看我,我看你,十分狼狈地看着。最后罗瓦赛尔重新穿好了衣服,他说:

"我先把我们刚才步行的那一段路再去走一遍,看看是不是能够找着。"

说完他就走了。她呢,连上床去睡的气力都没有了,就这么穿着赴晚会的新装倒在一张椅子上,既不生火也不想什么。

七点钟丈夫回来了。他什么也没找到。

他随即又到警察厅和各报馆,请他们代为悬赏寻找,他又到出租小马车的各车行,总之凡是有一点希望的地方他都去了。

她呢,整天地等候着;面对这个可怕的灾难她一直处在又惊又怕的状态中。

罗瓦赛尔傍晚才回来,脸也消瘦了,发青了;什么结果也没有。他说:

"只好给你那朋友写封信,告诉她你把链子的搭扣弄断了,现在正找人修理。这样我们就可以有应付的时间。"

他说她写,把信写了出来。

过了一个星期,他们已是任何希望都没有了。

罗瓦赛尔一下子老了五岁,他说:

"只好想办法买一串赔她了。"

第二天,他们拿了装项链的盒子,按照盒里面印着的字号,到了那家珠宝店。珠宝商查了查账说:

"太太,这串项链不是在我这儿买的,只有盒子是在我这儿配的。"

他们于是一家一家地跑起珠宝店来,凭着记忆要找一串和那串一式无二的项链;两个人连愁带急眼看要病倒了。

在王宫附近一家店里他们找到了一串钻石的项链,看来跟他们寻找的完全一样。这件首饰原值四万法郎,但如果他们要的话,店里可以减价,三万六可以脱手。

他们要求店主三天之内先不要卖它。他们并且谈妥条件,如果在二月底以前找着了那个原物,这一串项链便以三万四千法郎作价由店主收回。

罗瓦赛尔手边有他父亲遗留给他的一万八千法郎。其余的便须借了。

他于是借起钱来,跟这个人借一千法郎,跟那个人借五百,这儿借五个路易,①那儿借三个。他签了不少借约,应承了不少足以败家的条件,而且和高利贷者以及种种放债图利的人打交道。他葬送了他整个下半辈子的生活,不管能否偿还,他就冒险乱签借据。他既害怕未来的忧患,又怕即将压在身上的极端贫困,也怕各种物质缺乏和各种精神痛苦的远景;他就这样满心怀着恐惧,把三万六千法郎放到那个商人的柜台上,取来了那串新的项链。

等罗瓦赛尔太太把首饰给福雷斯蒂埃太太送回去时,这位太太神气很不痛快地对她说:

"你应该早点儿还我呀,因为我也许要戴呢。"

她并没有打开盒子来看,她的朋友担心害怕的就是她当面打开。因为如果她发现了调包,她会怎么想呢?会怎么说呢?难道不会把她当作窃盗吗?

罗瓦赛尔太太尝到了穷人的那种可怕生活。好在她早已一下子英勇地拿定了主意。这笔骇人听闻的债务是必须清偿的。因此,她一定要把它还清。他们辞退了女仆,搬了家,租了一间紧挨屋顶的顶楼。

家庭里的笨重活,厨房里的腻人的工作,她都尝到了个中的滋味,碗碟锅盆都得自己洗刷,在油腻的盆上和锅子底儿上她磨坏了她那玫瑰色的手指甲。脏衣服、衬衫、抹布也都得自己洗了晾在一根绳上。每天早上她必须把垃圾搬到街上,并且把水提到楼上,每上一层楼都要停一停喘喘气。她穿得和一个平常老百姓的女人一样,手里挎着篮子上水果店,上杂货店,上猪肉店,对价钱是百般争论,一个铜子一个铜子地保护她那一点可怜的钱,这就难免挨骂。

每月都要还几笔债,有一些则要续期,延长偿还的期限。

丈夫傍晚的时候替一个商人去誊写账目;夜里常常替别人抄写,抄一页挣五个铜子。

这样的生活过了十年。

十年之后,他们把债务全部还清,的确是全部还清了,不但高利贷的利息,就是利滚利的利息也还清了。

罗瓦赛尔太太现在看上去是老了。她变成了穷苦家庭里的敢作敢当的妇人,又坚强,又粗暴。头发从不梳光,裙子歪系着,两手通红,高嗓门说话,大盆水

---

① 一个路易值二十法郎。

洗地板。不过有几次当她丈夫还在办公室办公的时候,她一坐到窗前,总还不免想起当年那一次晚会,在那次舞会上她曾经是多么美丽,那么受人欢迎。

如果她没有丢失那串项链,今天又该是什么样子?谁知道?谁知道?生活多么古怪!多么变化莫测!只需微不足道的一点小事就能把你断送或者把你拯救出来!

且说有一个星期天,她上大街去散步,劳累了一个星期,她要消遣一下。正在此时,她忽然看见一个妇人带着孩子在散步。这个妇人原来就是福雷斯蒂埃太太,还是那么年轻,那么美丽,那么动人。

罗瓦赛尔太太感到非常激动。去跟她说话吗?当然要去。既然债务都已经还清了,她可以把一切都告诉她。为什么不可以呢?

她于是走了过去。

"您好,让娜。"

对方一点也认不出她来了,被这个民间女人这样亲密地一叫觉得很诧异,便吞吞吐吐地说:

"可是……太太!……我不知道……您大概认错人了吧。"

"没有,我是玛蒂尔德·罗瓦赛尔。"

她的朋友喊了起来:

"哎哟!……是我的可怜的玛蒂尔德吗?你可变了样儿啦!……"

"是的,自从那一次跟你见面之后,我过的日子可艰难啦,不知遇见了多少危急穷困……而这一切都是因为你!……"

"因为我……那是怎么回事啊?"

"你还记得你借给我赴部里晚会去的那串钻石项链吧。"

"是啊。那又怎样呢?"

"那又怎样!我把它丢了。"

"那怎么会呢!你不是给我送回来了吗?"

"我给你送回的是跟原物一式无二的另外一串。这笔钱我们整整还了十年,你知道,对我们说来这可不是容易的事,我们是任什么也没有的……现在总算还完了,我太高兴了。"

福雷斯蒂埃太太站住不走了。

"你刚才说,你曾买了一串钻石项链赔我那一串吗?"

"是的。你没有发觉这一点吧,是不是?两串原是完全一样的。"

说完她脸上显出了微笑,因为她感到一种足以自豪的、天真的快乐。

福雷斯蒂埃太太非常激动，抓住了她的两只手：

"哎哟！我的可怜的玛蒂尔德！我那串是假的呀。顶多也就值上500法郎！……"

保护人

若昂·马阑从来不曾梦见自己有一种这样好的运气！他本是外省一个执达吏的儿子，从前也像许多其他的人一样到了巴黎拉丁区学习法律。那时候，他在各种被他先先后后光顾的啤酒馆里，结交了好几个狂喝啤酒高谈政治的饶舌的大学生做朋友。他对他们赞叹不止，一心跟着他们从这一家咖啡馆跑到另一家，有时候他手里有点钱也给他们付账。

随后，他成了律师了，辩护过一些在他手里败诉的案件。谁知在某一天早上，他从报纸上知道往日同学中的一个新近当选了众议院议员。

他重新又是他的忠实走狗了，那就是专门跑腿，有事招之即来而且简直不拘形迹的朋友。但是由于议院里的政潮，这个众议员居然做了阁员，半年以后，若昂·马阑就做了平政院评事①。

开初，他有些得意忘形，他如同想使旁人一见就能猜到他的地位似的，专为显示自己的地位到街道上闲游。有时候，他到铺子里买点东西，到报亭子里买张报或者在街上叫一辆另雇的马车，即令谈到种种绝无意义的事情，他也想法子告诉铺子里商人或者卖报的，甚至与赶车的说：

"我本人是平政院评事……"

随后他自然而然地感到了一种迫不及待的需要，要去保护旁人；把保护旁人看做是他的威望的表现，是职业上的必要，是性情宽厚而力量雄大者的义务。无论遇着哪种情形，无论对于哪个，他总用一种无限的宽厚态度献出他的援助力。

在大街上遇见了面熟的人，他总喜笑颜开地走过去握手寒暄，接着并不等候旁人发言，他就高声说：

"您知道我现在做了平政院评事，我很愿意给您帮忙。倘若我对于您能够有点用处，请您不必客气，把事情交给我办。在我这种地位，手上是有点办法的。"

于是他就同着这样遇见的朋友走到咖啡馆里去讨笔墨纸张；他说道："只要

---

① 法国有一个名叫"Conseil'd Etat"的机构，它的任务是管理行政诉讼。

一张纸,堂倌,那是写一封介绍信用的。"

他就这样写了好些介绍信,每天十封二十封或五十封不等,并且都是在巴黎热闹街道上那些很有名的大咖啡馆里写的。法兰西共和国的官吏,从预审推事数到阁员,他都写过信了。并且他觉得自己幸运,很幸运。

有一天早上,他正从自己家里出来到平政院去,忽然遇着了雨。他颇想叫一辆出租马车,但是却没有叫,从街上冒雨走去。

那阵大雨愈下愈大了,淹没了街面,漫上了人行道。于是马阑先生不得不跑到一所住宅的大门下面去躲雨了。那地方已经躲着一个老教士,一个白头发老教士。在未做评事以前,马阑先生是很不欢喜教士的。自从有一个红袍主教曾经恭敬地请教他一件困难的事件以后,他现在竟尊重这种人了。那倾盆大雨下个不停,逼着这两个人一直走到那所住宅的看门人屋子里躲藏,去避免泥水溅到身上。马阑先生为了标榜自己,感到心痒难搔急于想说话,这时候他高声说道:

"天气真很恶劣,长老先生。"

那老教士欠一欠身子回答:

"唉!对呀,先生,对一个只预备到巴黎住几天的人来说,真讨厌。"

"哈!您可是从外省①来的?"

"对呀,先生,我只路过巴黎。"

"一个人在首都住几天却偏偏遇着下雨,确实是讨厌的。我们,在政界上服务的人,终年住在这儿,却没有想到这点。"

长老不再答话了。他瞧着那条雨势渐小的街道。忽然,他下了决心,如同撩起裙袍跨过水沟的妇女们似的,撩起了他的道袍。

马阑先生瞧着他要走,高声喊道:

"您快要打得全身透湿,长老先生,再等一会儿吧,雨就要停止的。"

那个犹豫不决的老翁停住脚步了,随后他说道:

"因为我很忙。我有一个要紧的约会。"

马阑先生仿佛很不乐意似的。

"但是您一定会把全身打得透湿。我能够请教您到哪一区去吗?"

神父露出了迟疑的样子,随后才说:

"我到旧王宫附近去。"

"既然这样,长老先生,倘若您答应,我可以请您来和我共用这柄伞。我呢,

---

① 巴黎市以外的城市,法国人都称之为外省。

我到平政院去。我是平政院评事。"

老教士抬起头来瞧着他，随后高声说：

"真的谢谢您，先生，我很愿意。"

于是马阑先生挽着他的胳膊，搀着他同走了。他引导他，防护他，劝告他：

"当心这个水沟吧，长老先生。尤其要格外注意马车的轮子；有时那东西溅得您从头到脚都是泥浆。路上的伞也要留意。对于眼睛，世上再没有比伞骨子更要危险的了。尤其那些女人真叫人受不住；她们一点也不留心，不管是雨天或是晴天，永远把她们伞骨子从您对面撞过来。尤其她们从不对谁偏一偏自己的身子。简直可以说市区是属于她们的。她们统辖着街面和人行道。从我个人的意见看起来，我觉得她们的教育在以前是没有被人注意的。"

后来马阑先生开始笑起来。

教士没有回答。他走着，身躯向前略俯，仔细挑选那些能下脚的地方，使他的道袍和鞋子都不会沾上一点泥浆。

马阑先生接着又说：

"您到巴黎来一定是散散心的。"

老翁回答：

"不是，我有一件正经事情。"

"哦！可是一件重要的？我能不能请教您是什么问题？倘若我能够有益于您，我愿意听候您的吩咐。"

教士仿佛有些狼狈了。他吞吞吐吐地说：

"唉！是一件私事。一件和……和我的主教发生的小麻烦。那是不会使您产生兴趣的。是一件……一件有关宗教行政的……的……内部秩序的事情。"

马阑先生可发急了：

"不过，那些事正是归平政院管。既然如此，请您吩咐我吧。"

"是的，先生，我也是到平政院去的。您真好。我要去会勒来贝尔先生和沙奉先生，并且也许还要会白底巴先生。"

马阑先生突然停住了脚步。

"那简直都是我的朋友，长老先生，我的几个挚友，几个最好的同事，几个很可爱的人。我这就写信给这三位，把您介绍介绍，并且，热烈地介绍。算在我身上吧。"

教士向他道了谢，歉疚不安似的用吞吞吐吐的样子，说了无数感恩的话。

马阑先生快乐得发痴了：

"唉！您不妨夸口说是遇着一种绝好的运气，长老先生。您就会看见，因为有了我的介绍，您就会看见您的事情像是踏在轮盘上面似的转得很顺利了。"

他们到了平政院。马阑先生引了教士上楼走到自己的办公室里，端了一张椅子，请他坐在火炉前面，随后自己才到桌子跟前坐下，并且提笔写起来：

"亲爱的同事，请足下许我以最恳挚的意思，向足下介绍一位最尊贵最能干的教士，长老……"

他停笔不写了，问道：

"尊姓呢？请教。"

"山杜尔。"

马阑先生继续写道：

"长老山杜尔先生，此君有小事须待面陈，以便领受高明指点。"

"我幸得此便，向足下……"

末后他加上几句通用的客气话作了结束。

他这样写完了三封信，一齐交给这个受他保护的人，教士在说了无数感激的话以后就走了。

马阑先生办完了他的公事，回到了家里安宁地度过了白天的光阴，夜晚平静地睡了觉，第二天愉快地起了床，教人拿报纸来看。

他打开来的第一份是一种激进派的日报，他读着：

我们的宗教师和我们的官吏

宗教师的为非作歹的行动，我们说也说不完。某处有一个姓山杜尔的教士，曾经承认自己有过背叛现在政府的阴谋，且因为犯过种种不值得由我们来指出的不名誉事实曾经被人告发，此外还有人怀疑他是个由旧日的耶稣会教士[①]变形的普通教士，某主教更因为他有种种被人认为不便明言的动机免了他的职，召他到巴黎来检查他的人品，岂知山杜尔找到了一个姓马阑的平政院评事做他的热心辩护者，这辩护者敢于为这个身着道袍的坏人，写了好些极有力量的介绍信，给共和国的一些官吏，他的同事们。

---

① 耶稣会在崇奉天主教国家，也是被认为是身披道袍的政治阴谋团体，故不为所在国的政府所欢迎。他们于一七六四年在法国被政府驱逐出境后，至一八六五年重入法境，至一八八〇年复被驱逐，政府不许其在境内设立会所，一九〇一年法国国会通过此项命令，制定为法律。

我们现在特地指出这个评事的不堪容忍的作风，深望内阁注意……。

马阑先生一下跳起来，连忙穿好衣裳，跑到他的同事白底巴先生家里，白底巴向他说：

"唉！您把那个老鬼介绍给我，真是发痴了。"

于是马阑先生慌张起来了，结巴着说：

"不是的……请您想想吧……我上当了……那家伙的神气很像正派人……他骗了我……他卑劣地骗了我。我央求您，请您从严，格外从严惩办他。我就要写信。譬如要惩办他，应当写信给谁，请您告诉我吧。我要去找总检察长和巴黎的总主教，对呀，总主教……"

于是匆匆地坐到白底巴先生的书桌跟前，他写道：

"总主教阁下：敬启者，我新近为一个姓山杜尔的教士之阴谋及其谎语所欺，致受其害，特此奉闻……"

随后，他在签了名和封了信的时候，回头瞧着他的同事高声说道：

"您可看见，好朋友，这回的事对于您应当是一个教训，请您再也不要替任何人作介绍吧。"

雨 伞

——写给迦宓意·吴迪诺

倭雷依太太是个节俭的妇人。她是知道一个铜子儿的价值的，并且为了累积零钱她有着一肚子的严格原则。她的女佣人从那些经手采买的食品上面刮点儿油水无疑地要费些力气；她丈夫倭雷依先生也要费尽极端的困难，才能在皮夹子里留点儿零花钱。然而他们家境却是很宽裕的，并且没有儿女。不过倭雷依太太看见那些白的小银圆一个一个从她家里走出去就感受一种真切的痛苦，那简直是她心上的一条伤口，所以每逢她应该花一笔略为可观的钱，即令是断不可少的，她总有一两夜睡不安稳。

倭雷依不住地向他的妻子说道：

"你手应该放宽大一些，因为我们永远吃不完我们的进款。"

她答道：

"未来的意外，谁也不知道。多留一些总比少留好些。"

那是一个四十来岁的矮妇人，爱活动，爱清洁，面上略带皱纹，并且时常要生气。

她丈夫因为她使他忍受的种种节约时时觉得不平。其中的某一些特别使他感到痛苦，因为那都是伤了他的自尊心的。

他是陆军部的一个主任科员，一直待在部里不走开，而原因不过是服从他妻子的命令，借此增加家里那些用不完的年金收入。

然而两年以来，他永远提着那柄打满了补丁的雨伞使得同事们发笑。他终于被他们的轻嘴薄舌恼昏了，只得强迫他妻子替他买一柄新的。她替他买了一柄八个半金法郎的雨伞，那是某家大百货商店做广告的货品。部里同事们看见那是成千成万扔在巴黎市内无人过问的东西，因此又来重新另开玩笑，倭雷依先生只好忍着一肚皮闷气痛苦地熬着。那柄伞简直毫不经用，不到三个月就成了废物。在他的部里，大家都把这件事当成笑料。并且有人把这件事编成了一首歌，从早到晚，从那座大建筑物的楼上到楼下，大家都听见有人唱着。

倭雷依气极了，吩咐他妻子买一柄价值二十金法郎的薄绸子的新伞，并且要她带了发票回来做证明。

她却买了一柄十八个金法郎的，愤愤地红着面孔交给她的丈夫，一面说道：

"你有了这柄，至少要用五年。"

扬扬得意的倭雷依在办公室里真正挽回了面子。

到了他夜间回家的时候，他妻子用一种放心不下的眼光瞧着雨伞向他说道：

"你不应该把橡皮圈箍在上面，那是要勒断丝巾的。这应该由你自己留心照顾，因为我不能够不到几天再买一柄新的给你。"

她拿着新伞把橡皮圈捋开，把伞衣摇散。但是她又吃惊了。在伞衣上发现了一个鹅眼大小的圆洞，那是一个被雪茄烟烧出来的焦痕！

她喃喃地念道：

"那上头是什么？"

她丈夫没有回过头来安然答道：

"谁呀，什么东西？你说什么？"

现在，怒气塞住了她的嗓子，她简直说不出话了：

"你……你……你烧焦了……你的……你的雨伞。你……你……你真发痴了！你想把大家弄得倾家荡产！"

他自己觉得面色发青了，转过身子向她问：

"你说什么？"

"我说你烧焦了你的雨伞，瞧吧！"

她如同要和他打架一般扑到他跟前，激动地把那个圆圆的小小焦痕放在他的鼻子下面。

瞧见那个焦痕，他不免呆住了，吞吞吐吐说道：

"这……这……这是什么？我不知道！我什么也没有做，我向你发誓。我不知道这柄雨伞是怎么搞的一回事！"

她现在嚷起来了：

"我猜着你在部里，一定拿着这柄伞玩耍，你做了变戏法的，你打开了给他们看。"

他答道：

"我只撑开了一回，教他们看看这柄伞真漂亮。就是这样。我向你发誓。"

但是她气得跳起来了，向他狠狠地大闹了一场，使那些爱和平的男子觉得家庭比弹丸如雨的战场还可怕一些。

她量了大小，在旧雨伞上割了一块颜色不同的旧绸子补上去；第二天倭雷依委屈地拿着这件经过修理的雨具出门了。到了部里，他就把它搁在柜子里，心里把它当做可怕的回忆一样不大惦记它了。

但是，他在傍晚时候回到家里，他的妻子便双手接住雨伞撑开来看，她发现伞已损坏得不可收拾，气得嗓子都噎住了。雨伞上穿了无数的小孔，那明明是烧成的，仿佛有人把烟斗里没有熄灭的灰倒在上面一样。东西是断送了，断送到不可救药的地步。

她一言不发地检查着，真气得一个字也吐不出。他也一样，他检查着损坏的情况，他发愣了，吓糊涂了，狼狈不堪了。

两人互相瞧着，他只好低着眼睛，随后，她把那件破玩意掷到他的脸上，她的嗓子从愤不可遏之中恢复过来，她高声喊道：

"哈！短命鬼！短命鬼！你特意这样做！真得让你看看我的厉害！你将来再也得不着这东西……"

于是一出闹剧重新开幕了。暴风雨似的演了一个钟头以后，他终于能够解释了。他发誓说他一点也不知道，说这件事只能是由于恶意或者报复而来。

门上的铃一响可把他救出来了。原来那是一个到他们家里吃夜饭的朋友。

倭雷依太太把情况告诉了那个朋友。至于再买新伞，那算是拉倒了，她的丈夫再也不会有好伞用。

那个朋友对她讲道理：

"那么，太太，他的衣裳岂不断送了，衣裳当然比雨伞更值钱。"

那个矮小妇人依然是气愤愤的，她说道：

"那么他只准用厨房里用的雨伞，我没有新绸伞给他。"

听见这种意思，倭雷依生气了，他说：

"那么我就辞职！我是绝不肯拿着厨子的雨伞到部里去的。"

那位朋友接着说：

"拿这个去换一块伞面吧，那并不很贵。"

倭雷依太太依然是愤愤不平的。她喃喃地说：

"至少也要八个金法郎才能换面子。八个加从前十八个，一共是二十六个！花二十六个金法郎买一柄雨伞，真是发痴！是胡闹。"

那位朋友是一个可怜的小资产阶级，忽然得着一种灵感，他说道：

"教您的保险公司赔偿吧①。只要这损害是在您家里发生的，公司应当赔偿烧了的东西。"

听到这种主意，矮小妇人的怒气完全平息了，她思索了一分钟，就向丈夫说道：

"明天，你在到部以前，先到慈爱保险公司教他们验明这柄雨伞的情况，再要求赔偿。"

倭雷依跳起来说道：

"算什么话，我这一辈子也不敢去！那十八个金法郎是丢定了的。没有什么可说。我们不会因为这就送了命的。"

第二天，他携着手杖出门了。幸而天气晴朗。

倭雷依太太独自坐在家里，对于十八个金法郎的损失依然无法自慰。她把雨伞搁在饭厅的桌上，自己从四面瞧了一周，却得不到一个解决的方法。

保险赔偿的念头时时刻刻回到她的心上来，不过，保险公司那些接待顾客的先生们的嘲笑意味的眼色，也是她不愿意去领受的，因为她一到社会上总感到畏怯，所以在必须和陌生人谈话的时候，她一出场就弄得手足无措，她脸上可以毫无来由地红起来。

---

① 他们通常习惯给家用器具保了火险。

然而这十八个金法郎的损失使她肉痛得像是被人割了一刀。她不想再去转念头了,不过这损失却始终沉痛地捶着她,怎样办呢?光阴一小时一小时地过去了,她简直打不定主意。随后忽然如同懦夫变成了勇士似的,她得着她的解决方法了。

"我一定去,去了再说!"

不过应当在雨伞上花点工夫,使它所遭的灾害更为严重一点,那么她所提的主张才容易得到支持。于是她从壁炉台子上取了一根火柴,在伞骨之间把伞面烧去手掌大小那么几块;然后仔仔细细地把剩下的绸伞面卷起再用橡皮圈箍住,自己披上围巾,戴上帽子,迈开快步走下楼来,向着保险公司所在的黎伏力街走。

不过她越是走得和公司相近,她的脚步越发慢下来。自己怎样去说?旁人怎样来回答她?

她在黎伏力街注意房屋门牌的号数了,和她相距还有二十八家。很好呀!她可以思索。她越走越慢了,突然发起抖来。原来她走到公司门前了,门上金晃晃的几个字标着:"慈爱火险有限公司。"已经走到了,好快!她停了一会儿,又发愁又惭愧,走过去,又走回来,随后又走过去,走回来。

她终于暗自默想:

"然而我应该进去。早到一点总比迟到一点好些。"

不过走进那栋房子里的时候,她发现自己的心正跳着。

她走到了一个宽大的厅子里了,厅子的周围有许多窗口,每个窗口里面只看见有一个人露着脑袋,身材以及其他部分都被一道格子墙遮住了。

一位先生手里拿着许多纸片在厅子里经过。她停住脚步向他羞怯怯地低声问道:

"对不起,先生,哪儿是顾客要求赔偿烧毁了物件的地方,您能够告诉我吗?"

他大声回答:

"在二楼靠左首,损失科。"

损失这二字,更使她害羞了,她很想逃走,预备什么话也不说,甘愿牺牲那十八个金法郎。但是想到这个数目,她心上的勇气又上来了一点,她上楼了,一面喘着气,走一步停一下。

在二楼上,她瞧见了一扇门,她叩门了。里面有人清朗地喊着:

"请进来。"

她进去了,看见那间大的屋子中间,有三位气概庄严身挂勋表的先生站着说话。

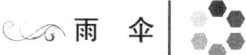

其中有一位向她问：

"您有什么要求，太太？"

她找不着她的字眼了，吞吞吐吐地说道：

"我来……我来……为的是……一件火灾的损失。"

那位先生恭恭敬敬指着一个位子请她坐下一面说道：

"请您费心坐一会儿，我立刻和您谈话。"

他依然转身向着那位先生继续谈话了，他说：

"先生们，超出四十万金法郎以上的数目，本公司自信对于二位是不受约束的。我们不能承认您二位这种追还原数的要求，使我们格外多付十万。并且估价……"

那二人中间有一个把他止住说道：

"这就够了，先生，法院将来会作决定。我们此时只有告辞吧。"

于是他们恭恭敬敬行了几次礼便都出去了。

唉，倘若她敢于和他们一同出去，她便会那么做了，什么都放弃就此跑了！但是她能够那么做吗？那位先生走近前来鞠躬问道：

"贵干是什么，太太？"

她困难地支支吾吾说道：

"我来是为了……为了这个。"

那位经理用一种天真的诧异神态，低头望着她举给他看的那件东西。

她用一只发抖的手试着捋开橡皮圈。费了好些劲儿才达到了目的，于是连忙撑开了那副只剩下残破面子的雨伞残骸。

经理恻然说道：

"我觉得这东西损坏得不轻。"

她迟疑地高声说道：

"这东西送掉我二十个金法郎。"

他吃惊了，说道：

"真的！要这么多？"

"是的，这东西以前是很好的。现在我想请您检查它的情况。"

"很清楚，我看得到。很清楚。但是我不知道这东西和我有什么关系。"

她不放心了，以为这公司不肯赔偿这种小东西，于是说道：

"但是……这柄伞被火烧了……"

经理并不否认：

"我看得很清楚。"

她张着嘴发呆，不知道如何说下去，随后，忽然明白自己忘了把来意说清楚，于是连忙说道：

"我是倭雷依太太，我们在慈爱公司保了火险，现在我是为了要求赔偿损失来的。"

她害怕旁人干脆地拒绝她，又连忙添上一句：

"我只要求您为我补上一个新伞面。"

这可把经理窘了，说道：

"但是……太太，我们不是卖雨伞的商人。我们不能亲自担负这类的修理事情。"

这个矮小的妇人觉得自己的事有着落了。自然应该奋斗。她可以奋斗了！她没有恐惧心了。她说道：

"我只要求修理的费用。我自己能够去办。"

经理先生好像有点糊涂了，说道：

"真的，太太，这真不算多。不过旁人从来不向我们要求赔偿这样轻微的灾害损失。我们现在断不能够照付，请您想想吧，譬如手帕、手套、扫帚、破鞋子，一切小的东西，那都是每日逃不了火灾的损失的。"

她面红了，觉得满身都是怒气了，说道：

"先生，不过去年十二月，因为烟囱走火，我们至少损失五百金法郎，倭雷依先生一点儿没有要求赔偿，今天公司赔偿我的雨伞是应该的。"

经理猜到她是说谎，就带着微笑说道：

"你可以老实说哟，太太，倭雷依先生对于五百金法郎的损失一点儿也不要求赔偿，现在为了修理雨伞的五六个法郎，倒反来要求，这是很奇怪的事。"

她一点也不惊慌地答道：

"请您见谅，先生，五百金法郎的损失，是属于倭雷依先生的钱袋里的，至于这十八个的损失，是属于倭雷依太太名下的。这不是一码事。"

经理看见他既然推不开这个妇人，并且徒然耗去时间，于是用退让的神情问道：

"请您把怎样成灾的情形说给我听。"

她觉得胜利在望，便开始叙述起来：

"请听吧,先生,我有一只搁雨伞和手棍的铜架子放在大门旁边。某天我回家的时候就把这柄伞搁在架子里。我应该告诉您,架子上部有一块板子是做安置蜡烛火柴用的①。我伸手取了三四根火柴。拿一根一划,谁知它断了;我再划第二根,立刻燃了,却又立刻灭了。再划第三根,谁知也是一样。"

她说到这里,经理用一句俏皮话打断了她的叙述:

"那果真都是政府制造的火柴②吗?"

她不懂这个意思,依然继续叙述:

"那是很可能的。我每次都是划到了第四根才划出火去点燃蜡烛,随后我进房预备睡觉。但是刻把钟以后,我觉得有点烧焦了东西的味儿。我素来是害怕火烛的。唉!倘若我们偶然出了一个乱子,那不可能是我的过错!尤其自从遇见我刚才告诉您的那次烟囱走火以后,一直没有见过它。所以我立时起床走到外面去找,我像猎犬一样向四处嗅着,终于看见这雨伞烧着了。那大约是因为掉了一根火柴进去的缘故。现在你看见它被火烧成什么样子了……"

经理已经打定了主意,问道:

"这种损失,你估计要多少钱?"

她不敢确定数目,待着没有说话。后来她装着大度地说道:

"请您教人修理吧。我再到您手中来取。"

他拒绝了:

"不成,太太,我不能照办。您要求多少,请您告诉我吧。"

"但是……我觉得……这样吧,先生,我不能赚您的钱,我们去试一下。我把这雨伞拿到一家伞铺子里,教他们配一个又好又结实的绸伞面,以后再拿发票向您取款。这可成?"

"很好,太太,就这么说妥了。我写一张通知出纳科付款的条子给您,那里有人偿还您的费用。"

于是他写了一张单子交给倭雷依太太,她伸手接了它,道了谢,害怕经理变卦就匆匆走出来了。

她现在欢欢喜喜地在街上走着去寻一家气质与众不同的雨伞店。等到寻得了

---

① 欧洲人在没有电灯的房子里,总把蜡烛和火柴搁在进门最顺手的地方,预备夜间回来的时候随手取用。

② 法国的火柴在原则上是由政府制造专卖的,它的品质不佳,其不由政府制造的,则于盒子上粘一张值百抽五十的专卖印花税票。

一家华美的铺子,她就走进去用一种安安稳稳的声音说道:

"这是一柄要换绸面的雨伞,要顶好的伞面。请您拿最好的装上去。我绝不在乎价钱。"

遗 产

——写给迦都勒·孟代斯

一

时间虽然还不到十点,那些从巴黎各区的角落里匆匆而来的部员们,竟像一阵波浪似的涌进了法国海军部的大门,因为元旦已经很近了,那正是部员们卖力和晋级的日子。一阵匆忙的脚步声充塞了那座又高又大的建筑物,其中路径弯曲得像一座迷宫,满是摸不清方向的过道,各科各司办公室的门都开在过道里的两侧,多得数也数不清。

每一个部员都钻到他的办公室里了。和那些先到的同事们握过了手,脱下了身上的圆襟小礼服再穿上办公的旧衣裳,然后坐在自己那张桌子跟前,望着那些堆在桌上等他处理的文件。随后,人都走到附近的办公室去探听新闻。首先探听的是科长是否到科,他的脸色是否高兴,当天的到文是否很多。

通用物资调配科的收文科员西扎尔·迦诗阑先生,他原是海军陆战队的一个退伍上士,由于年资长久,现在做了主任科员。那一天早晨,他在一本大簿子上面登记他刚刚从秘书厅派来的送文员手里接到的一切文件。他对面坐的是发文员肥皂老爹,一个由于夫妇间的不幸事件弄得部里人人皆知的老糊涂虫,他正用迟钝的手录着科长的一封电报,侧着身子,斜着眼睛,用一种小心谨慎的抄写员的死板姿势专心办事。

迦诗阑先生是个胖子,一头短短的白头发如同板刷似的竖在脑壳上边,他一面办着日常公事一面说话:"三十二封由土伦打过来的电报,差不多和其他四个军港给我们的总数一样多。"随后他向肥皂老爹提出了那个每天早上必然重提的问候:"喂,肥皂老爹,尊夫人可好?"

那老头子并不停止他的工作,回答道:"您很明白,迦诗阑先生,那件事真教我很难受。"

收文员听到了这句从不变更的话便笑了起来,他每天早上都要这样笑一阵子。

办公室的门开了,马慈先生进来了。那是一个棕色头发的健美的青年人,穿着异常考究,自以为仪表和态度比他的地位高些,觉得自己是降了格的。他戴着一个大戒指,一条粗的表链和单片眼镜,那东西是装时髦的,因为他做事的时候总除下它,为了使得袖头上的那些宝光灿烂的大纽扣能够好好地显出来,他很喜欢指手画脚。

他一到门口就问:"今天的公事多吗?"迦诗阑先生回答:"横竖全是从土伦来的。显见得元旦快到了;他们都卖力了,那边。"

但是另外一个科员,滑稽而很聪明的毕多雷先生,也进来了,他笑着问:"我们这样,还不算卖力吗?"

随后他取出表来一看,就高声说:"十点差七分,而大众都到齐了!小马慈!您说怎样,这件事?并且我还可以和您打赌:那位可敬的勒萨白勒先生,已经在九点钟和我们的大名鼎鼎的科长同时来到了部里。"

收文员停止他的登记工作了,拿起那支笔夹在自己的耳朵后头,把胳膊肘撑在桌上:"哼!这一个,好说,他要是出不了头,断不是因为他不卖力!"

于是毕多雷先生坐在桌子的角上摇着腿一面回答:"但是他将来一定会出头,迦诗阑老爷,他将来一定会出头,请您放心。我拿二十个金法郎和您打赌,倘若他要到十年之后才做科长,算是我输给您,不然,您只要赔我一个铜子儿,您可愿意?"

马慈先生背对着炉子去烘着两条腿取暖,手里卷着一支纸烟一面说:"够了!若是我,与其像他那样终日卖命,还不如一辈子只赚两千四百金法郎一年……"

毕多雷旋动脚跟把身体转过来,接着用一种轻蔑的态度说:"话虽这么说,好朋友,在今天十二月二十日,您还是不到十点钟就来到这儿了。"

但是那一个却用一种冷淡的神情耸着肩膀:"自然!我也不愿意大众从我背后跳过去!既然您各位到这里来看天明,我虽然可怜各位性急,自己却也照着一样做。不过比起勒萨白勒喊科长做'恩师',每天要到六点半钟才出部并且带着公事到家里去办,却差得远了。并且我个人,是在上流社会交际场里出入的,我有好些旁的义务占住我的时间。"

迦诗阑先生已经停止了登记工作,他呆呆地瞪起眼睛望着前面出神。末了他问:"您可相信他今年又能够晋级?"

毕多雷说:"我相信他一定晋级,并且十有八九可靠。他那样乖巧不会没有好处的。"

于是他们谈论到晋级和给奖那两件说不完的问题,一个月来,这些问题使这个被官僚们占住的蜂窝,从平地到屋顶都像发了疯似的。

他们计算种种机会,揣测种种数目,衡量种种头衔,指斥种种预先看得见的不公平。他们没完没了地又提起昨天的争论,而且到明天,这些争论必然毫不变化地又被人用种种同样的理由论据和语句提出来。

一个新的科员进来了,身材矮小,面色灰白,仿佛像一个病夫,那是博瓦塞尔先生,他的生活简直像是在大仲马一部小说里过的①。什么事在他看来都会变成非常意外的冒险,每天早上,他总把他的头一天晚上遇见的古怪事情,告诉他的伙计毕多雷。譬如在他家里揣测出来的骇人事故,在半夜里三点多钟,他那条街上有人惨叫一声,于是他打开窗子去看。每天,他总劝开打架的人,抓住狂奔的马,救出遇险的女人,并且他虽然体力很坏,却用一种迟缓而自信的语调,不住地叙述许多由他个人腕力所完成的功绩。

一经明白他们正议论到勒萨白勒先生,他就高声说:"几天以后,我要找这个浑小子算账;并且,倘若他要是从我背后跳到前面,我就要揍他一下,让他死了这份心!"

马慈本来始终吸着烟,这时候冷笑道:"你可以从今天起就揍他,因为我从可靠的消息知道,今年因为要把位子留给勒萨白勒,所以大名已经搁在一旁了。"

博瓦塞尔举起手来:"我向您发誓,倘若……"

这时候,那张门忽然又打开了,一个矮小身材的青年用一种忙碌的样子活泼泼地进来了——这少年蓄着一簇海军官长式的或者律师式的长髯,戴着一条很高的硬领,露出一种匆匆说话的神情,如同他永没有时间结束他的议论似的。他用不能浪费时间的忙人的姿势和大众握了手,于是走到收文员身边:"亲爱的迦诗阑,您可愿意拿沙白鲁在一八七五年为土伦军港采办船缆的卷宗给我?"

迦诗阑站起来,揭开一只放在他身边的架子顶上的纸盒子,从中取出一包捆在一只蓝的卷夹子里面的文卷交给他:"在这里,勒萨白勒先生,您可知道科长昨天在这个卷宗里面取去了三封电报吗?"

"知道。那些东西都在我手边,谢谢。"

---

① 大仲马(A·Dumaspre)是十九世纪法国浪漫主义大文学家,他的小说都以描写种种冒险生活著名。

这青年匆匆地走出去了。

他刚好一到门外，马慈就大声说："哼！好大的气派！简直像是已经当上科长了。"

毕多雷接着说："等着吧！等着吧！他将来做科长，比我们哪一个都要早些。"

迦诗阑先生没有接着再写什么了。好像有一件心事缠着他。这时候，他又问："他会有一个好的前程吧？那孩子！"

于是马慈用一种轻蔑的语气低声说："若是以那些拿部里的事当作一种职业的人而论，他还不错。若是以另外的人而论，那就算不了什么……"

毕多雷岔着说："您大概预备做大使吧？"

马慈表示了一个不耐烦的动作："这问题谈不到我，我真不爱管这一套！我不过说科长的位分，在世界上并不算什么大事。"

肥皂老爹，那位发文员，始终没有停止他的抄录工作。不过不到一会儿，他接连把笔头一下一下在墨水瓶里蘸墨水，随后他生气地在那块浸在小玻璃盂里的海绵上擦着笔头，然而却写不成一个字母。那种黑颜色的液体只沿着笔头尖流下来，落在纸上成了一些圆的斑点。这个发糊涂而又发急的老翁，因为已经有多少天是这样的，只瞧着他那些应当动手再写的发文出神，末了他用一种低而凄凉的声音说："看吧，这又是掺了假的墨水……"

大家一阵哈哈大笑。迦诗阑笑得把肚子顶着桌子；马慈笑得弯了腰，如同要把身躯退到壁炉里去似的；毕多雷笑得跺脚，咳嗽，摇着右手，如同手上沾了水似的；博瓦塞尔虽然向来总把可笑的事当作可哀，这回也笑得不能呼吸了。

但是肥皂老爹终于用自己的衣襟里子拭了自己的笔头，回答说："这没有什么可笑。我现在非把我所有的工作，重做两三回不可。"

他从他的纸夹里取了另外一张纸出来套在格子纸上，动手按照头衔写着："部长同寅先生……"那笔头，却不再漏墨水，并且清清楚楚地写出每一个字母了。于是那老爹重新歪歪地坐好，继续他的抄录工作。

那些其余的人却没有停住笑声。他们的嗓子都咽住了。他们对于这老爹而施的这种不变的恶作剧，到现在已经快半年，而这老爹却什么也没有窥破，那就是在拭笔的湿海绵上面滴了几点油。笔尖一下蘸上了那种腻的液体，自然留不住蘸着的墨水，因此那位发文员竟一连几个小时地发急发糊涂，用了好些盒的笔头和好些瓶的墨水，而末了却高声肯定那些文具都完全是次品。

这样一来，恶作剧转到歪缠和胡闹的行动上面了。他们在老翁的烟丝里拌一点点火药，在老翁盛饮料的水瓶里滴一点儿药，他偶然喝一杯儿，他们就告诉他，使他相信自从有过巴黎公社，于是大部分的日用物品都被公社余党掺了假，目的是激起人民对政府的恶感再来引起一场革命。

因此他对于那些无政府党怀着一种异常的仇视，以为他们在四处埋伏，四处躲藏，以为有一个伏在幕后而骇人的隐名者正制造一种神秘的恐怖。

但是，过道里忽然响起一阵急促的铃声。

他们很清楚，那就是科长多史白夫先生生气揿铃的音调；于是他们都各自连忙走出这屋子的门，各归各的屋子里去了。

迦诗阑又动手登记了，随后他又重新搁下了笔，双手抱着脑袋思索起来。

他近来被一桩使他挂虑颇久的念头所折磨。他本是海军陆战队的上士，受伤三次——一次在非洲西部，两次在交趾，由此到了特别恩典才调部办公，以前，他长期在属员的职务上熬受过许多艰苦和枯涩的境遇；所以他把权威，长官的权威，看作世上最体面的东西。一个科长，在他仿佛是一个在最高级的世界里过活的特殊人物；至于那些时常被旁人称为"这是一个马上就升官的精明能干"的科员，他认为都是另外一个种族的人，一种和他有着不同根柢的人。

所以他对于他的同事勒萨白勒，竟有一种近乎崇拜的高深敬意，并且他蓄着秘密的期望，期望招他为婿。

他的女儿，某一天会变成有钱的，很有钱的人。那是全部皆知的事，因为他的阿姐迦诗阑小姐，手边管着百万金法郎的家私，整整的一百万，有活期又有定期，有人说那都是她从前用爱情赚来的，不过由于她到暮年皈依了宗教，那个数目就变成了清洁的。

这个曾经度过香艳生活的老小姐，早就带着五十万金法郎退出了情场，由于一种严刻的节俭和生活上的一些超乎淡泊的习惯，那个数目经过了十八年竟增加了一倍。多年来，她就住在她这个兄弟家里，他兄弟原是鳏居，只带着一个名叫珂拉荔的女儿过活；但是她一心居积钱财，对于家用只拿出一笔小小的数目，并且不住地向她兄弟说："这算不了什么，既然这是留给你的女儿的；不过你快给她找人家吧，因为我想看见侄外孙。拥抱一个出自我们血统的孩子是何等快乐，她将来是能够把那种快乐给我的。"

事情在海军部里早已被人知道；并且绝不缺少求婚的人。有人说是马慈，那个漂亮的马慈，本科的那只狮子，带着一种看得出的企图，在迦诗阑老爹身边周旋。但是这位退伍的上士却是一个富于阅历的老江湖，他所要的是一个有好前程的孩子，一个会做科长并会给他，给老年的上士西扎尔增光的孩子。勒萨白勒很合他的条件，并且他早就想找一个方法把他引到他家里来。

忽然他搓着手掌站起来。他已经有办法了。

他明白各人的弱点。认为若要利用勒萨白勒，只好由虚荣着手，由职业上的虚荣着手。他可以向他要求保护，如同旁人去要求一个国会议员似的，如同要求一个大人物似的。

五年以来，迦诗阑没有晋过级，现在自以为在本年一定很能够得到一次。所以他可以假装糊涂去要求勒萨白勒，然后就可以如同道谢一般邀他吃饭。

打定了主意之后，他立刻就动手实行。于是打开柜子，从里面取出那件出门穿的衣裳，换掉那件旧的，末了，拿着所有和他这位同事职务相关而也已登记过的文件，走到勒萨白勒一人独占的那间屋子里去，——因为肯卖力和职务重要两件理由，所以他能享受独用一间屋子的特别优待。

那青年人正在一张大桌子上，围着许多用红笔或者蓝笔标明号码的散乱纸片和打开的卷宗之间写字。

他一下看见了收文员进来以后，就用一种显出尊敬意味的亲切语调问：

"怎样，好朋友，您可是带给我不少的东西？"

"是的，不少，并且我还有话和您谈。"

"请坐，好朋友，我听您说。"

迦诗阑坐下，喉咙里像是发干，轻轻地不断地咳嗽着，装出不自在的神情，末了，才用一种不甚自在的声音说："我是为这件事来的，勒萨白勒先生。我决不会兜圈子。我如同一个老兵一般仍旧是爽直的。我来求您给我帮一个忙。"

"哪一件呢？"

"我爽利说。今年我很想得到晋级的待遇。然而却没有谁能保护我，于是我就想到了您。"

勒萨白勒的脸上略略红了一下，虽然吃惊，却也高兴，满腔的骄傲而带惭愧的神情。然而他毕竟回答道：

"不过我在这里算不了什么，好朋友。比起快要升做主任科员的您，我真差得多。我绝无能力，请您相信……"

迦诗阑用一种充满了敬意的匆促态度拦断了他的话："不用客气。我们的科长很听您的话，所以倘若您肯替我说一句话，我就晋级了。请您想想吧。我在十八个月之后,就有享受全俸退休的权利,倘若不在明年一月以前晋级,那么每年就要少得五百金法郎了。我知道有人会说:'迦诗阑并不困难,他的姐有一百万。'对呀,我的姐有一百万,不过她那一百万却是做本求利的,所以她不拿出来。那钱是给我女儿的,这句话也对;不过,我女儿和我,究竟是两个人。倘若我两手空空,一无所有,那么到了我的女儿和女婿闹起阔劲儿的时候,我一定差得很远了。您现在自然明白情形,可对?"

勒萨白勒点头表示已经明白:"对,您说得很对。令婿也许未必完全合您的意。一个人谁也不靠,就很自如了。总之,我答应极力替您做一下,我将来一定和科长去谈,给他说明情况,倘若必要的话,我预备坚持。您就放心吧!"

迦诗阑站起来,握着他同事的双手,用一种军人式的握手方法紧紧地握着摇了几下;末了他喃喃地说:"谢谢,谢谢,请您相信吧,倘若我偶然撞到机会……只要我能够……"他没有找到合适的词句来结束他的话便走开了,过道里发出他那种老兵式的拍子均匀的脚步声。

但是他老远就听见一阵生气的铃声响着,于是他开始跑起来,因为他是知道那阵铃声的。那正是科长多史白夫先生传唤他的收文员。

八天以后的某一个早晨,迦诗阑在他的办事桌上看见了一件封着口的信,其中说的是:

启者:兹幸有好消息相告:部长根据我们的司长和科长的呈请,已于昨天批准足下晋级为主任科员,此事明天即可见正式通知。目前,大概足下尚无所闻,然否?即颂近安。

勒萨白勒启

西扎尔立刻跑到他那个青年同事的办公室里,给他道谢和道歉,表示拥护他,把感恩知己的话说了又说。

第二天,果然大众都知道勒萨白勒先生和迦诗阑先生都晋了级。其余的人员却要等候另一个好时机,好在有个补偿办法,大家都能享受一笔由一百五十至三百金法郎不等的奖金。

博瓦塞尔先生竟声称要在某一天半夜里,躲到勒萨白勒住的那条街的拐角上等候他,去好好揍他一阵,使他爬不起来。其余的人员却都一言不发。

下一个星期一那一天,迦诗阑一到部就去找他的保护人,严肃地走进那间屋子，并且用一种有礼貌的语调说："我希望您愿意在新年前后，赏光到舍下吃年夜饭。日期由您挑选。"

那位略受惊讶的青年抬起头来，并且双眼盯着他的同事；随后他为着细揣对方的心思，所以并没有把视线移开多少，口里却回答道："但是，好朋友，因为……我晚上一向都和旁人有了约会。"

迦诗阑用一种好好先生的语调要求："请您想想吧，您既然给我们帮了忙，就请您不要拒绝我们让我们难过。我现用我自己的和我全家的名义央求您。"

优柔寡断的勒萨白勒依然迟疑着。他固然明白了这番意思，但是因为没有时间来考虑和权衡自己应当同意或者应当拒绝，所以竟不知道如何回答。末了，他暗自想起："我去吃饭的时候什么心愿也不许。"于是用满意的样子答应选定本星期六。并且带着微笑加上一句："这样我第二天不必早早起床。"

二

迦诗阑先生住在洛施刷尔街的高坡儿上，住宅是六楼上一层有露台的房屋，在那儿可以望得见巴黎全城。他有三间卧房：他自己，他的姐以及他的女儿，每人各住一间，另外有一间兼作客厅使用的饭厅。

在整整一个星期里，他为着预备这顿饭忙个不住。

为了安排好一顿丰富而又漂亮的饮食，菜单子商量了很久。终于这样做了决定：一道蛋花原汁肉汤，一道用咸虾和香肠镶的什锦冷盘，一道龙虾，一道烤肥子鸡，一道罐头青豆，一道鹅肝冻，一道生菜，一道冰激凌和一道饭后甜食。

鹅肝冻是在附近一家熏腊店里指明要上等材料买来的。那一小罐竟费了三个半金法郎。至于红葡萄酒，迦诗阑却是从本街拐角上那家在平时供给他止渴饮料和零沽酒店里买来的。他不愿意到一家大酒店里去，理由就是："小酒店很难有机会卖掉他们那些上等酒。因此他们把上等酒很久地放在酒窖里，结果他们的上等酒都成了顶陈的。"

星期六那一天，为了保证一切是不是已经都预备停当，他回家比较早些。他的女佣人给他开门了，她脸色比番茄还红一些，因为她恐怕大铁灶不能应时，一到日中就在灶里生了火，她的脸儿整整地烘了一个大半天；而且她因为慌张显得手忙脚乱。

他走到饭厅里去考查一切了。在那间小屋子中间，小圆桌映着绿色罩子的挂灯强光竟成了雪白的一大片。

四只盘子的上面，都放着一方由迦诗阑小姐——那位姑母——折成主教法冠式的饭巾，两旁都放着一些白色金属的刀叉，前面都放一大一小两只杯子。西扎尔觉得这东西的看相不够好，便喊了一声："沙尔罗特！"

左边的那张门打开了，出来了一个身材矮小的老妇人。她比她兄弟年长十岁，一副窄窄的脸包围在那些用纸卷卷好的白色鬓发中央。她的细微的声音就是和她的伛着的矮细身材相比，也仿佛是过于弱小，她拖着脚步无精打采地走着。

在她青年时代，旁人谈起她总说是："何等娇小玲珑的尤特！"

现在她是一个瘦弱的老妇人，由于往日的习惯，依然清洁好动，性情固执，并且窄狭多疑，易于生气。皈依了宗教以后，她仿佛久已完全地忘掉了过去生活里的那些艳史。

她问："你要什么？"

他说："我觉得两种酒杯没有多大神气。倘若用一瓶香槟酒……这为我不过多花三四个金法郎，但马上就可以拿些长颈杯子①摆在桌上，于是这个厅子看上去就完全不同了。"

迦诗阑小姐接着说："我看不出这笔花费的好处。然而花钱的是你，这和我不相干。"

他迟疑起来，设法说服自己："我保你那一定更好一些。并且那东西对于新年蛋糕②，一定更能够增加光彩。"有了这个理由，他就打定主意了。他拿着自己的帽子，走下楼去，五分钟以后，抱着一瓶酒回来了，酒瓶的肚子上面，贴着一张画着许多大型勋徽的白纸宽招牌，招牌上面的字是："莎兑尔雷伯爵的葡萄园③特制上好堆花香槟酒。"

迦诗阑高声说："这只花我三个金法郎，我觉得它是妙品。"

于是他亲自从一张大柜里取出了一些长颈酒杯，放在各个座位的前面。

右边的那扇门开了。他的女儿进来了。她是高高的，丰腴的，一个绀发蓝眼而身体健硕的美貌女子。一条简单的裙袍，描出了她那个滚圆而轻盈的身躯；她的声音粗犷得几乎和男子相近，洪亮得使人神经紧张。她高声喊道："上帝！有香槟酒！多么快活！"一面却用一种孩童的姿势拍起掌来。

---

① 这种杯子是当时专用于喝香槟酒的漂亮酒器。
② 新年蛋糕是法国人新年前后的应景点心。
③ 香槟酒的等第是用他们封建时代的五等之爵的名称分别标出来的，"伯爵"就是三等货名的代名词，上句的"勋徽"就是所谓伯爵门第的功徽饰。

遗 产

她父亲对她说:"你要特别留心的事,就是对于那位给我出了大力的客人,要拿出和蔼的样子来。"

她爽朗地笑了,意思就是说:"我知道呀。"

穿堂里的铃声响了,门打开了,后来又关上了。勒萨白勒进来了。他穿着一套燕尾大礼服,系着一个白领结,套着一双白手套。他造就了一种吸引力。迦诗阑又欢喜又惭愧地跑向前去:"好朋友,是我们自家人呀,何必这样客气,您瞧,我还不是穿的普通的短上衣。"

那青年回答:"我知道,您也给我说过,不过我弄成了习惯,晚上非穿大礼服不出门。"他行礼了,那顶折得拢的高型大礼帽夹在胁下,一朵鲜花插在钮子孔里。西扎尔给他介绍:"家姐迦诗阑小姐;小女珂拉荔,在家里我们叫她珂拉。"

大众都彼此相对鞠躬了。迦诗阑接着说道:"我们没有客厅。这有点不方便,不过也就惯了。"勒萨白勒回答道:"这布置得很有意思!"

有人接了那顶被他想保留在手边的帽子①。他立刻动手除去自己的手套。

大众都坐下了;隔着桌子远远地互相瞧着,彼此一句话也不说。迦诗阑问:"科长可是很迟才从部里出来?我呢,我因为要帮她们两位,早就走了。"

勒萨白勒用一种轻快的语调回答:"不迟,我们是一同出来的,因为我们需要谈谈布雷斯特军港的帆布解决方法。那是一件很头痛很复杂的事。"

迦诗阑相信应该使他的姐明白科里的情况,于是侧转身子对着她说:"我们科里的困难问题,总是勒萨白勒先生处理的。我们可以说他是科长的左右手。"

那位老小姐宁静地表示礼貌,一面高声说:"我知道勒萨白勒先生很有才干。"

女佣人用膝头顶开了门,双手举起一只大汤盆。于是那主人翁喊道:"快点,请坐!请您坐在那边,勒萨白勒先生,坐在家姐和小女的中间。我想您不会害怕女宾吧。"于是那顿夜饭就开始了。

勒萨白勒用一种满意的,几乎是退让的恭敬神气显出自己是和蔼的,并且偷眼注视那位姑娘,因为她那种鲜润的丰采和她那种使人垂涎的健康状态教他感到了惊讶。沙尔罗特小姐知道她兄弟的用意,特别留心,于是尽力维系着这种枯燥而且乏味的谈话。迦诗阑心花怒放了,他高声谈着话,随口诙谐,斟出那种在一个钟头以前从街角上零沽酒店里买来的葡萄酒:"一杯步尔戈臬的小红酒,勒萨

---

① 这种折得拢的高型大礼帽,通常在交际场中是由持有者坐下之后收在自己的衣襟里的,勒萨白勒想把它留在手边正是预备照通常的办法处理,而这一家人不大熟悉交际场中的情形,所以接了它去。

白勒先生。我不对您说它是地道的名酒,但是它却不坏,是从家里的酒窖里取出来的,并且是原装;这一层,我可以担保。我们从当地的朋友们手里得来的。"

那位青年姑娘什么也不说,略略地有点脸红,略略地有点害羞,因为这位男客的思想使她动疑,所以她坐在他的旁边感到受了拘束。

到了龙虾被人端上来的时候,西扎尔高声说道:"这是我很想认识的一位贵人。"微笑的勒萨白勒说起有一位作家称呼龙虾做"海上的红袍主教"①,却不知道这动物在没有煮熟以前原是黑的。迦诗阑放声大笑,一面不住地说:"唉!唉!唉!这笑话真滑稽。"不过沙尔罗特小姐却很生气了:"我看不出这里头有什么关系。那位先生不免有点儿不知轻重。我个人,很懂得一切的诙谐,一切的;不过我却反对旁人当着我嘲笑教士。"

青年人很想取悦于那位老小姐,就利用时机宣布一种对于天主教的信仰。他议论那些恶意的人用轻浮态度对待伟大真理。末了他下着结论:"我尊敬我的祖宗的宗教,我以前是在宗教里面受培养的,以后,我终身都要待在那里面。"

迦诗阑不再笑了。他拿起面包屑儿搓成些小球儿,一面喃喃地说道:"这不错,这不错。"随后他便更换了这种使人厌烦的谈话,根据那些每天做着同样的日常工作者的一种天然癖好,发出了疑问:"那个漂亮的马慈,因为没有晋级一定生气了吧?"

勒萨白勒微笑着:"您有什么办法?根据各人的行为去报达各人!"于是他们谈到部里了,那是使大众都热心的事,因为这两个女人每天晚上都听见谈他们,所以她们对于那些部员,几乎和迦诗阑一般熟悉。沙尔罗特小姐很留意博瓦塞尔,因为那些被他述起的意外和他那个富于小说意味的头脑;珂拉小姐的心里却关心马慈。虽然她们都没有和他们见过面。

勒萨白勒用一种高岸的态度谈论他们,俨然是一个批评属员的部长气概。

大家静听他说:"马慈绝不缺少一定的长处;但是若要升官,却非格外卖力一些不可。他欢喜交际和种种娱乐。那些事弄得他心里不宁。由于他自己的错处,他是永不会有多大前程的。也许由于那些被他所影响的人的恩惠,他不难于做个副科长,但是位置却不能再高。至于毕多雷,他文笔不错,我们应当承认这一层,他有一种无可指责的漂亮文体,但是没有内容。在他身上无论什么都是一点皮毛。

---

① 红袍主教是天主教教职等级最高的成员,他的地位仅在罗马教皇之次,其法衣为红色;而普通教士的法衣则是黑的。此处龙虾是对于彼等的一种嘲笑。

他是一个不能放在重要职务上去独当一面的青年，不过如若有一个精干的首领把公事指点给他，他却是可以用的。"

迦诗阑小姐问道："那么博瓦塞尔先生呢？"

勒萨白勒耸起两只肩头："一个可怜的人，可怜的人。他什么事也看不准。他站着做梦。在我们看来，这是没有价值的。"

迦诗阑开始笑了，并且高声说："顶好的人，就是肥皂老爹。"于是大家都笑了。

随后大家谈到戏园子和本年的戏剧了。勒萨白勒也用同样的权威口吻来批评戏剧文学，把所有的作家清楚地分出等级，用永不错误而且无所不能者通常的自信的态度，估定每一个作家的优点和缺点。

他们吃完了那道烤子鸡了。西扎尔现在打开了那只盛鹅肝冻的瓦罐子。他那份小心谨慎的样子，使人确信里面的东西非同一般。他说："我不知道这一份究竟怎样。但是向来总还不差。这是我们一个住在斯特拉司堡的表兄弟寄来的。"

于是人人都用一种恭敬的从容态度，来尝那份封在那只黄色瓦罐子里的冷荤。

冰激凌上来的时候，竟是一个不大不小的乱子。那简直是一种在一只果酱小缸子里荡漾的糖汁，一种清淡的液体。原来那个小女佣人，因为恐怕自己不熟悉，所以糖果店里小伙计在七点送货来的时候，她就央求他亲自从冰桶里取出来留在外面。

迦诗阑不乐意了，竟想教她撒下去，随后想起那份新年蛋糕，他才宁静下来，他用神秘态度来切那个大蛋糕了，如同它关住了一件重大的秘密似的。大众的眼光都盯住那件含有象征意味的点心，随后有人拿着传递起来，一面却吩咐大家先闭上眼睛，再伸手去取应得的那一份。

哪一个会得着糕里的那粒蚕豆①？大众的嘴唇上都流露出一阵发傻的微笑。勒萨白勒先生轻轻地迸出了一个表示惊讶的"呀"，接着就用拇指和食指取出一粒还被面粉裹住的白色蚕豆来。于是迦诗阑开始鼓掌了，随后他高声喊道："请节王赶紧选节后吧！赶紧选节后吧！"

节王的心里免不得迟疑一阵。若是选沙尔罗特小姐做节后，难道不是一种"政治手腕"？她一定会受奉承，会受笼络，会受拉拢！随后他又想起在事实上，本

---

① 这粒蚕豆正是吃新年蛋糕的目的，获得者在席上被认作新年的节王，尊为上宾，由他在女宾中间选一位做节后；在崇奉天主教的民族，可以用做一种暗示青年男女使之求偶的象征。

来是为了珂拉小姐才有人请他吃饭，那么倘若来选那姑母做节后，岂不像个智力障碍者。于是他把身子转过去对着他身旁的那位青年女子，献出那粒至尊无上的豆子："小姐，您可愿意许我献给您这个？"这时候他们才彼此对面互相注视。她说："谢谢，先生！"于是接受了这个尊严的信物。

他想："她真美，这个姑娘，那双眼睛真再好没有了。并且她很活泼，了不得！"

"啪"的一声响，使得姑侄两个都跳起来。原来迦诗阑刚好开了那瓶香槟酒；酒呢，正从瓶口猛烈地迸出来流到桌布上。随后那些杯子都充满了堆花般的酒沫，于是这位主人高声说："这酒真好，我们可以看得见。"但是勒萨白勒正因为要自己的杯子里的酒不至溢到外面打算去喝一些，西扎尔却喊道："节王喝酒了！节王喝酒了！节王喝酒了！"于是沙尔罗特小姐也心花怒放了，用她那种尖锐的声音喊道："节王喝酒了！节王喝酒了！"①

勒萨白勒用郑重的态度干了杯，把杯子搁在桌上："您各位看见我是稳稳当当的！"随后转过身来对着珂拉小姐："轮到您了，小姐！"

她正要喝酒；但是大家却喊道："节后喝酒了！节后喝酒了！"她不禁脸红了，于是笑起来，把那只长颈杯子重新搁在桌上。

这顿晚饭的结局，是充满了喜悦的，节王对于节后表示热衷和殷勤。后来到了喝过甜味烧酒的时候，迦诗阑就说："他们要来收捡桌子，使我们舒展一些。倘若不下雨，我们可以到露台上坐一会儿。"虽然那时候已是黑夜，他却很想向来宾指出房子前面的远景。

打开了那两扇玻璃门。一阵带潮气的微风进来了。

外面的气候温和，正像四月里的光景，大家都跨过了那条分隔饭厅和露台的门槛。除了一片罩在这座大城市上的模糊微光，那片如同画在神像顶上的光圈一样的光，他们是什么也看不见的。这种光明仿佛间也有强烈一些的地方，于是迦诗阑开始给他说明："仔细看吧，那边，就是人间的伊甸园在那里发光。这边就是各城基大街连成的路线！看上去清清楚楚。白天，这儿的风景真好极了。您要是去旅行，只算空跑，无论在哪儿，您总看不到比这儿再好一些的。"

勒萨白勒正在那铁栏杆上支起胳膊伴着珂拉，她突然感到了一种使人发呆的惆怅，瞧着天空默默地出神。沙尔罗特小姐因为害怕潮气仍然回到了饭厅。迦诗阑却继续谈着，伸起胳膊指点荣军院在哪个位置，德罗伽兑罗宫在哪个位置，星

---

① 此段及再下一段的喝酒可以看做喝酒者接受了那种有关象征的暗示。

辰凯旋门又在哪个位置。①

勒萨白勒低声问:"您,珂拉小姐,您可欢喜从高空眺望巴黎?"

她如同被他唤醒了似的,略略动弹了一下,接着就回答:"我?……对呀,尤其是在傍晚的时候,我想象在那边的一切,在我们眼前经过的人。在那些房屋里面有多少有福气的人和没福气的人!倘若我们能够通通看见,那么真可以了解到许许多多事!"

他靠近了她的身边,他们的胳膊肘和他们的肩膀已经互相接触:"在月光里,这应当是仙境吧?"

她喃喃地说:"我想很对。可以说是多雷②的一件作品。一个人能够在屋顶上长久散步,该是何等的快乐。"

于是他向她询问那些和她的趣味、她的想象、她的娱乐有关的事了。她自在地回答他,俨然是一个深思熟虑的、理智的、想象程度恰到好处的女子。他觉得她很有见识,并且想起倘若能够用胳膊去搂住这个丰腴而有弹力的身躯,并且能够如同用小口儿喝着上等的烧酒一般,去细吻这片被灯光照着的鲜润面庞儿上的耳门边,岂不是真的隽美。他觉得自己受到吸引了,受到煽动了,那阵如此贴近的女性触觉,那阵对于成熟女性的渴想和那个少女的微妙诱惑力,正吸引他,正煽动他。他仿佛会在那里勾留几小时、勾留几夜、勾留几个星期,始终伴着她靠住栏杆,使她觉得自己身边,他被那种由她的接触而生的美感迷住了。并且有点儿东西如同一阵诗境般的感情似的,对着这座在他眼前摊开的灯光照耀的巴黎大城市拨动了他的心灵。巴黎的黑夜生活,巴黎的行乐和放荡的生活,是因灯光而有生气的。他仿佛自己管领了这座大城市,自己在那上面翱翔;并且他觉得那一定是快乐无边的,倘若每晚能够在这露台上陪着一个女性,并且在这个大城市的顶上,在这个大城市所蕴含的一切爱情之上,超过一切庸俗的满足和平凡的欲望,在这些星斗的近边,互相爱慕,互相接吻,互相拥抱。

有些晚上,那些最难兴奋的心灵也如同生出翅膀一般都来开始梦想。勒萨白勒现在也许有些醉意了。

迦诗阑跑开去取他的烟斗,一面点着一面走回来,并且说:"我知道您不抽

---

① 本段所列的荣军院以下三个建筑物,都在巴黎市区,也都是具有历史意义的伟大美丽的艺术杰作。

② 多雷(G·Doré)是十九世纪法国的名画家,善于描绘风景,善于从古典名著里汲取题材,再从现实世界寻觅适当的背景使之相配合制为造型艺术的作品。

烟,所以我也不拿纸烟奉敬。在这儿抽一支烟是再好没有的了。我个人,若是定要我住在楼下,我就真有些儿活不了。我们本可以那样办,因为这栋房子,也和左右两边的那两栋一样,都是归家姐所有的,她在那上面有一份不小的收入。以前这些房子并没有花她多少钱。"他说到这里,便扭转身躯对着饭厅里高声问:"从前买这儿的地皮,究竟你花了多少,沙尔罗特?"

于是那个老姑娘用尖声音开始谈起来。勒萨白勒只听见一些破碎不全的句子"……在1863年……三十五个金法郎……后来才盖了……三栋房子……一个银行家……至少可以卖五十万金法郎……"

她用老兵替自己表功的那般满意,谈起自己的家产。她数出她种种的购买,旁人从前向她献过的提议,涨价的情形之类。

勒萨白勒完全发生了兴趣,因此转过身躯对着里面,现在他的脊梁靠着露台的栏杆了。但是因为他还只听到这节说明里的一些无头无尾的话,所以连忙丢开了他那个青年女伴,到厅子里去听个明白;末了,他坐在沙尔罗特小姐身边,长久地和她谈到那些势在可加的租金,以及用存款买债券或者产业所能得到的利润。

他到半夜光景才走,一面答应再来。

一个月之后,部里的人员只谈雅各——来沃波尔·勒萨白勒和西莱思蒂——珂拉荔·迦诗阑的婚姻了。

三

年轻的夫妇住的房子,不仅是和迦诗阑两姐弟所住的同在一层楼上门户相对,而且款式也相同,那本来是租出去了的,现在早辞退了固有的房客。

然而却有一件放心不下的事,扰乱了勒萨白勒的精神:那位姑母绝不肯用确定的字据来保证她日后留给珂拉的遗产。不过她倒承认在上帝跟前去宣誓,说她的遗嘱已经办好,并且保存在公证人俊人老师[①]的事务所里,此外她又承认她的财产将来全部都留给她的侄女,仅仅只保留了一个条件。有人恳求她宣布那个条件,她竟拒绝说明,不过却带着善意的微笑又来宣誓,说条件是易于履行的。

在这个老的女教友的固执态度和这些说明之前,勒萨白勒觉得应当另找出路,然而那个青年女子真合他的意,他的欲望战胜了他的顾虑,于是在迦诗阑的坚持

[①] 法国人对于老教师、律师、公证人等等以及在社会上有声望的人,均用"Maitre"作为尊敬的称谓。此处译为"老师"。

努力之下他投降了。

现在他是幸福的了，虽然始终因为一个疑团而心烦。并且他真爱那个绝没有辜负他种种期望的妻子。他的生活是过得安宁而又单调的了。有家男子的新处境，他在几个星期之中就习惯了，后来他继续显出像以前一样的精明能干。

一年又过去，元旦又来了。他竟没有得到那个在他视为当然的晋级优待，这可真使他诧异。仅仅马慈和毕多雷晋了级，而博瓦塞尔秘密地通知迦诗阑，说是他决定在某一天傍晚下班的时候，要当着大众在大门对面好好地揍这两个同事一顿。然而他却什么也没有做。

因为有了成绩而没有晋级的抑郁，勒萨白勒竟有七八天睡不稳了。然而他工作起来实在像狗一般忠实；他无止境地代替那位一年要在恩谷医院住九个月的副科长拉郗先生；每天八点半他就到部，直到下午六点半才走出来。还要再要求他什么？倘若有人对于一种这样的工作和一副这样的精神还不表示满意，他就会照着其余的人一样做了，那还用多说。各人有各人的难处。多史白夫先生素来拿他当子侄辈看待，怎么竟能不照顾他？所以他想明白真相。他预备去找那位科长和他说个明白。

某个星期一早上，在他的同事们都没有到部的时候，他果然去敲这位专制者的门。

一道尖锐的声音喊道："请进来！"他进去了。

多史白夫先生坐在一张堆满着案卷的大型办公桌跟前写字，很矮小的身材，顶着一个仿佛搁在那张吸墨纸垫上的大脑袋。他一下看见了他这位心爱的科员，就说："早安，勒萨白勒；贵体可好？"

青年人回答道："早安，恩师，很好，您自己呢？"

科长停笔不写字了，接着就把自己的椅子旋过来，他的身躯紧束在一件款式正派的黑色方襟大礼服里，瘦小虚弱，仿佛和这张牛皮靠背大围椅完全不相称。一个荣誉军都尉章的玫瑰色勋表，体积是大的，颜色是艳的，佩戴在这个人的身上，更加显得特别大，正像一粒燃烧透红的煤在他那个被大脑袋压着的窄小胸脯上面发光。这脑袋大得可观，以至于整个的人简直如同蘑菇一样，发育的部分就仅仅局限在头部上面。

他的下颌是尖的，颊凹眼凸，那个宽大的额头上盖着向后披开的白头发。

多史白夫先生说："请坐，朋友，请您把来意告诉我。"

对于一切其他的科员，他向来自以为是一个待在自己船上的舰长，表示一种

军人的粗硬态度,因为他把海军部当作一只大船,法国所有舰队的旗舰。

勒萨白勒心中略受感动而面色略变灰白,他吞吞吐吐说道:"恩师,我特地来请教您,我是否有什么事办得不对?"

"哪儿有什么不对,朋友,您为什么对我提起这个问题?"

"我因为今年没有像往年一样晋级,觉得有些诧异。恩师,我要求您原谅我的冒昧,一面还请您准我说完我的理由。我知道自己仗着您,得过许多特别的优待和许多意外的利益。我知道照普通的规矩,非每隔两三年不能晋级;但是我还请您注意,我给科里做的工作量,差不多于一个普通人员的四倍,办公的时间至少是两倍。倘若有人把我种种努力的结果当作勤劳,而把今日的结果当作酬劳,再综合来衡量一下,那就一定会发现酬劳远逊于勤劳哪!"

原来他早就用心预备了这段他认为十分得体的表述。

吃惊的多史白夫先生寻觅着答辩的话。他终于用一阵略带冷落的语调说:"虽然在原则上,科长和科员之间是不许讨论这些事的,不过因为我对您的辛勤努力表示敬重,我很愿意答复您这一回。

"我本来也像往年一样呈请给您晋级。但是司长认为您的婚姻给您保证了一个美好的前程,这前程远比一种宽舒境界高,是您那些清寒同事们永远触不到的一种幸福,所以圈掉了您的姓名。从各人的生活条件分别一下,难道不公平?您将来要变成富人,大富人。每年多加三百金法郎,在您算不了什么,至于在其余人的荷包里,这个小小的增加就不算少了。朋友,这就是您今年没有晋级的理由。"

勒萨白勒羞愤交集地退出来了。

当晚吃饭的时候,他对他妻子表示不快。她素来是高兴的,并且脾气也还温和,但是任性,有时候她真的想一件东西就是永不退让的。在他看来,她已经没有新婚初期的肉感趣味了,虽然他的欲望依旧是受着刺激并没有衰退;因为她固然始终是鲜润的和美貌的,不过偶尔他竟也感到那种因为两性同居而生的近乎厌弃的幻灭。因为手头不富裕,所以生活上的千千万万平凡的或者可笑的琐屑事情,比如早上起身以后没有注意的装饰,又旧又破的粗呢便袍,褪了色的旧浴衣,以及一切的在一个贫穷家庭里摆在面前的必要的日常工作,在他眼里都使得婚姻失掉了光彩,使那朵远远地引诱未婚夫妇的诗意之花归于萎谢。

沙尔罗特姑母也使他内心不快乐,因为她整日不再上街了;什么她都来干预,都要管理,对于什么都挑眼,因为大都很怕得罪她,所以无论什么总勉强忍受,不过一方面却是带着一种日渐增加而潜伏的隐怒的。

她用她那种老婆子的拖沓步儿在他们家里穿房入户；并且用她那种尖锐的声音不住地说："你们应当做这个；你们应当做那个。"

到了他俩夫妇单独相对的时候，勒萨白勒愤愤地高声说："你的姑母简直不像话，我，我不愿意再领教。你可听见？我不愿意再领教。"而珂拉却安稳地回答："你教我怎样办？"

于是他怒不可遏了："有这样一个家庭真可厌！"

而她始终宁静地回答："不错，这个家庭固然可厌，但是那份遗产却不坏，可对？千万不要做傻瓜吧，敷衍沙尔罗特姑母，你的利益和我是一样的。"

他不知道如何答复，不言语了。

现在那姑母抱着非有一个孩子的意见不住地来麻烦他们了。她推着勒萨白勒走到墙角边，在他面前轻轻地说："侄儿，我要您在我活着的时候就做父亲。我要看见我的遗产承袭者。您断不会使我相信珂拉没有做母亲的能力。只需看看她就可以明白的。人结了婚，侄儿，为的就是生男养女，我们的圣母教会禁止不能生育的婚姻。我知道您家境不宽，一个孩子要增加用费。不过在我死了以后，您是什么也不会短少的。我要一个小勒萨白勒，我要他，您要明白！"

结婚十五个月后，她的期望始终还没有实现。于是乎她动了疑心，并且变成了迫不及待地；末了她用昔时经验丰富而今日在必要时依旧正确记得的妇人地位，低声对珂拉做了一些合乎实用的指导。

但是某一天早上，她觉得自己不太舒服，没有能够起床。她是从来没有生过病的，因此迦诗阑觉得很慌张，就走来敲他女婿的门了："赶紧去找巴尔贝忒医生吧，以后再去告诉科长，自然要说我今天因为这情形不能到科。"

勒萨白勒愁愁闷闷过了一天，不能工作，对于公事既不能办理也不能研究。多史白夫先生诧异起来了，因此问他："您今天有点儿分心吗，勒萨白勒先生？"然而焦躁的勒萨白勒回答道："恩师，我很疲倦。昨天晚上，我整整地服侍我姑母一夜，她老人家病得很重。"

但是科长冷静地接着说："既然迦诗阑先生在她身边，那就应当够了。我不能因为我的科员们的私事，就耽搁科里的事务。"

勒萨白勒早把自己的表对着自己搁在桌上，并且带着一种发热的焦躁姿态等着五分钟。末后大天井里的大时鸣钟一响他就溜走了，这是他第一次按照规定时间下班。

因为他不放心,所以坐了一辆马车回去,随后他跑着走上了扶梯。

女佣人给他开了门,他喃喃地问:"她老人家怎样呢?"

"医生说她老人家很不好。"

他心房突突地跳起来,他始终非常着急:"哎呀!真的。"

莫非她真的就会死?

现在他不敢到病人的卧房里去了,派人去请那个守着病人的迦诗阑出来。

他丈人立刻来了,小心地推开了房门。他身着便袍,头戴希腊式便帽,正像他往常在夜晚围炉时似的;他低声慢气地说:"事情不好,很不好。她失去知觉已经四个小时了。并且今天下午,已经给她领过了圣餐。"

于是勒萨白勒顿然觉得他的双腿没有气力,坐下来了:"我的妻子呢?"

"她在她身边。"

"医生究竟说了些什么?"

"他说是一种突发症。她也许可以恢复的,不过也可能今晚就死。"

"您有什么事要我做?倘若没有事,我宁愿不到那间屋子里去。因为看见她老人家那种情形,真使我难受。"

"没有。您可以回家去。倘若有什么变化,我立刻派人来找您。"

于是勒萨白勒便回到自己住的那边去了。

家里的房子在他看来仿佛变了样子,比以前大一些又亮一些。但是他坐不住,就到露台上去了。

时令正是七月底光景,骄阳正在德罗伽兑罗宫的双塔后面落下,对着各处密密麻麻的屋顶洒出一阵火雨。

天空靠着地平线是绯红的,在较高一些的处所转成了淡金色,再上去,是黄的,再上去,又是碧色,一种被光辉渲染出来的浅碧色,再上去到了天顶,另是一种清洁而鲜明的蓝色了。

飞箭般的燕子往来经过几乎分辨不出,它们在天空的银红色里显出它们翅膀的钩子样的飘忽侧影。一层蔷薇色的薄霭,一层火般的蒸气,在那无数无数的房屋上面,在辽远的田园上面浮着,钟塔的尖顶,一切建筑物的尖顶都从蒸气当中穿出来,如同在仙境里一样。凯旋门在这着了火一般的地平线上,显得又大又黑,荣军院的半球形屋顶,好像另一个从天空坠下来的太阳压着建筑物的背脊。

勒萨白勒双手攀着铁栏杆,如同饮酒一般饮着这种空气,觉得有一种深沉而胜利的喜悦钻到了身上,他很想跳跃,很想叫唤,很想表现一些热烈的动作。在他看来人生是喜笑颜开的,前程是充满幸福的!他可以做些什么?末后他坠入梦想里了。

一阵响声从后面使他轻轻地跳了一下。原来他的妻子来了。她双眼绯红,颊部微肿,神情疲倦。她伸起额头给他吻,随后向他说:"我们预备在爸爸那边吃晚饭,为的是可以不至于和她老人家远离。我们等会儿吃饭的时候,女佣接手替我们看护她老人家。"

他跟着她到对面那层房子去了。

迦诗阑已经坐在饭桌边,等候他的女儿和女婿一同吃饭,一份冷的烤子鸡,一份杂拌马铃薯生菜和一份草莓,都在桌子旁边的小木架上安排好了,汤已经在各人的盆子里吐出蒸腾的热气。

他们都坐下了。迦诗阑高声说:"我不愿意常过这样的日子。不快乐。"他说这两句话的时候,音调上固然显出漠不相关的表情,然而脸上却有一种满意的颜色,随后他就大口大口地吃起来,他的胃口很好,觉得子鸡很鲜,杂拌马铃薯生菜很爽口。

但是勒萨白勒觉得自己的胃囊如同锁住了似的,并且精神上也不安逸,他略略吃了一点儿,两耳静听着隔壁那间沉寂得如同空了一般的屋子。珂拉也不饿,她感到伤心,流着泪,不时用餐巾的角儿擦眼睛。

迦诗阑问:"科长说了些什么?"

于是勒萨白勒说了详细的情形,那都是他丈人教他细述的,教他重述的,他如同一年没有到部一般,盘查得仔仔细细。

"他们知道了她生病,应当有一种感慨吧?"于是他想起自己在她死后如何扬眉吐气地回到部里,在同事们心里如何想法,然而他如同向一种良心的责备答话似的说道:"并不是对于我这位亲爱的姐有什么不好的心肠。上帝知道我是要多留她一些时候的,不过这却一样可以造成一点印象。肥皂老爹可以因此忘掉巴黎公社了。"

他们刚刚开始吃着草莓,病人屋子的门忽然开了。震动力竟大得叫那几个吃晚饭的人都立刻一齐张皇失措地站起来。接着那个神气始终稳定愚呆的矮小女佣人从那门里出来。她安静地说:"她停止呼吸了。"

迦诗阑把餐巾扔在那些盘子上面,像一个疯子似的连忙跑过去;珂拉跟着他走,心房突突地跳;但是勒萨白勒却只站在屋子门口,远远瞧着那张病床隐约地在薄暮微光里显出灰白的影子。他看见了他丈人朝床边弯下身子,不动弹地仔细观察；随后突然一下，他听见了他的声音，那声音像是从远处来的，从世界的尽头来的，正是一种在梦境里经过再向我们报告一些惊人事件的声音。它正报告着："完了！我们什么也听不见了。"他看见他妻子跪下来，额头靠在床上的毯子放声大哭。于是他决计走进屋子里了，这时候迦诗阑刚好直起腰来，他瞧见了沙尔罗特姑母那双闭着眼睛，躺在枕头的白布套子上面的脸，那样枯凹，那样严肃，那样灰白，神气俨然是一个用蜡做的老妇人。

他愁闷地问："完了吗？"

迦诗阑正望着他的姐细看，这时候才转过来对着他，于是他们彼此互相望着。他嘴里回答了一个"完了"，心下却想极力装出一种戚容；但是这两个汉子在一个眼色之下已经互相了解了，并且由于本能作用，不知为着什么彼此互相握起手来，如同因为彼此帮了忙而互相致谢似的。

这时候，他们立即着手料理后事，一分钟也不耽误。

勒萨白勒自告奋勇去找医生，并且尽力赶快为了那些最紧急的事情跑腿。

他取了帽子，又跑着走下了扶梯，因为他急于要上街，要离开他们，要呼吸，要思虑，要清静地玩味他的幸运。

到了他结束他那些使命的时候，他却急于想去看看繁华的闹市，去加入热闹的人堆里，去加入傍晚的舒服生活里，所以并不回家而走上城基大街了。他很想向过路上的人喊道："我现在有五万金法郎的常年利息了。"他把两只手插入衣袋里走着，在那些店铺的橱窗跟前停住脚步，去仔细看那些讲究的衣料、珠宝、精美的家具，一面高兴地暗自想着："现在我能够买这些东西了。"

他忽然在一家供给丧事用品的店前经过，于是突然闪过一个念头："倘若她并没有死，倘若他们都弄错了？"

他抱着这阵浮在头脑里的疑虑，迈起一阵急一些儿的步儿向家里走。

进了门他就问："医生可来过了？"

迦诗阑答道："来过了。他证明了死亡，并且还自愿填写报告。"

他们又走到亡人屋子里了。珂拉坐在一张围椅上面始终哭着。她用妇女们的那种易于流泪的习惯，不费气力很从容地哭着，现在她几乎没有伤感了。

他们三个人一经在家里会了面，迦诗阑就低声说："现在，女佣人既然睡了觉，我们可以仔细看看所有的家具里面是不是藏着什么东西。"

于是这两个男子动手工作起来。他们倒空了所有的抽斗，搜过了所有的衣袋，摊开了所有的零星纸头。一直弄到半夜，竟没有找到一点紧要东西。珂拉已经打瞌睡了,并且很匀静地微微地打呼。西扎尔问:"我们可是要在这儿守到天亮?"游移的勒萨白勒,觉得这样是合乎礼貌一些。于是他丈人赞成了他的意见,说道:"既然如此,我们搬几张围椅过来吧。"他们走到少年夫妇的家里,把那些陈设着的软靠垫围椅搬了两张过来。

一小时以后,这三个亲属都在那个永远僵卧而冰凉的尸首眼前,在此起彼伏的打呼声中睡着了。

天亮了,矮小的女佣人进来了,他们三个也就醒了。迦诗阑擦了擦眼睛,立刻就说了一句真心话:"我差不多直到半小时以前才打了一阵瞌睡。"

但是勒萨白勒的精神却立刻恢复了,他说:"我看得清清楚楚。我连一秒钟都没有睡;仅仅只闭上眼皮休息休息。"

珂拉回到自己的家里去了。

于是勒萨白勒带着一种明显的平淡态度问:"您想我们在什么时候到公证人那里去看看遗嘱?"

"不过……就赶今天早晨,倘若您愿意。"

"可是一定要珂拉陪着我们去?"

"这样比较好一些,因为她毕竟是有关承袭遗产的人。"

"既然如此,我去通知她预备。"

于是勒萨白勒快步出来了。

迦诗阑和勒萨白勒夫妇二人,身穿重孝面带戚容走到俊人老师的事务所,那时候,所里刚刚打开大门。

公证人立刻接见了他们,请他们坐下。迦诗阑发言了。他说:"先生,您是认识我的:我是沙罗尔特·迦诗阑小姐的兄弟。这就是小女和女婿。家姐不幸在昨天去世了;我们预备明天安葬她。您既然是给她保管遗嘱的人,我们特地来向您请教,看她生前对于自己的葬仪,是否留下了什么有关的愿望,看您是否有什么话通知我们。"

公证人开了一只抽斗,取出了一个信封,接着拆开了它,从中取出了一张纸,于是说道:"在这里,先生,遗嘱一式两份,我立刻就可以把内容告诉您。另外那一份,应当留在我这儿备查。"于是他读起来:

立遗嘱人,威克多林——沙尔罗特·迦诗阑,在此表示我的最后愿望:

我以我之全部价值一百二十万金法郎左右的财产，留给我侄女莱思蒂—珂拉荻·迦诗阑在结婚后将生的子女们，但是在长子或长女未成年以前，其父母有享用全部予金之权利。

附在本遗嘱后的规则，把我的遗产平均分做两部分：一部分将由每一个子女分别自行管理，另一部分则由其父母管理至死亡之时为止。

如若我在侄女未得子女之前去世，则我的全部财产将由我之公证人管理三年，在此种限期内如有子女生出，则我在上文所列举的最后愿望仍然可以有效。

不过，倘若珂拉在我去世三年以后还不能倚赖天赐得一个孩子，则我的全部财产，将由我的公证人经手捐赠分配于本遗嘱附单所载之慈善机构及贫寒者。

接着，公证人就读出一大串公共事业团体的名称，分配的数目，规则和叮嘱。随后，俊人老师彬彬有礼地把这张字据交给了那个气得发昏的迦诗阑。

他并且以为应当加上一些说明，所以就说："迦诗阑小姐头一次赏光到我这儿来，谈起她这样立遗嘱的计划，当时还说过她极端盼望得一个属于自己血统上的遗产承袭人。对于我的种种劝说，她用一种越说越能具体表示意志的话答复了我，并且这种意志是根据一种宗教情感而来的，她以为任何不生育的结合，是一个出自上帝的诅咒表示。我当时简直没有能够劝她变更意思。请您相信我对于这件事情很觉得抱歉。"随后他又一面微笑对着珂拉说："我相信亡人的期望，早晚可以实现哪。"

末后这三个亲属都走了，因为过于惊讶，所以什么也不思念。

他们并肩地走到回家的道儿上了，彼此相对无言，愧愤交集，如同他们彼此互相窃盗了一番似的。珂拉的全部悲伤忽然都烟消云散了，她姑母如此刻薄寡恩，她也不再为她哭泣了。末后，那个因为忧愤而双唇发白并且紧闭的勒萨白勒向他丈人说："请您把那文件给我来过目。"迦诗阑把那张字据交给了他，少年人开始读了。他不断被路过的人撞到，索性在人行道上停住脚步站着不走，用那副锐利而有经历的眼光搜求字眼的意义。父女二人在前两步等着他，始终没有说一句话。

随后，他把那份遗嘱交还他丈人。一面高声说："什么办法也没有。她老人家让我们上了一个大当！"

迦诗阑因为失望而愤怒了,他回答道:"生孩子自然在于您!您知道她早就盼望一个孩子。"

勒萨白勒耸着他的双肩,没有辩驳。

他们一回到家里,就撞见了一大群人等着他们,那些人的职业向来就是围绕一些死人做事的。勒萨白勒不愿管点什么,就回到了自己的那一边去,而迦诗阑却用强硬手段对付他们,用高声教他们让他清静一会儿,要求把一切的事赶快办好,并且说他们干得太慢,到现在还没有把尸首搬开。

珂拉躲在自己屋子里,静悄悄地绝没有一点声音。但是迦诗阑在一小时以后却去敲他女婿的门了,他说:"亲爱的来沃波尔,我来请您考虑一下,因为大家应当互相沟通商量。我的意思就是丧事一样要办得像样,免得部里的人动疑。用费呢,我们将来彼此再来斟酌。此外,现在什么也没有失败。你们结婚还没有多久,非有很坏的运气,不怕没有子女。您将来好好儿留心就得了。赶快留心吧。等会儿您能不能到部里去?我就去写讣闻上的投送地点。"

勒萨白勒忍着痛苦承认他丈人说得有理,于是他们面对面地坐在一张长桌子的两头,拿着那些黑色框边的帖子,在封面上写字。

随后他们吃午饭了。珂拉出来了,神情淡漠,如同那一切事情简直毫不与她相干似的,并且因为昨天过于饥饿,所以她吃得很多。

那餐饭一吃完,她就回到自己的屋子里去。勒萨白勒出门到海军部去了,迦诗阑却在露台边骑着一张椅子吸他的烟斗。夏季的骄阳垂直地射在许多的屋顶上,其中有几处嵌着玻璃,竟像火一般闪烁,射出好些使人不能正视的炫目反光。

迦诗阑只穿着一件衬衫,在那阵光流下面乜着眼睛,去望那些远而又远竖在都城之外的,竖在尘土扑人的近郊镇市之外的小小的青山。他想起塞纳河的宽阔、平静而清凉的水正沿着那些树木满坡的小山脚下流淌,若是在那些树阴底下趴着睡在河边的草上,向水里唾口唾沫,一定远比在这露台的烫人铅板上好。于是一阵不如意的心绪压着他了,那就是使人懊恼的念头,由于他们的灾殃而起的,由于这种意外的不幸而起的痛心的感触,往日的期望多么热烈和多么长久,同样这种感触就多么苛刻和多么粗暴;于是他竟像那些人在神志慌乱、心事重重时所做的那样,高声说道:"真该死!"

在他的背后,在那间屋子里,他听见了殡仪馆的人往来动作,还有那阵阵用榔头钉棺材的声音。自从访问过公证人以后,他简直没有再看过他的姐姐。

但是渐渐地,清风和愉快的心情以及夏季天气的明净意味,都钻入他的心灵和肉体了。于是他想起什么都没有绝望。他女儿为什么不会有孩子？她结婚还没有两年！他女婿像是结实的，虽然矮小，但是先天和后天都强健。他们将来会有一个孩子，还用多说。此外，也非有不可！

勒萨白勒偷偷掩掩地到了部里，并且溜进了自己的办公室。他在书桌上看见一张纸，上面写着"科长找您"几个字。开始他表示了一个不耐烦的动作，一阵对于那种将要压在他身上的专制手段而发的反抗；随后一种升官的急进而强烈的渴望鼓舞了他。他自己也会做科长的，并且还不会慢；他还可以爬到更高一些的地位。

不待换去那件上街穿的方襟大礼服，他就去找多史白夫先生。他带着人在伤心时候的一种哭丧脸儿去见他，并且还不只此，另有一种现实的和深沉的悲痛痕迹，那种被强烈的不如意事情印在神态上的自然而然显出来的颓丧。

科长的那个始终俯在纸堆里的大头抬起来了，他用一种焦躁的态度问："我整整等了您一上午。您为什么没有来？"勒萨白勒答道："恩师，我们不幸，姑母迦诗阑小姐去世了，我来请您明天参加葬礼。"

多史白夫先生的脸上顿时显出舒服的颜色了。随后他用一种郑重的神气回答道："既然如此，那就另当别论。我谢谢您，并且我准您的假，因为您应当有许多事情要做。"

但是勒萨白勒却要表示自己是卖力的："谢谢您，恩师，什么都办妥了。我预备在部里待到规定的时间为止。"

随后他回他的办公室去了。

消息传开了，于是各科的人员都来问候他，然而与其说是为了致唁，却不如说是为了道喜，并且也还为了看看他的态度。他用一阵演员式的宁静假面具和一种使人吃惊的机敏，承受了种种言词和眼光。"他真谨慎。"有些人说。但是其余的人却接着说道："这没有关系，他心里应当是再欢喜不过了。"

马慈比哪一个都来得豪放，便用他那种上流人物式的舒展神情问他："您可知道财产的确实数目？"

勒萨白勒用一种完全不注意的态度回答："还不知道确实的数目。遗嘱上说大约有一百二十万金法郎光景。因为公证人已经遵守职务立刻把某些和丧礼有关的条款通知了我们，所以我知道这个数目。"

据大家的意思看来，勒萨白勒是不会再待在部里的。既然有六万金法郎的常年利息，决不再守着案牍劳形的生活。他算得一个人物了；能够随自己的欢喜去做什么了。一些人说他想活动做平政院评事；另一些人说他想参加众议院的选举。科长就等着收到他辞职呈文去转呈司长。

整个部里的人都去送葬了，然而都觉得这场仪仗并不热闹。但是一阵谣言来了："那是迦诗阑小姐本人吩咐过要这样办的。那是在遗嘱上写明了的。"

第二天，迦诗阑已经回到了科里办公，勒萨白勒却在养了一星期的病以后才去，他面色略现灰白了，但是勤勉的情形却和从前一样。旁人说他们生活简直没有突起的变化。仅仅只看见他们带着夸大神气吸起肥大的雪茄，听见他们如同有种种有价证券搁在衣袋里的人一般，谈论年息和铁路股票以及公债，并且在过了一阵之后，又知道他们在巴黎近郊租了一所别墅去过夏天。

旁人想道："他们都是像那个老婆子一般儿吝啬的；这是家风；相像的人总是聚在一块的，无论如何，有了这样一份家财还要待在部里，总不算是漂亮。"

再过了一些时候，旁人不再想起这件事了。他们已经被人看透了，无须多说了。

四

勒萨白勒当初跟着沙尔罗特姑母的灵柩走的时候，一面想象那一百万金法郎，并且一种使他身受创伤的剧痛不仅强烈而且不可外传，他竟因为这场很可悲的不幸而迁怒到世界了。

他又独自盘算："为什么我结婚已经两年而没有一个孩子？"于是那种目睹妻室永远不生育的恐惧使得他心房突突地跳起来。

这样一盘算，勒萨白勒鼓起最后的勇气想做父亲了，那像顽童望着夺标桅杆想夺锦标一样；锦标悬在那枝光滑的而且竖得高高的桅杆顶上，有人爬得上去就可以取下它来，顽童望着它，每每发誓要仗着毅力和决心，使出必要的体力和耐心爬到顶上去取。所以说到生孩子，既然多少人都做了父亲，为什么他做不到？也许他以前由于完全漠视的态度，因此对于有些事情竟疏忽了，冷淡了，愚昧地错过了。他一生素来没有要养孩子的渴望，所以他以前从没有尽心去追求这种成绩。以后他就要对于这一层发奋努力了；一点儿也不敢疏忽了；而且他是可以有成绩的，既然他这样想得成绩。

但是他送葬回家以后，觉得身体有些不舒服了，并且不得不躺在床上。失望来得太强烈了，他因此受了它的打击。

医生断定病势不轻，叫他趁早绝对安心静卧，并且以后还要有相当长期的调养。怕的是惹起一场大脑炎。

然而八天之后，他起床了，并且他仍旧到部办公。

但是他觉得病没有断根，所以简直不敢和妻子同宿。他不禁迟疑，并且发抖，如同一个将军将要决战似的，将要为了存亡关头而决一战似的。每天晚上，他总指望那种使自己觉得健康如意诸事好办的明天就会到来。他时时给自己诊脉，总觉得太弱或者太快，于是他服补血的药品，吃些生的牛肉，并且在回家以前，先作种种健身的长距离散步。

他既不能满意地恢复健康，因此动了一个念头：想到巴黎附近乡村去度过夏季。不久，他竟深信郊外的好空气对于他的身体会有很多益处。像他这种情况，乡村是能产生一些奇异而有决定性的效果的。由于确信这种未来的成绩，他心里安定起来，于是他在声音里带着许多不必说明的意思重复地向他丈人说："我们到乡村住的时候，我身体一定好些，结果一定会顺利的。"

仅仅乡村这名词，在他看来仿佛包含着一个神秘的意义。

他们于是在白崇租了一所小的房子，三个人都搬过去住。每天早上，翁婿两个步行穿过那片平原走到哥龙白村的车站乘火车，并且每天傍晚回来的时候也是步行的。

珂拉因为这样在那条清浅的河边过活，真是欢喜不尽，她常到河岸上闲坐，采许多花，把好些细嫩、金黄、迎风招展的花草扎成一个个的大把儿带回家里。

每天傍晚，他们三人一齐沿着河岸散步，一直走到鳖鱼闸，在菩提树饭店喝一瓶啤酒。河身受到那些列成长线的桩子的阻碍，在那段宽约一百公尺距离中间的一个个空儿里跳跃，沸腾，涌出一片白沫；落到闸底下的水使得地面动摇，同时散出一阵极细的水珠，一阵潮湿的雾汽在空气里飘浮，如同一阵轻烟似的从这铺水帘里升起来，向附近挥发一种被人搅动的河水和一种被人翻转的湿泥的味儿。

天黑了，对面远远地，一片辽阔的微光，那就是巴黎市区，每天傍晚总使迦诗阑重述一遍："唔！何等伟大的城市！"不时有一列从那条横跨洲尾的铁桥上经过的火车，闹出雷鸣般的疾驰声音，并且无论向左开往巴黎或者向右而趋海岸，都是立刻就不见了的。

他们缓步回来，瞧着月轮升起，坐在一条沟边长久地欣赏：嫩黄的月光是柔和的，落到水里像是跟水一块儿流，水面的皱纹像是一幅闪烁的波纹织物。蛙群发出它们那阵嘹亮的短促声音。夜鸟的相唤声音在空中流过。有时一片无声的黑影掠过河面惊动了它那幅光明的静流。原来是一只偷着打鱼的小船匆匆投下了渔网，后来又静悄悄地在他们的船上，从那黝黑色的大网里，拉上来他们网到的银光灿烂而且活泼动弹的鲈鱼，那如同一座从水底引上来的宝库，一座充满着银鱼的活宝库。

珂拉感慨了，撒娇地靠着她丈夫的胳膊，虽然他俩什么都没说，她却明显地猜到了他的用意。对他俩来说，这竟是未婚夫妇的一种新境界，他们又一次期待着爱情的亲吻。他俩是彼此相迎的却又彼此相拒，一个更强毅些的意志，那个一百万的幻影固然感动了他俩却又阻止了他俩。

迦诗阑受着那种绕在自己四周的希望的安慰，也舒服地过活，喝得畅快又吃得饱足，一到黄昏，他就觉得心上发生了一些空想的波动，这种愚蠢的感触，常常因为对着某些野景，譬如对着一阵在枝叶中间洒下来的光雨，或者一阵映着霞光射到河面的远山落日，也会在那些最粗笨的人心里发生的。他那时候高声说道："对着这类东西，我个人，不能不信仰上帝。这竟留着我不叫走。"说到这里，他又指着他的心窝，"并且我觉得自己完全转变了。我成了怪人了。如同有人把我浸在一个使我要哭的浴盆里似的。"

勒萨白勒的情形渐入佳境了，忽然感到自己许久没有像如今这样精力旺盛，很想像一匹马驹似的跑着，在草地上打滚，并且发出快乐的长啸。

他认为那种时候已经到了。那真是一个新婚的良宵。

随后他俩度了一个充满着爱抚和希望的蜜月。

随后他俩发现他俩种种的试验都依然是没有结果的，他俩的自信力落了空。

那是一种绝望，一种恐怖。但是勒萨白勒却并不灰心，竟用一些超人的力量坚持不放。

在十月初，他们都回巴黎去了。

生活对于他俩成了难堪的了。他俩的嘴边，现在都有好些不平的论调；迦诗阑嗅到了真实情形，竟用老行伍式的恶毒粗鲁的讽刺去增添他们的烦恼。

一种不停止的念头追逐着他们，慢慢侵蚀着他们，挑起了他们相互间的怨恨，那是一种得不到遗产的怨恨。珂拉现在在唱着高调了，并且用强硬手段对待丈夫，把他当做孩子，当做儿童，当做不重要的人看待。迦诗阑每逢吃晚饭的时候总重复地说："我吗，我倘若有钱，我一定早就有许多孩子了……人在穷的时候，应当知道自己要明白道理才好。"后来，转过身来对他女儿说："你呢，你应当学我一样，但是瞧吧……"并且他又用一种含有意义的眼光向他女婿瞧了一下，同时他那副充满着轻蔑意味的肩头也动了一下。

勒萨白勒绝不答辩，自认是一个落在粗野社会的家庭里的上等人。在部里，同事们觉得他面色不好。某一天,连科长也问他:"您是不是害病?我觉得您有点儿和从前两样。"

他回答道:"没有,恩师。也许我有点疲倦,我最近做的事不少,如同您早就看得见的一样。"

他很相信到年底可以晋级,于是又抱着这个希望,重新显出了模范科员的卖力生活来。

结果他仅仅得到一笔绝不算什么的奖励金,数目比哪一个都少。他丈人却没有得到一点。

伤心的勒萨白勒又去找科长了,并且免去了那个"恩师"的称谓,第一次叫他做"先生":"先生,像我这样办公,而什么结果也得不到,我究竟为的是什么?"

多史白夫先生那个大脑袋仿佛受了顶撞似的:"我以前已经向您说过,勒萨白勒先生,在我们之间是不许可讨论这类性质的事情。现在我再告诉您;您这种说法我认为不合宜,既然知道了您的现有财产和您同事们穷困情形的比较……"

勒萨白勒竟不能自持了:"我现在什么也没有,先生!我妻子的姑母把她的财产留给我们将来可以生育的第一个孩子。我和家岳,现在专靠薪水度日。"

科长吃惊了,他答辩道:"倘若您现在没有得到什么,总而言之,到了那一天,您一定会发财。所以这依然是一样的。"

于是勒萨白勒退出来了,这次没有晋级使他伤心,比起拿不着遗产还厉害一点。

但是几天以后,迦诗阑刚到办公室,那个漂亮的马慈带着微笑走进来;随后毕多雷也出现了,眼光闪烁不定;随后博瓦塞尔又推开了门,显出一种兴奋的神气走近前来冷笑,一面用通同一气的眼光对那几个人望了几眼。肥皂老爹口角里含着他的瓦烟斗,始终抄着文件,坐的是一把高椅子,他如同小孩子似的把双脚踏在椅脚中段的横木上。

谁也不说一句话。人都像是等候什么似的。迦诗阑正登记那些到文,一面用他的老脾气很高声地报道:"土伦军港,采办理诗利厄号军官食堂物品事。罗良军港,德塞号救命圈事。布雷斯特军港,考验英国出产的帆布事!"

勒萨白勒进来了。现在,他每天亲自来取那些和他有关的公事,他丈人不再费事派工友送那类东西给他了。

他正在那一些堆在收文员桌上的纸头里面搜寻的时候,马慈斜觑着他,一面搓着自己那双手,毕多雷正卷着一支纸烟,嘴唇上现出一些得意的皱纹,那都是表示一阵不能自持的快乐的信号。他转身向那位发文员说:"请您说一声,肥皂老爹,您在您的生活当中可学到过不少东西?"

那老翁懂得旁人要来戏弄他,并且要来议论他的妻子,所以并没有回答。

毕多雷继续说:"您既然有好几个孩子,可是已经好好地寻着了制造孩子的窍门?"

那个好好先生抬起头来说:"您可知道,毕多雷先生,我不想开这样的玩笑。我以前遇着不幸,才娶了那个贱东西。所以得到了她那些不规矩的证据以后,我就不和她同居了。"

马慈用一种平淡无奇的语调并且不露笑容地问道:"说到证据,您可是得过好几种?"

肥皂老爹庄重地回答:"是的,先生。"

毕多雷继续再说:"然而旁人告诉我说,说这并不能妨碍您是好几个孩子的父亲,三个或四个孩子的父亲,可对?"

那个好好先生变成了满面通红的,结结巴巴地说:"您要和我过不去,毕多雷先生;不过这个目的,您简直达不到。事实上,我妻子诚然得过三个孩子。我有好些根据断定第一个是属于我的,不过却不承认其余那两个。"

毕多雷继续说:"事实上,大家都说第一个是属于您的。这就够了。得一个孩子是很有体面的,很有体面又很有福气,瞧吧,我可以和您打赌,勒萨白勒若是学着您得那么一个,只要得那么一个,我可以打赌他就很快活的。可对?"

迦诗阑停止登记工作了。虽然肥皂老爹向来是他的取笑对象,并且他对于他,向来用尽一切挖苦去编排他夫妇间的不幸,但是这一次却不笑。

勒萨白勒已经搜集了他那些文件;不过觉得有人正惹着他。他受着自尊心的控制,羞愤交集,决定待着不走,并且思索究竟谁把他的秘密告诉了他们。随后他记起了曾经向科长说过的那些话,立刻懂得自己应当马上拿出一种大的威风,倘若他自己不甘于做整个海军部的取笑对象。

博瓦塞尔一来一往地走着,一面始终冷笑。他模仿街上那些叫卖者的力竭声嘶的喉音喊着:"《制造孩子的窍门》,十个生丁,两个铜圆!快来买《制造孩子的窍门》哪,连同许多骇人的详细情节,这是肥皂老爹泄漏出来的!"

除了勒萨白勒和他的丈人以外,大家都笑起来。于是毕多雷转身向着收文员说:"您怎么了,迦诗阑?我认不出您惯常的快乐劲儿。人都会说您对于肥皂老爹居然和他夫人养了一个孩子视为并不奇怪。不过我,我觉得这太滑稽了,太滑稽了，这并不是大家都能办得到的呀！"

勒萨白勒又动手翻着那些文件了，假装阅看公文和什么也没有听见；不过他的脸色成了苍白的。

博瓦塞尔重新用那同样的流氓声音喊着："《承袭遗产者取得遗产的实用方法》，十个生丁，两个铜圆，快来买哪！"

这样一来，马慈认定这种玩笑太低级，并且因为勒萨白勒从前夺了他的发财希望而暗自怀恨他，因此直接问他："您有点不舒服吗，勒萨白勒？您的脸色是很苍白的！"

勒萨白勒抬起头来，面对面地瞧着这位同事。他迟疑了一下子，双唇发抖，心里正寻觅一点刻毒而漂亮的语句，但是因为一时找不出来，就回答："我没有什么不舒服。不过只因为看见您这样费尽心机，我觉得诧异。"

马慈始终把脊梁对着壁炉，并且用双手提起他那件方襟大礼服的下摆，笑着说道："各尽所能罢了，好朋友，我们正像您，不见得常常有成绩……"

一阵爆发的笑声打断了他的议论。发呆的肥皂老爹，模糊地懂得旁人并不再打搅他，懂得旁人不是嘲笑他，只张着嘴，举着自己那支笔。迦诗阑却静候着，预备一碰着机会就动手干一场。

勒萨白勒结巴着说："我不懂。我对于什么事没有成绩？"

漂亮的马慈因为要卷一卷自己的髭须，放下了自己那件方襟大礼服某一边的下摆，用一种很动人的音调说："我知道您对于一切经手办理的事，向来是有成绩的。所以我先头不应该谈您。此外，谈的是肥皂老爹的孩子们，而不是您的，因为您本没有孩子。不过您既然经手的事都有成绩，那么倘若您没有孩子，自然是您本来不想要哪。"

勒萨白勒强硬地问："究竟跟您有什么相干？"

对于这个挑战的语调，马慈也提高声音说道："请您说吧，谁惹了您什么？请您拿点礼貌出来，否则我可不是好惹的！"

但是勒萨白勒因为愤怒而发抖，并且不知轻重了，他说："马慈先生，我不像您是一个眼高于顶的人，也不是一个顾影自怜的人。我要求您从此永不要同我说话。无论是您本人或者您那一类的人，我都不在意。"说到这里，他用一种挑战的眼光向毕多雷和博瓦塞尔瞧了一下。

马慈忽然悟到了真的力量原是藏在镇静和反嘲里的；不过他的虚荣心已经受了伤，因此要用攻心的方法对付他的对手，于是用一种保护人的音调，一种善意

忠告者的音调,眼睛含着怒气向他接着说:"亲爱的勒萨白勒,您闹得过了头。此外,我也明白您的忧愤;失掉一笔财产,而原因是一件那样小的,那样容易的,那样简单的事,真是难过……喂,若是您愿意,我作为好朋友可以为您效劳,您什么也不用花。那不过是一件五分钟的事……"

他正预备再往下说,谁知勒萨白勒却拿着肥皂老爹的墨水瓶对他当面扔过去,恰好洒了他一个满怀。墨水像一阵浪头盖在他的脸上了,以一个惊人速度把他变成了黑种人。他睁起那双白眼扑过去举手预备打他。但是迦诗阑遮住了他的女婿,拦腰抓住了高大的马慈,把他一推一摇,挥拳就打,末了把他顶上墙上。马慈拼命一下子挣脱了他的暴力,打开了那张门,高声向那两翁婿嚷道:"您两位等着吧!"他走掉了。

毕多雷和博瓦塞尔跟着他出去了。博瓦塞尔说明他自己为什么显出温和态度,因为他害怕自己一介入就会闹出人命来。

马慈回到了自己的办公室立刻洗了脸,不过没有成功;原来他染着的是一种名叫"不褪色又不灭迹"的紫色墨水。他对着镜子又生气又懊恼,用他那块擦手布折成圆柱形怒气冲天地擦着自己的脸。他得着的不过是一层更明显的衬上了红底子的黑颜色,他擦得皮肤都发了红。

博瓦塞尔和毕多雷始终跟着他,并且给他出了好些主意。照这一位的意思,应当用纯粹的橄榄油去洗;照那一位的意思,用点阿摩尼亚水就成。办公室的工友奉命到一家药房里去问办法,他带着一种黄的药水和一块浮石①回来。然而却没有一点用处。

马慈失了勇气坐下来高声说:"现在要解决的只是荣誉上的问题。您两位可愿意替我做公证人去问勒萨白勒?或者由他充分地赔礼,或者由一场决斗来补救。"

两个人都答应了,于是着手讨论应当遵守的程序。他们对于这类的事情是一点都不懂的,不过却都不肯说真话,并且由于他们一心要充内行,又发表了一些畏葸和琐屑的见解②。最后决定去请教一位由舰队调部管理煤斤的舰长。谁知他

---

① 浮石是一种喷出岩,状如海绵多孔,入水不沉,故名;亦名轻石。能擦去皮肤上的一般的墨水痕迹。
② 决斗在法国是习俗所允许的,但仍旧有一定的限制,如双方必须各有两个合法资格的公证人,公证人在双方决斗以前和以后必须出书并签字存查。其有关的武器、方法和年龄等均有成文的规定。在封建时代,此风是盛行的,至近世纪已渐衰减,几乎只有军人和所谓高等人士视为解决"荣誉问题"的办法,而一般小资产阶级对之并不感兴趣,所以此二人对于"应当遵守的程序",连"一点都不懂"。

知道的并不比他们多。在思索了一会儿之后,他劝他们去找勒萨白勒,请勒萨白勒找两个朋友出面来和他们谈判。

他们正朝着这位同事的办公室走过去,博瓦塞尔忽然停住了脚步:"手套,是不是紧要的东西?"

毕多雷迟疑了一下:"对呀,也许非戴手套不成。"但是要找手套,自然要上街,然而科长却是不肯开玩笑的。他们只得派个工友到一家商店里拿一包来选择大小。谁知手套的颜色问题又使他们费了长久的斟酌,博瓦塞尔主张用黑的;毕多雷以为那颜色在这个场面当中有点不大合宜。他们选择了两双紫的。①

勒萨白勒瞧见这两个戴着手套而神气庄严的人走进来,就抬起脑袋匆促地问:"您两位要干什么?"

毕多雷回答道:"先生,我们是受我们的好友马慈之托到这里来的,请教您对于刚才那种向他表现的行为,是否愿赔礼或者用一场决斗去补救。"

但是勒萨白勒依然是愤激的,高声说:"怎么!他侮辱了我,现在又来和我挑战?请您告诉他,说我瞧他不起,对于他说的或者做的,我都瞧不起。"

悲观的博瓦塞尔向前走了几步:"这样一来,先生,您就强迫我们把此事经过交给各种日报宣布,这于您是很不愉快的。"

调皮的毕多雷又加上两句:"并且于您的名誉和您将来的晋级,都大有妨害。"

勒萨白勒急了,瞧着他们。怎样办呢?他想到争取时间:"先生们,十分钟以后,我送回信过来。两位可愿意在毕多雷先生的办公室等?"

他们一出去之后,他如同寻觅一种劝告,一种保护似的,向自己的四周瞧着出神。

一场决斗——他快要参加一场决斗了!

张皇失措的他抖个不停了,他本是爱和平安分的人,从来没有想到会有这种可能,简直没有对于这类的危险这类的惊慌有所预备,也没有养成足够的胆量来对付这种可怕的事。他预备站起来,却又立刻坐下,心跳,腿软,他的怒气和体

---

① 手套在资本主义的西洋国家,并不是专为御寒用的,一般"高等人士"每每用它来做摆架子的装饰品,一年四季都离不了它;科员们在经济力上当然不能照办。现在,毕多雷等要以公证人的资格参照旁人去学"高等人士"的举动,所以都觉得自己也应当"高等"一下才好,所以就想到了必须用手套才算"合格"。又关于颜色和场面的配合,在西洋的"高等人士"的眼光里也有许多烦琐的习惯,但一般人只知道黑色是丧服的象征,而于其他颜色不甚了了,毕多雷偏偏又害怕因此闹"笑话",所以对于手套的颜色,只好从折衷主义出发而选择了紫的。

力都完全消失了。不过想到部里的议论和这件事情将在各科传播的谣言，他那种渐渐衰弱的骄气又因此醒来了，他不知道如何解决，结果跑了去找科长向他请教。

多史白夫先生吃了一惊，然而也不能下决断，他以为那并没有决斗的必要，并且想起这样一来还会立刻把他的科里的工作弄得乱七八糟。他重复地说："我呢，我什么也不能对您说。这是一个与我不相干的荣誉问题。您可愿意我写封信给您去找步克舰长？那是一个对于这类事情有办法的人，并且他可以指点您。"

勒萨白勒答应了，去找那位舰长了，他居然肯做他的公证人；并且又找了一位副科长来做副手。

博瓦塞尔和毕多雷始终戴着手套等候他们。后来就在隔壁的一间办公室里借了两张椅子过来凑成四个座位。

大家庄重地互相致敬，都坐下了。毕多雷发言叙述事实。舰长在细听之后就回答："事情是严重的，不过在我看来，并非不可挽救；一切完全倚赖双方的意见。"那位舰长原是海军界的一个寻开心的老滑头。

于是一阵长久的讨论开始了，在那场讨论里，四封信的稿子都从他们手里陆陆续续拟出来，道歉应当由双方交互举行。倘若马慈先生承认在原则上并没有侮辱人的心，那么勒萨白勒先生就愿意承认自己从前用墨水瓶打人是完全错误的，并且对于轻率的暴烈行动愿意道歉。

末后四个公证人分别去找各自的当事人了。

马慈虽然相信他的对手一定退让，但是可能决斗的感觉究竟使他心慌，这时候正坐在自己的桌子跟前，向着一面小圆镜子轮番细看自己的双颊，——每一个部员都有一面这样的镜子在各自的抽斗里，预备在傍晚下班以前给自己整理须发和领结。

他看过了旁人交给他的那些信，就带着一种明显的满意说："在我看来，这很有体面。我是准备签字的。"

在另一方面，勒萨白勒并不加讨论就承认了他那两个公证人的信稿，一面高声说："既然尊意如此，我只能照办。"

末后，四个全权代表又重新集合了。双方的信都交换了；大家彼此郑重地互相鞠躬；冲突既然结束，大家又分手了。

在这行政机关里，起了一种非常的惊扰。科员们都去探听消息，从这张门穿到那张门，在各处过道里大家交头接耳靠在一处。

到了大家全知道事情已经结束的时候，竟都感到了失望。有一个说："这始

终不能给勒萨白勒制造一个孩子。"这句话传出去了。甚至有一个科员编了一首短歌。

但是到了一切仿佛都结束了的时候,一个由博瓦塞尔提起的困难又忽然发生了:"倘若这两个对手将来会了面,他们应当取什么态度?他们会不会互相打招呼?他们会不会假装彼此不相识?"于是决定教他们当天如同碰巧似的,在科长办公室里碰头,并且教他们当着多史白夫先生彼此交换几句客套的话。

这个礼节居然立刻被履行了;随后马慈在派人找来了一辆马车之后,就回家想法子去洗脸。

勒萨白勒和迦诗阑一同在上坡的道儿上走着,一言不发,彼此气愤地怪着对方,如同刚才发生的那件事情是对方酿成的。勒萨白勒一到家,激烈地把帽子扔在五斗橱上,接着向他的妻子嚷道:

"我受够了,为了你,我要决斗一次,现在!"

她两眼盯着他,感到吃惊和生气:

"决斗一次,那为了什么?"

"为了马慈对于你的事情侮辱了我。"

她走向前去:"对于我的事情?怎样?"

他气愤地坐在一张围椅上,接着又说:"他侮辱了我……我用不着把那件事情和你多说。"

但是她却定要知道:"我要你把他编排我的话述给我听。"

勒萨白勒的脸色红起来了,随后吞吞吐吐地说:"他向我说……他向我说……就是说起你不能生育。"

她惊骇了一下,随后一阵怒气鼓动了她,那种由父性方面秉承来的粗硬态度穿透了她的妇女本性,她嚷道:"我吗?我是不能生育的吗?他怎样会知道,那个混账东西?同你不能生育,对呀,因为你不是一个汉子,不过倘若我从前嫁了另外一个汉子,无论是谁,你听清楚,我可以同他得到好几个孩子。哈!我现在劝你说话呀!嫁了你这样一个废物,我算倒霉了!……你是怎样回答那个混蛋的?"

勒萨白勒在这种暴风雨之前张皇起来,结巴着说:"我给了他……一个耳刮子。"

她惊讶地瞧着他:"他怎样做的,他?"

"他派了公证人来找我,还用多说!"

她现在对于这事件发生了兴趣,如同世上的妇女一般,这类使人惊心动魄的遇合使得她受了吸引,她突然气平了,对于这个将以性命去冒险的汉子忽然起了适当的敬意,末了她问:"你们什么时候去决斗?"

他从容地回答:"我们不决斗了;那事由双方的公证人调停好了。马慈对我赔了罪。"

她因为轻蔑而大感愤怒了,愣着眼瞧着她丈夫:"哈!有人在你跟前侮辱了我,你竟听凭他胡说八道,而结果你并不去决斗。你真是一个没有骨气的人!"

他生气了:"我现在吩咐你不许说话。和我荣誉相关的事,我比你明白得多。并且,马慈的信在这儿。拿去看,你自然会明白。"

她接了那封信看了一遍,什么都猜着了,于是冷笑地说:

"你也写了一封信?当时你们彼此都害怕。哼!男人们真都是废物!倘使我们在你们的地位,我们这些女人……总而言之,在这件事情里面,受了侮辱的是我,是你的妻子,而你竟因为有了这封信就表示满意。所以你现在没有能力得到一个孩子,我并不觉得古怪。什么都忍得住。你在妇女跟前也像在男人跟前一样……软弱。唉!我算是找到了一个害人精!"

她忽然使出了迦诗阑的声音和手势了,一些老行伍式的村俗手势和男人的音调。

她双手叉在腰上站在他跟前,高大强健,生气勃勃,胸脯是滚圆的,脸色是绯红的,声音是洪亮而发颤的,血液在她那副美女般的鲜润脸蛋子上染出了颜色,双眼盯着那个坐在她前面的矮个儿,他,面色灰白,头顶略秃,颊部刮得干干净净,下颏蓄着一种律师式的短髯,她想扼死他,想压杀他。

她重复地说:"你没有能力,无论对于什么,无论对于什么,即以当科员而论,你也让大家从你背上跨过去!"

房门开了,迦诗阑受到一阵喧闹的吸引,他过来了,他问:"什么事!"

她转身向她父亲说:"我同这个小丑谈他的事!"

勒萨白勒抬起眼睛,看出了那父女二人的酷肖之处,他觉得仿佛有一幅揭开了的幕布,教他看清楚那父女二人是出于同一血统的,是出于同一平凡粗野的种族的。他看见自己失败了,命中注定要永远在这两人之间过活了。

迦诗阑高声说:"只要能够离婚就成。嫁了一只阉过的公鸡真没意思。"

勒萨白勒因为这个名称气得浑身发抖,一下跳起来。他向着丈人跟前走过去,一面喏喏地说:"请您出去!……请您出去!您现在是在我家里,听见没有……

我搀您出门……",并且他在五斗橱上抓着一只盛着止痛药水的瓶子,当做一只棒槌扬起来。

迦诗阑胆怯了,向后退出去,一面喃喃地说:"究竟谁惹了他什么事,现在?"

但是勒萨白勒的愤怒一点也平不下去;那本来太过分了。他转过身来对着他妻子,她始终瞧着他,因为他那种激烈情形使她有点诧异,他把那只瓶子搁在家具上以后就高声说:"至于你……至于你……"但是他因为找不着什么可说的话,没有理由可以发挥,只得带着那副变了的脸和那种变了的声音,始终站在她的对面。

她禁不住笑起来了。

对着这种又来侮辱他的快乐样子,他竟发狂了,于是向她扑过去。用左手抓住她的脖子,愤愤地用右手打她个耳光。她惶骇起来,呼吸迫促,往后直退。她撞到了床边,就横倒在床上。他简直没有放松,并且始终打着。突然他气喘力竭地挺起了自己的身躯;后来他因为自己的粗暴举动又忽然感到惭愧,于是结巴着说:"看吧……看吧……看榜样吧。"

但是她简直不动一下,如同他打死了她一样。她在床边上仰面躺着,用两只手遮住了自己的脸。他狼狈地走近前去了,暗自思量究竟会闹出什么事情,于是等候她露出脸来,再去审察她的情况。一两分钟以后,他越发懊恼了,他低声慢气地说:"珂拉!说吧,珂拉!"她不回答,也不动弹。她怎样了?她干什么?尤其是她预备干些什么?

他的愤怒过去了,消失了,去得匆促如同它来得迅速一样,他觉得自己是卑劣的而且几乎是犯罪的了。他打了一个妇人,他打了自己的妻子,而他自己本是个聪明冷静的人,受过好教育而向来有条有理的人。于是在这种反应的软化力之中,他竟想求饶了,竟想跪下了,竟想吻那个被殴而发红的脸蛋儿了。他用一个指头尖儿,从容地去触一只盖在那副教人看不见的脸上的手。她仿佛一点也不觉得。他抚摸着,温存着,如同我们温存一只被责罚的狗似的。她始终不理会。他又说:"珂拉,听呀,珂拉,我错了,听呀。"

她仿佛死了似的。随后他勉强托起这只手。没有费事就使手和她的脸相离了,于是他看见了一只张开着向他注视的眼睛,一只惶恐而且呆木的眼睛。

他又说:"听呀,珂拉,我刚才太任性了。那也是你父亲逼得我无路可走。谁可以那样侮辱人!"

她如同听不见似的不回答。他真不知道要怎样去说,怎样去做。他在她耳根边吻着，末了，他站起的时候，看见了她眼角上有一粒泪珠儿，一粒从眼角上滚出而迅速地在颊上流动的大泪珠儿。随后那眼睛一开一阖眨了几下。

他满腔的伤感和惊骇了，于是张开两只胳膊再盖在他妻子身上；他用嘴唇拨开了另外一只手，在她的脸上吻了一个遍，向她哀求："我可怜的珂拉，饶恕我吧，说呀，饶恕我吧。"

她始终流泪，没有声音，没有呜咽，如同世人因为沉痛的伤感而流泪似的。

他紧紧搂住她，爱抚她，在她耳边低声吐出他所能找出来的一切柔和字眼。不过她始终沉在无知觉的境界里。这时候，她却不流泪了。他俩就这样待了许久，始终躺着，搂抱着。

夜色到了，黑影充塞了那间小屋子；随后在小屋子已经很黑的时候，他胆壮了，极力向她恳求饶恕，以便使他俩重新恢复希望。

他俩从床上起来以后，他已经恢复了他寻常的声音和笑貌，如同并没有经过什么一般。她反而像软化了，用一种比较往常缓和一些的音调说话，用一副柔顺而几乎温存的眼光注视她丈夫，如同那场意外的惩戒反而松缓了她的神经并且软化了她的心肠似的。他宁静地说："你父亲一人在家，应当有些发闷吧；你应当去找他来。再说，我们快要到吃饭的时候了。"她出去了。

事实上，到七点钟了，那个矮小的女佣人报告晚饭已经摆好；随后迦诗阑宁静而微笑地和他女儿一同过来了。这一晚他们用久未用过的恳挚意味谈天吃饭，如同有什么为大家而来的幸福已经到了似的。

五

不过，他们那些始终抱有并且屡次更新的希望，却简直没有一点结果。尽管勒萨白勒能够有坚持的恒心，他妻子又能够保持热情，然而他们的期待都是骗人的，使得他们月月因为忧虑而焦躁不堪。彼此都因为毫无成绩而互相埋怨了。丈夫呢，灰心、消瘦，并且疲乏，他对于迦诗阑的粗俗态度尤其感到痛苦，现在他在他们那种爱吵闹的亲热态度里，只叫勒萨白勒做"公鸡先生"，以前他因为称呼女婿为"阉过的公鸡"，几乎在头上挨了一瓶子，现在"公鸡先生"这个称呼，无疑是记起了以前的事。

他女儿和他是由于本能而联合的，父女俩因永恒地念及那笔非常接近而无法到手的财产都非常愤慨，所以现在都只知道制造一些事端，使那个给他们招灾惹祸的废物受到委屈和困苦。

每天，珂拉边吃着晚饭边一面说："我们晚饭没有多的东西可吃。倘若我们有钱，那就是另外一个样子了。这并不是我的错处。"

到了勒萨白勒要上街去办公的时候，她就在卧房里高声向他说："带着你的雨伞去吧，免得把一身弄成像一只公共马车的轮盘那么脏才回到我跟前。总而言之，你现在不能不再干这个抄写公文的职业，并不是我的错处。"

到了她自己要上街的时候，从不忘记高声嚷着："说吧，若是我从前嫁了一个另外的丈夫，我就可以有自己的车子了。"

无论在什么时间，无论遇见什么机会，她总想起这层，用怨言刺激她的丈夫，用辱骂鞭挞她的丈夫，把错处归在他一个人身上，说她那笔早就可以到手的钱财竟失掉这事，应当由他一人独自负责。

末了，有一天晚上，他又失掉忍耐性了，高声说："见鬼！你到底闭嘴不闭嘴？没有孩子并不是我的错处，而是你一个人的，听清楚，因为我现在有一个，我自己……"

他以为无论什么，总比那种无尽期的责备和那种表示软弱的羞辱好一些，现在他说谎了。

她开初是吃惊的，双眼盯住了他，在他的眼光里搜索真相，随后她居然明白了，使出满腔的轻蔑态度说：

"你有一个孩子，你？"

他厚着脸皮回答："有，我叫人养在阿业尔的一个私生子。"

她宁静地接着说："我们明天就去看他，看他是什么样的。"

但是他连耳根都是绯红了，一面吞吞吐吐地说："随你的便。"

第二天，她一到七点钟就起来了，他觉得诧异的时候，她才说："我们难道不去看你的孩子？昨晚你答应过我。难道今天你碰巧又没有孩子吗？"

他突然从床上跳起来："我们并不是要去看我的孩子，要去看的却是一个医生；将来他可以把什么都告诉你。"

她以自信的妇女态度答复："我正求之不得。"

迦诗阑自愿负责到部里给他女婿请病假，随后勒萨白勒夫妇俩得了邻近一个药剂师的指导，在午后一点整去请教勒斐乙医学博士，那是一个写了好几部有关生育卫生著作的专家。

他们走到了一个陈列得不好而糊着金花白纸的客厅里，厅里虽然有许多的座位，却像是赤裸裸的和无人居住的。他们坐下了。勒萨白勒觉得自己有点慌张，浑身发抖,并且又感到羞惭。轮到了他俩的时候,他俩走进了一间类乎办公室的屋子,一个彬彬有礼,神情冷静的矮胖子在屋子里接待他们。

他等候他俩说明病情,但是那个连耳根都是绯红的勒萨白勒竟不敢冒这个危险。于是他妻子才打定了主意,用一种宁静的声音,拿出一个为了要达到目的而对一切都有决心的人物的态度说:"先生,我们因为没有孩子来找您。我们有一笔大的财产正要倚赖他。"

那场诊察是长久的、细密的和难堪的。只有珂拉仿佛一点也不畏葸,好像一个被一种重大的利益所兴奋所支持的妇女,承受医生的细心审查。

在费了一小时光景研究了那夫妇俩以后,这个专家一点意见也不发表。

末后他才说:"我没有验出一点不正常的样子,也没有一点什么特别的。并且这宗事是颇为常见的。人类的体质也和性情一样,都是有种种分别的。我们既然常常看见多少配偶因为性情上的不相容以致失和,那么因为体质上的不相容而遇见不生育的事也就不必诧异。这位太太的体质,在我以为是特别好,并且有生育的能力。在这位先生那方面,虽然构造上没有什么不正常的情形,不过我觉得他仿佛日趋衰弱,也许就是求子之心太过的结果。您可愿意让我来听诊?"

心境不安的勒萨白勒脱去了身上的坎肩,医生把自己的耳朵在部员的胸部和背部贴了多时,随后他又来敲诊了,从他的胃部到项颈,又从他的腰上到脑后,都结结实实敲了一回。

他在他心房的第一个跳动上发现了一种轻微的纷扰。同样在胸部的旁边也有一种可虑的情况。

"您应当调养自己,先生,细心地调养自己。这是贫血现象,衰弱现象,没有旁的事。这些意外,在目前还算不了什么,不久都会变成难于医治的。"

勒萨白勒忧虑得面无人色了,他要求一个方子。医生给他开了一篇复杂的治疗规则。要服铁剂、生肉、肉汤,现在,要运动,要休养,夏天要到乡村里住。随后那医生又给了他俩好多指导,去供他将来身体复原之后使用。他又对于他俩的例子,说了一些适合情形而且常收效果的习用经验。

那次的诊断,花了他们四十个金法郎。

他们到了街上的时候,那个隐怒填膺而预见未来的珂拉就说:"我现在的运气真是再好没有了,我本人!"

他没有答复她。抱着满腔恐惧向前走,对于医生的议论,他一句一句思索其中的关系,一句一句估量其中的轻重。他有没有骗他?他不是断定他已经失败?

他现在不思念遗产和孩子了！问题是关乎他的性命！

他仿佛听见肺里有一阵呼啸，又觉得心房跳得迅速。穿过杜勒里公园的时候，他感到一阵疲乏就想坐一会儿。他的妻子是怒不可遏的，立在他身边羞辱他，用一种轻蔑的怜悯态度从他头上看到脚。他困苦地呼吸着，夸张那阵由于惊惶酿成的呼吸迫促；末了，他用左手的指头儿按着右手去数脉搏了。

因为不能忍耐而跺脚的珂拉向他问："你还有完没有？你什么时候可以走？"他如同遭难者一样站起来，一言不发地再往前走。

迦诗阑在知道了这次诊断结论的时候，他的怒气并没有减少。他嚷道："我们拾着了好买卖，哼！我们拾着了好买卖。"接着他便用一双狞恶的眼睛盯住他的女婿如同要吞噬他一样。

勒萨白勒只想着自己的健康，自己受着威胁的生命，不仅不去听，而且也听不见什么。他们父女二人能够叫唤，因为他们所处的不是他的地位，不是勒萨白勒的地位，至于他，他是要保命的。

他在自己的桌上摆了好些从药房买来的瓶子，每次吃饭，总在他妻子的微笑和他丈人的哗笑之下调服这些东西。他时时对着镜子观察自己的面目，时时把手掌搁在自己的胸前去研究心房的跳动情形，并且不愿意再和珂拉有肉体上的接触，他在一间本来当做藏衣间使用的黑屋子里给自己铺了一张床。

现在他对于她竟感到一种含着畏惧而又搀着轻蔑和厌忌的怨恨了。并且以为世上的妇女都像妖物，都像危险的野物，她们的使命就是屠杀男子；末后他想起沙尔罗特姑母的遗嘱，就像人想起一场几乎使自己送命的大祸。

好几个月的光阴又流过了。时间和那个逃不了的限期相距仅仅只有一年。

迦诗阑在他的饭厅里挂上了一张大型的年历，每天早上他用笔涂去一天，他愤激了，原因是女婿没有生殖力；他失望了，原因是那份财产和他的距离是一周比一周远；他懊恼了，原因是自身还要到部办公而以后到死也只能靠一笔两千金法郎养老年金度日，有了这三个理由，他那些激烈言论随时都会变成激烈行动。

每逢他望着自己的女婿，总免不了因为一种想去殴打他、压碎他和践踏他的愤怒而微微地发抖。他恨他恨到极点。每次他看见他开门进来，就认作是一个强盗又走到了他的家里，那强盗曾经劫过他一份神圣财产，一份传家遗产。他之憎恨他甚于我们之憎恨一个仇敌，而且同时因为他的弱点又蔑视他，尤其更因为他只一心注意自己的健康而不肯追求那个共同希望的懦夫态度。

事实上，勒萨白勒过着和他的妻子相隔离的生活，如同他俩相互间本来没有一点联系。他现在不近她的身了，不触她了，并且由于惭愧也由于害怕，他逃避她的眼光了。

每天，迦诗阑总问他女儿："喂！你丈夫可是打定了主意。"

她回答："没有，爸爸。"

每天夜间在饭桌上，就有一些难堪的场面：迦诗阑不住地重复说："一个男人在不是一个男人的时候，不如一死把位子让给旁人。"

而珂拉还接着说："世上真有些无用而又碍事的人。我不知道他们除了妨害旁人以外，还在世上做些什么。"

勒萨白勒服着自己的药水并不回答。末了有一天，他丈人高声向他说："您可知道，您现在身体快要复原，倘若不变更态度，我女儿将要干什么我是清楚的！……"

女婿预感有一场新的侮辱就要来，抬起了他的脑袋用眼光表示询问。迦诗阑接着说："她将要在您以外另找一个，自然！然而这件事到现在并没有办成，算您运气好。一个人嫁了您这样一个废物，什么都是有权去干的。"

勒萨白勒面无人色了，他回答道："我并没有阻止谁来听从您的好主意。"

珂拉俯下脑袋了。迦诗阑模糊地觉得自己刚才说了一点过头的话，不免有点儿惭愧起来。

六

在部里，翁婿两个仿佛彼此都还和洽。为了在同事们跟前遮掩家庭间的内部斗争，他们相互间形成了一种心照不宣的默契。他们相互间的称呼都是很亲切的，并且假装相视而笑，似乎他们的共同生活是舒服的、欢乐的和满意的。

在马慈和勒萨白勒那一方面，他们彼此相处都守着一种彬彬有礼的姿态，如同两个早已交手的敌人。那场使他们发过抖而未酿成的决斗，在他们相互间造成了一种过分的礼貌，一种格外明显的尊重，并且他们因为模糊地害怕一场新的冲突，也许还秘密指望有一种相互间的协和。大家从旁观察，大家赞许他们那种经过一场荣誉交涉的上流人士风度。

他们用一种严肃的庄重气概，很远就恭恭敬敬地脱下帽子一扬，互相致敬。

他们彼此并不谈天，两个人中间没有一个是情愿或者敢于开口先说话的。

但是某一天，勒萨白勒受了科长紧急传呼的命令，他为了显示卖力，连忙跑着赶过去，然而在过道的拐弯处所，他在一个从对面来的人的肚子上结结实实撞了一下。那个人正是马慈。他们两个各自倒退了几步，于是勒萨白勒用一种惭愧而有礼貌的关切态度问道："我有没有撞疼您，先生？"

那一个回答道："一点也没有，先生。"

从此他们都觉得若是相遇，彼此都要谈几句才合适一些。随后他们居然都到了各显拉拢手段的地步，彼此都互相关切起来，因此不久就产生了一种相当亲热的态度，随后是一种保持一定距离的亲密友谊，那种从前互相误会的人的亲密友谊，不过一种畏惧性的矜持依然控制了激进的柔和；随后，因为种种礼貌和常常互相往来，竟结成一种兄弟式的友谊了。

现在，他们每逢走到收文员办公室探听新闻，也常常高谈阔论。勒萨白勒已经没有自己那种一定升官的科员的倨傲神情，马慈也收起了自己那种上流人士的架子，并且迦诗阑也加入这种谈话，如同带着兴趣去目击他们两个人的友谊一般。有时候，在那位挺着脊梁而且和门一样高的漂亮科员走开之后，他就瞧着他的女婿一面喃喃地说道："这是一个果敢的人，至少！"

某一天早上，那间办公室里一共有四个人，那是包括肥皂老爹而言，因为他永没有放下过他的抄录工作，谁知这位发文员的椅子大概是早被什么刻薄鬼锯过了一下的，这时候竟突然坍下来，使得这个好好先生滚到了地上，发出一阵惊骇的呼声。

其他三个人一齐奔向前去。发文员把这种坏主意归罪于巴黎公社的阴谋，而马慈却坚持要看那个受伤的地方。他和迦诗阑甚至于都要想法子解开那老翁的衣裳，说是为了替他包扎。不过他拼命抵抗，大声说起自己什么伤也没有。

这场乐趣平静之后，迦诗阑忽然高声说："马慈先生，您知道我们现在都是很相投的，您应当在星期天到舍下吃晚饭。那可以使我们大家都快乐，我女婿我自己和我女儿都会感到高兴，我女儿久仰大名，因为我们常常谈起部里的事。您可答应，唔？"

勒萨白勒也极力相邀，不过比起他丈人，他却来得冷静一点："请您答应就是了，您一定使我们大家都快乐。"

马慈进退两难，想到传到外面的那些谣言不禁微笑起来，一面只迟疑不决。

迦诗阑催促他："快点，这可算是说好了？"

"既然如此！可以，我答应。"

珂拉的父亲一回到家里就向她说："你可是知道马慈先生在下星期天会到这里吃晚饭？"她开初诧异了一下，喏喏地说："马慈先生？……喔！"

后来她莫名其妙地连头发根都绯红了。从前她时常听见有人谈起他,谈起他的派头和他的艳遇,因为在部里,大众把他当做个勇于对异性投机的和不可抵抗的人,以至于她很早就动了想和他相识的期望。

迦诗阑擦着手掌说:"你将来看吧,那是一个结实的人,又是一个漂亮的孩子。他身体高得和一个骑兵相似,他不像你丈夫,那一个!"

她一个字也不回答,羞惭得像是已经有人猜着她的心思。

他们如同以前邀请勒萨白勒晚饭似的,带着同样的热心安排那顿晚饭。迦诗阑斟酌菜单子,说要办得像样,并且在他心里俨然有一种不可自白而尚未确定的信心,他像是格外快乐了,因为什么秘密而可靠的预料得到了确定。

星期日那一整天,他兴奋地监督种种预备,至于勒萨白勒,却在办理昨天从科里带回的一件紧要公事。时候已经是十一月初旬了,元旦就在眼前。

七点左右,马慈到了,满面的快乐气概。他仿佛宾至如归似的走进来,并且用几句客气话,举起一大把玫瑰花送给珂拉。他接着用惯于交际者的潇洒态度说道:"我仿佛,太太,有点认识您,并且仿佛从小时就认识您,因为到如今,令尊对我谈过您多年了。"

迦诗阑瞧见那些花就高声说道:

"这,太出色了。"

于是他女儿想起勒萨白勒第一次来的那天,一点儿花也没有带。现在这个漂亮的科员仿佛很愉快的,用那种初到老友家里的和气青年的态度笑着,并且向珂拉说了一些蕴藉曲折的殷勤话,使她脸上发出红晕来。

他觉得她是很使人艳羡的。她判断他很有诱惑力。他走了以后,迦诗阑就问:"唔!何等会寻快活的人!多么能干!仿佛所有的女人都被他笼络着。"

珂拉不像她父亲那么肯道出自己的心事,只说自己觉得"他是和蔼的,并且他也不像从前被人揣想的那样摆架子"。

勒萨白勒不像往常那样疲乏和那样愁闷了,承认当初"误认了"他。

马慈开初只偶尔来一两次,随后就来得比较勤了。他使得大家都欢喜。大家也吸引他,注意他。珂拉给他安排他爱吃的那些菜。那三个汉子亲密的友谊不久竟热烈得不大离得开了。这位新朋友邀了这一家子同去看戏,坐的是一些被各报馆定下的包厢。

夜戏散了,他们沿着那些行人拥挤的街道,散步似的向着勒萨白勒夫妇的房子门口走。马慈和珂拉用相同的步儿紧紧地靠着走在头里,双方用一个相同的动作和相同的快慢摇摇摆摆，简直是两个生来就是为了并肩步行的人。他们低声谈着，因为他们二人异常相投，一面用一种咽住了的笑声笑着；并且那年轻妇人有时候转过身来，向后望一望她的丈夫和爸爸。

迦诗阑用一种和蔼的眼光望着他们，并且时常忘了自己是对着女婿谈天似的高声说："他们的派头居然都好，看见他们在一块儿，真叫人快活！"勒萨白勒从容回答道："他们的高矮几乎是一样的。"并且他觉得自己迈起快步儿走也不喘气了，觉得自己的心房也跳得慢些了，觉得总结起来就是自己已经强健了一些，他也就欣喜起来，此外很长时间，他丈人的那些恶意的讥讽便停止了，所以女婿对他的怨恨也渐渐消灭。

元旦日，他得到了升为主任科员的委任。因此感到了一种非常强烈的愉快，一到家里，竟打破半年以来的态度来拥抱自己的妻子。这番举动弄得她手足失措了，如同他做了一件不相宜的事使得她难乎为情；那时候，马慈恰巧为了恭贺新年正在他们家里坐，珂拉反而望着他。他也像进退两难似的，转过身躯向着窗口，俨然处于眼不见为净的地位。

但是迦诗阑不久又变成了易于生气的和粗暴的，并且又开始用些戏谑来窘他的女婿。有时候他还牵扯到马慈，如同他也怨着马慈，而来由就是那个悬在他们头上的灾祸和那灾祸的无可避免的日子，已经一分钟一分钟地逼迫过来。

只有珂拉像是完全宁静的，完全舒服的，完全喜笑颜开的。仿佛她早已忘了那个具有威胁性的限期已经非常接近。

三月到了。一切希望都像是断绝了，因为七月二十日，就是沙尔罗特姑母死后三周年。

一个早暖的春天使大地苏醒了；马慈向他的朋友提议在某一个星期日到塞纳河边散步，在灌木丛里去采些紫罗兰。

他们一大早就乘着列车出发了，随后在拉菲德集下车。一阵冬意的寒气依然在落了叶子的枝丫丛里流动，不过那些新绿而有生气的草已经缀着一些或蓝或白的花；小坡上的果树带着它们枯枝上的发出了的新芽，仿佛是缀了一些蔷薇花似的。

塞纳河两边的堤岸都因为冬季水涨受过侵蚀，现在河水凝重惨淡地流着，新近的几场雨使它有点像泥浆；那种全部被水淹过的田野，简直像是从浴池里托出来，在初晴的气温之下吐出一股稀薄而潮湿的气味。

他们正在风景区里闲逛。迦诗阑这一天是抑郁的，格外苦闷地想着他们的噩运不久就要到，他显得比往常格外无聊，举起手杖去鞭泥土。勒萨白勒也是忧愁的，害怕在草里浸湿自己的脚，这时候他的妻子和马慈却正想法子扎一个花球。好几天以来珂拉仿佛生了病，没有气力，面色发青。

不久她就觉得疲乏了，要折回来吃午饭。他们走进了一座破旧的磨坊边的一个小饭馆；不久，巴黎人郊游的传统式午餐就在近水的花棚底下，在一张铺着两块餐巾的白木桌子上陈设出来。

他们嚼过了干炸鲈鱼和马铃薯烧牛肉，就有人送上了满盛着绿叶生菜的钵子，这时候珂拉匆促地立起来，接着又向岸边跑，一面双手捏着自己的餐巾掩在嘴上。

勒萨白勒放心不下，问道："她不舒服？"马慈着急了，脸红了，支吾地说："不过……我不知道……她刚才还是好好的！"迦诗阑目瞪口呆了，叉子在手里向空中竖起，它的尖子上还带着一片生菜叶子。

他也站起来了，打算去看他的女儿。把身子一弯，就望见她的脑袋靠在一棵树上，她真生病了。他一下子犯了疑，两条腿也失去了力气，他跌坐到自己的椅子上了，用一阵张皇的眼色瞧着那两个像是羞惭的汉子。他用自己那副忧虑的眼睛探索他们，烦闷和希望使得他发痴，他不敢再说什么了。

十多分钟在深沉的缄默里流过了。末了珂拉又出现了，面色略带苍白，走起来有些费劲。谁也不用切实迫问的话问她；每一个人都猜着了一件幸福的变化，那是难于启齿的和急于想知道却又怕求了解的。仅仅只有迦诗阑问："可是好些了？"珂拉回答道："好些了，谢谢，这不要紧。不过我们可以早些回去了，我有点头痛。"

在回家路上，她挽着丈夫的胳膊，如同表示有什么秘密在她还不敢自白似的。

他们在巴黎的汕拉扎车站分手了。马慈托词记起了一件要紧的事，在致敬和握手之后就抽身走了。

迦诗阑一下和自己的女儿女婿单独在一块儿以后，就问："你在吃午饭的时候有点什么不舒服？"

不过，开初珂拉什么也不回答；随后迟疑了一大阵，才说："那并没有什么要紧。只有一点点恶心。"

她用一阵疲倦的步儿走着，同时嘴角边带着一点儿微笑，勒萨白勒是不自在的，精神恍惚，受着好些混杂而矛盾的缠绕，含着满腔奢望，隐怒，不可自白的羞惭和妒忌意味的卑怯，如同那些在早上睡觉的人闭着眼睛，免得看见日光从窗帏里溜进来用一道明亮的线条射到床上一样。

他一到家就说有一件亟待办完的工作,于是跑到自己屋子里躲起来。

迦诗阑这时候把两只手搁在他女儿的肩头上向她问:"你可是怀了孕,唔?"

她吞吞吐吐说:"是的,我想是这样的。到现在有两个月了。"

他不待她说完便快活地跳起来;随后绕着她来舞那种公共游戏场里的刚刚舞①,那种舞正是他往日军营生活的旧纪念。他抬起了他的腿,虽然腆着大肚子却依然跳着,弄得整个一层楼都受了震荡。家具动摇,玻璃杯子在柜里互相撞击,挂灯摇晃颤动,仿佛是船上的灯。

随后他抱着心爱的女儿,发狂似的吻着;随后亲昵地轻轻拍着她的肚子:"唉!这毕竟成功了!你可曾把这件事告诉了你的丈夫?"

她突然有点害羞,喃喃地说:"没有,还没有告诉……我……我本来等着。"

但是迦诗阑高声说:"好,那好。于你不方便。等一会儿吧,我亲自去告诉他。"

于是他连忙跑到了他女婿那里。勒萨白勒什么事也没做,看见他来了就站起。但是他丈人不等他来得及认清楚是谁,就说:"您可知道您的妻子怀了孕?"

那个发呆的丈夫举止失措了,并且双颊变得绯红。

"什么?怎样?珂拉?您说?"

"我说她怀了孕,您可听明白?这真是一种运气!"

于是他在快活心情里抓住了他的双手,紧握着,摇着,如同向他贺喜又向他道谢;他重复地说:"唉!这毕竟成功了。好!好!您想想吧,那笔财产属于我们了。"末了,他不能自持,把女婿搂在怀里。

他喊道:"一百多万,您想想吧,一百多万!"他又跳起舞来,随后忽然又说:"请您来吧,她正等着您,请您来拥抱她吧,至少!"于是拦腰一下抱住他,推着他向前面走,把他当弹丸一般送到饭厅里,珂拉一直提心吊胆站在那儿静听。

她一下看见她丈夫进来;她的嗓子被一阵突然起来的惊慌扼住了,她往后退。他呢,面色发白,精神痛苦,对着她停住了脚步。他的神气仿佛是一个审判官,她是一个罪犯。末了他说:"你怀了孕?"

她用一种发抖的声音吞吞吐吐地说:"仿佛有这样一回事。"

但是迦诗阑挽住他夫妻两人的脖子,把他俩鼻子对鼻子地贴在一处,一面高声说:"你们拥抱吧,见鬼!是很值得这样做的。"

他放松了他俩以后,得意扬扬地高声说道:"这一局毕竟赢了!说吧,雷沃

---

① 是十九世纪后半期的一种化装表演,趣味不高,而颇流行于公共游戏场。

波尔，我们马上就到近郊去买一所房子。您在那儿，至少可以使体气复原。"

勒萨白勒却因为这个念头而浑身发抖了。他丈人接着说："我们将来在那儿，可以邀请多史白夫先生和他的太太，并且副科长的末日就在眼前，您将来可以继任。那是一个进行的步骤。"

迦诗阑谈着的时候，勒萨白勒竟像看见了那些事；他看见自己正在一座临水的漂亮白房子前面接待科长。他穿的是一套白胶布上装，戴的是一顶巴拿马草帽①。

由于这一种希望，他心里尝到了一些儿甜美的东西，他身上仿佛感到了一些儿温暖舒适的意境，使他变成了轻捷的和已经病愈的。

他微笑了，却还没有答话。

迦诗阑受到了希望的陶醉，在梦境里发痴，继续说道："谁知道呢？我们将来可以在那个地方发展点势力。您将来也许会做众议员。总而言之，我们将来可以看看那地方上的社会，为自己花点儿钱取乐。您将来可以有一匹小马和一辆双轮车，每天套起来到车站上去。"

一些奢华时髦和舒服的幻象，在勒萨白勒的头脑里苏醒了。像富人一样亲自驾驭一辆小巧马车，那本是他久已羡慕的一件事，现在听见他丈人的这个想法，他自然是非常满意的。于是他情不自禁地说："哈！那件事，对呀，那真是再有趣没有的了，仔细一想。"

珂拉看见他已经被征服，自己也微笑起来，心里真觉得感恩不尽；后来迦诗阑看不见再有任何障碍了，就高声说：

"我们到馆子里去吃晚饭吧。好极了！我们应当花点儿钱去稍许快乐一下。"

吃了晚饭回家的时候，他们三个人都有醉意了，勒萨白勒眼光模糊而思想恍惚，再没有能力回到他的黑屋子里。他躺在他妻子还没有占住的那张空床上了，也许是出于无心，也许是出于忘记。整整的一夜，他觉得他的床好像一只船，摇摆，起伏，旋转，颠簸，他竟像得一点儿航海病。

醒来的时候，他看见珂拉睡在自己怀里，很吃惊。

她张开眼睛微笑了，用一种猛进的姿势，满腔感恩示爱地吻着他。随后她又用柔和的声音说："倘若你肯更爱我一些，今天就不要到部里去。既然我们快要做富翁，你何必那样严守时刻。我们可以一同再到郊外去玩，只有我们两个人去，

---

① 这种上装和草帽是白种人歇夏时的一种漂亮衣服。

用不着邀谁。"

他觉得自己得到休息了，满腔全是那种行乐后的疲倦和舒适，并且在被褥温暖的中间麻痹了。他极想在那里面休息多时，除了安宁地享受这种软绵绵的滋味以外，什么事也不想做。一种未经认识而强烈的偷闲需要麻痹了他的心灵，征服了他的肉体。末了一个模糊的、不断的而满意的思想在他的头脑里荡漾起来，他快要做富人了，生活独立了。

但是忽然间，一阵恐慌心慑住了他，他如同害怕他的语言被墙壁听见似的，用很低的声音问："我想你总拿得定自己是怀了孕？"

她立刻来稳定他："唉！拿得定，你放心。我没有弄错。"

他呢，还不放心，轻轻地动手来摸。他用手在她那凸起来的肚子上摸了一个遍。他才高声说："对呀，是真的，——但是你不会在那个限期以前分娩。旁人也许会拒绝我们的那种权利。"

对于这个设想，她竟起了一种暴怒。——哈！仔细一想，到底不成，在吃了这样多的苦头，费了这样多的气力之后，现在不容旁人来找麻烦了，哈！到底不成！——她坐起来了，被这种气愤弄得不安。

她说："我们立刻到公证人那里去。"

不过他以为应当先去弄一张医生证明书。他们又重新去访问勒斐乙医生了。

医生立刻认得了他们是谁，于是问："怎样！您两位可是有了成绩？"

他们俩一齐连耳根都是绯红了，末了珂拉有点忍不住了，吞吞吐吐地说："我想是的，先生。"

医生擦着自己那双手："我早就等候有这一天。我从前指点您两位的法子是永不落空的，除非配偶中间有一个是根本没有能力的。"

他检查了那个年轻妇人以后就高声说："恭喜，成功了！"

随后他在一张纸上写着："我以巴黎大学医学博士名义，证明迦诗阑家之女雷沃波尔·勒萨白勒太太，现在已经有怀孕三个月左右的一切征兆。"

接着又向勒萨白勒说："您呢？肺病和心脏病呢？"他给他听了一回，觉得都已经痊愈。

他俩的心里异常愉快，手挽着手，迈着轻快的步儿走了。但是勒萨白勒在路上得了一个念头："在未到公证人那里去以前，倘若你腰里捆上一两条餐巾，也许可以是有益的，这样一来更容易使人注目，并且也会格外好一些。他不会想到我们要争取时间。"

所以他俩又回了家，他亲手给他妻子宽了衣裳，去给她度量一个哄人的大肚子。他接连弄了十来回给她更换那些餐巾的位置，并且倒退了好几步去考验情形，极力设法去求一个绝对相似的样子。

他俩觉得满意以后又出街了；走到了街上，他俩仿佛觉得，挺起这个可以证明自己生殖力的大肚子在街上散步是值得自豪的。

公证人和蔼地接待他俩。随后他细细听他俩说明，又拿起证明书细看，这时候勒萨白勒极力主张，说是"此外，先生，只要望她一下就够了"，他用一种表示信服的注视，对着年轻妇人的厚而尖尖儿的腰身望了一下。

他们愁闷地候着；那法律家高声说："一点儿也不错。无论那孩子是已经出世，或者将要出世，总而言之，他是存在的和有生命的。所以我们可以把那遗嘱的执行延到勒萨白勒太太的分娩时期为止。"

从事务所出来之后，他们就在门外的扶梯上面拥抱起来，他们真的高兴极了。

七

自从有了这个幸福的发现以后，那三个亲属就在一个圆满的结合里过活了。他们的心绪都是快乐的、一致的和甜美的。迦诗阑恢复了他往日的豪兴，珂拉尽力服侍她的丈夫，勒萨白勒也像是另外一个人，一直是高兴的和好脾气的，仿佛他从来没有这样做过。

马慈不常来了，并且现在他在这个家里仿佛感到不自如，旁人始终好好地招待他，然而比从前冷落；因为幸福本来是为自己享受的和避开外人的。

迦诗阑本人在几个月以前，虽然殷殷勤勤把那个漂亮科员引到了家里，现在对他却有些反感。从前把珂拉怀孕的事通知这个朋友的正是他，他匆促地向他说道："您可知道小女怀了孕！"

故意装做吃惊的马慈回答道："还用多说！您应当很满意！"

迦诗阑说了一个"自然"，看出了这位同事是一点也不快活的。男人们都是不爱看见他们所尽忠的妇女们处于这种情况的，无论那是否由于他们自己的错处。

然而每逢星期天，马慈却继续在他们家里吃晚饭。不过尽管没有发生一点严重的不和谐，但那些晚会的气氛却不正常；末后，那种异样尴尬的意味一次比一次增加。某一天晚上，他刚好离开，迦诗阑居然愤愤地高声说："这是一个渐渐使我讨厌的人！"

于是勒萨白勒回答道："事实就是他在和我们深交以后并不显得那么值得敬

重。"珂拉早已低下自己的眼睛,现在不表示意见。她和高大的马慈相对,始终仿佛不安,而从马慈那方面说来,他一到她身边就几乎像是惭愧的,不敢和往日一样带着微笑望她,也不邀她去看晚戏,并且仿佛把那种在往日十分恳挚的亲密交谊看作一种不能不那么表现的负担。

但是在某一个星期四吃晚饭的时候,她丈夫一从科里回来,珂拉就用比平常多一些的撒娇样子吻着他那撮短髯,并且喃喃地咬着他的耳朵说:

"你也许会责备我吧?"

"为什么?"

"就是为了……马慈先生刚才来看我,因为我不愿意有人说我的闲话,就央求他若是你不在家的时候,千万不要到这儿来。他仿佛有点见怪了!"

勒萨白勒诧异了,问道:

"这样!他说了些什么?"

"喔!他没有多说什么,不过那也一样教我不乐意,后来我央求他完全不必来。你知道以前本是爸爸和你引他到这里来的,我在那里面简直没有关系。所以先头我恐怕因为拒绝他上门使你不舒服。"

一阵感激不尽的快活打到她丈夫的心坎儿上了:

"你做得不错,很不错。并且我还要谢谢你。"

为了好好安定这两个汉子的关系,她在事前早已定好了办法,所以接着又说:"在办公室里,你将来假装什么也不知道,并且将来要像往日一样地和他谈天;仅仅要他不再到这里来就成了。"

于是勒萨白勒用温存态度张开两只胳膊抱住了他的妻子,在她的眼部和颊部长久地吻着,嘴里重复地说:"你是一个安琪儿!……你是一个安琪儿!"并且他由自己的肚子上的触觉,觉得那个胎儿已经不小了。

八

一直到分娩的时候,绝没有发生什么新的情况。

珂拉在九月下旬生了一个女孩子。这女孩子的教名被人题做"如愿";不过因为他们要把题名的受洗礼节办得热闹,所以决定要到第二年夏季在他们快要购入的新房子里举行。

他们在阿业尔那地方面临塞纳河的山坡上,选择了他们的新产业。

许多重大的事情都在那年冬天办好了。遗产一到手,迦诗阆就呈上了申请退休的辞职书,并且立刻得了批准,他于是离开了海军部。他用一柄精巧的机械锯子,去锯一些雪茄烟盒子的盖来消闲。利用那些木材做些时钟盒子、首饰盒子、花盆、各种各样的异样小家具。那种工作的兴趣是他某一天在歌剧戏院大道上得来的,当时他看见了一个流动摊贩在大道上用那类的木板工作,现在他对于那种工作很热心了。到最后,大家每天都要赞叹一番他那些新鲜、巧妙而又很幼稚的模型。

他自己也要把他的作品颂扬一通,口里不住地说:"做到这样,真是惊人!"

副科长拉鄱先生终于死了,勒萨白勒虽然还没有得着副科长的头衔,却已经担任副科长的职务,因为勒萨白勒自从上一次的晋级任命算起,到现在还没有达到法定的升职限期。

珂拉呢,财产加在她身上的种种变化,她都懂得了,猜着了,感到了,因此她立即变成了一个两样的妇人,比以前来得蕴藉,比以前来得出众。

趁着元旦的机会,她去拜访那位科长的太太了,那一位胖太太在巴黎住了三十五年而始终保持着外省的派头,珂拉要求她来做女孩子的题名礼节的教母,费了不少拉拢手段,终于得到多史白夫太太的许诺;迦诗阑用外祖父的身份担任教父。

那场礼节是在六月里的某一个天气晴朗的星期天举行的。全科人员除了他们那个不再见面的马慈以外,都接到了邀请。早上九点钟,勒萨白勒到了车站前面等候巴黎开来的列车,另外有一个身着金钮制服的小马夫,在一辆簇新的两轮马车跟前抓着一匹肥膘小马的缰绳。

机车的汽笛声从远处传来,不久就拖着成列的客车到站了;客车卸下了水涌般的旅客。

多史白夫先生同着他那位服装耀眼的妻子从一辆一等客车里下来,同时毕多雷和博瓦塞尔都是从二等车下来的。他们没有敢于明邀肥皂老爹,不过却已商量妥当,决定在午后装做撞巧似的和他碰头,并且征求了科长的同意趁此引他来吃晚饭。

那四个人一下车,勒萨白勒就跑上前去迎接他的上级,这一位身着方襟大礼服走过来,身子显得很矮小,礼服上勋表大得活像一朵盛开的玫瑰。戴着一顶宽边帽子的大脑袋压着他的矮小的身材,看上去像个怪物;他的妻子简直不必踮起脚就能够不费事地越过他的顶门去看东西。

兴高采烈的雷沃波尔向他鞠躬致谢。他请他俩上了马车,随后再向着那两个规规矩矩跟在后面的同事们跑过去,和他们握了手,一面却说明自己的马车太小不能装载他们："请两位沿着河岸走，就可以到我的门外，就是拐角上的第四栋房子：如愿别墅。请快一点吧。"

末了，他上了车，拉着缰绳，车子就开走了，同时那个小马夫轻捷地跳到了车后的小座位上。

题名礼在最好的情况之下举行过了。随后他们走回来吃午饭。每一个来宾都在自己的餐巾下面寻着一份和自己身份相当的礼物。教母得的是一只真金手镯，她丈夫，一只用红宝石镶的领针，博瓦塞尔，一只俄国制的皮夹子，毕多雷，一只上等海泡石的烟斗。有人报告这些礼物，都是如愿送给她的新朋友们的。

多史白夫太太因为不好意思又因为欢喜竟脸红起来，把那只黄澄澄的手镯套在自己的肥胳膊上，科长这时候因为系的是一个黑的瘦小领结，不能安插领针，他就把宝石刺在礼服的翻领上，位置正在那枚勋表的底下，俨然是另外一枚等级较低的勋章。

从窗口，他们看得见一段河身，两边的河岸上树木成林，直达上游徐雷因镇。日光洒到水上，河面变得通红，像起了火。午饭开始是郑重的，由于多史白夫先生夫妇俩在场竟成了严肃的。随后，大家渐渐高兴了。迦诗阑吐出了一些粗笨的戏谑，既然有了钱，他自以为是百无禁忌的；末了大家都笑起来。

那些戏谑要是从毕多雷或者博瓦塞尔口里说出来，一定是刺耳的。

在饭后吃糖果的时候，有人按着规矩抱了孩子出来，每一个客人都吻她一下。她被围绕在那一堆雪样的花边里，用那副动摇而无思虑的蓝眼睛瞧着这一干人，她那个仿佛渐渐懂得看人的胖脸儿略略转动一下。

毕多雷在人声嘈杂之中，咬着那个坐在身边的博瓦塞尔的耳朵："她仿佛是一个小马慈。"

到第二天，这句话在部里传了一个遍。

两点钟报过了；饭桌上的人喝过了饭后的甜烧酒，于是迦诗阑提议参观他们这幢房子，以后再到塞纳河边兜一个圈子。

宾客排成了队伍，从地下室走到了阁楼，一间一间都穿过了，随后他们在园子里走了一周，一草一木通通看到，末了才分成两组散步。

迦诗阑夹在太太们队里不免有点感受拘束，于是拉着毕多雷和博瓦塞尔同到河边那些咖啡馆里去坐，至于多史白夫太太和勒萨白勒太太，都随着她们的丈夫由另一边的河岸往上游走。

这两个爱脸面的妇女是不能和星期日的那些服装不整洁的人物混在一起的。

她们在河边的纤道上慢慢地走，两个丈夫正正经经谈着科里的公事都跟在后面。

在河面上，一些长型游艇正在划过，划桨的都是赤着胳膊的强健汉子，他们的筋肉鼓着晒红了的皮肤一缩一伸。把舵的都是女子，她们斜靠着黑的或者白的兽皮坐垫躺下，日光教她们感到了困乏，头上撑开着几柄颜色鲜艳的绸伞，简直像一些浮在水面的大得无比的花。好些狂唤的声音，或者是叫人，或者是吵架，隔着船飞来飞去；一阵从远处传来的模糊而且继续不断的人声，表示那边有一群趁着星期日出来散心的人。

无数行的垂钓者都沿着河边坐下一点也不动弹；有些游泳的人几乎全身赤条条的，他们立在笨拙的渔船当中先把脑袋钻入水里，随后重新爬上船来，又再跳到河流里去。

多史白夫太太用诧异的神气望着。珂拉向她说："每逢星期日都是这样。我觉得这是煞风景的。"

一条游艇从容地来了。两个女人划着桨，运送两个躺在船板上的强壮汉子。她们之中有一个向岸上叫唤："喂！听呀！爱脸面的太太们！我有一个汉子出卖，价钱不贵，你们可要？"

珂拉带着轻蔑的样子把身子避过来，伸出胳膊换着多史白夫太太的胳膊："我们要在这里待一下都不行，我们走吧。这些东西真是无耻！"

于是她们走开了。多史白夫先生对勒萨白勒说："元旦日一定发表任命，司长已经正式答应了我。"

勒萨白勒回答道："我真不知道怎样谢您，恩师。"

回到家里，他们看见迦诗阑、毕多雷和博瓦塞尔，他们三个人正笑得连眼泪都挤出来，并且几乎抬起了肥皂老爹；他们用戏谑口吻，硬说遇见这老翁和一个野鸡坐在河岸上。

那个老翁张皇失措，重复地说："没有这件事；没有，没有这件事。这样说话是不好的，迦诗阑先生，是不好的。"

迦诗阑笑得喘不过气来，高声嚷着："唉！老滑头！你叫她做'小心肝儿'。哼！现在，我们捉住了你，坏胚子！"

两位太太也一样笑起来，那个老头仿佛真被人弄得毫无办法了。

迦诗阑又说："我们要把他扣在这里来受罚，并且教他和我们吃晚饭，多史白夫先生可同意？"

科长善意地答应了。于是旁人继续为了那个被这老翁丢开的女人笑起来，他已经被那场恶作剧弄得发急，但是始终不承认。

这场恶作剧一直闹到傍晚，许多用不尽的聪明字眼都借着它来发挥，有时候还引出些近乎放肆的话。

珂拉和多史白夫太太都坐在檐前的布棚下面瞧着落日的反照。太阳对着林间的枝叶射出一阵霞光。没有一点声音摇动树杪；一阵晴爽而无穷尽的静穆气象从这绯红而宁静的天上降下来。

又有几条船过去了，那比从前的那些走得慢些，都是回船坞去的。

珂拉问："这位可怜的肥皂先生仿佛是娶了个坏女人，可对？"

多史白夫太太是熟悉科里的事情的，她回答道："对呀，他从前娶了一个过于年轻的孤女，她和一个坏东西私通，结果和他一同逃跑了。"随后这位胖太太接着又说："我说那是个坏东西，其实我什么都不知道。有人说他们从前是很相爱的。不过无论如何，肥皂老爹没有一点诱惑力。"

勒萨白勒太太庄重地说："那并不是可以饶恕她的一个理由。这可怜的汉子真是抱屈的。我们的邻居巴尔部先生的情形也一样。他妻子被一个在这里歇夏的画师勾上了。后来他俩一同逃到了外国去。我不明白一个女人怎样可以堕落到这步田地。照我的意思，对于这样一类的使得一家子丢脸的人，应当有一种特别的惩罚。"

在树下小径的那一头，乳娘抱着那个包在花边里的如愿出来了。孩子被人抱着给两位太太们送过来，映着薄暮的霞光浑身都成了粉红的。她用那种茫然漠然的蓝灰色眼睛瞧着天空，正和她瞧着人的脸儿一样。

在远处谈天的男人都过来了；于是迦诗阑抓着他的外孙女儿，如同想把她送上天空似的，伸长自己两条胳膊举起她来。她连着那件长得拖在地上的白袍子，在天空的明亮背景上显出了侧影。

她的外祖父高喊道："这难道不是世上最好的孩子，肥皂老爹？"

那老翁并不回答，大概无可回答，或者也许是思虑的事情过于多。

一个男用人打开了檐前那扇门走到外面，一面报告："太太，晚饭伺候齐备了。"